인생은
소설이다

인생은
소설이다

La vie est un roman
Guillaume Musso

기욤 뮈소 장편소설

양영란 옮김

밝은세상

인생은 소설이다

초판 1쇄 발행일 2020년 11월 24일 | **초판 2쇄 발행일** 2020년 11월 27일
지은이 기욤 뮈소 | **옮긴이** 양영란 | **펴낸이** 김석원
펴낸곳 도서출판 밝은세상 | **출판등록** 1990. 10. 5 (제 10 - 427호)
주 소 (10881) 경기도 파주시 문발로 119, 202호
전 화 031-955-8101 | **팩 스** 031-955-8110 | **메일** wsesang@hanmail.net
블로그 blog.naver.com/balgunsesang8101 | **인스타그램** www.instagram.com/wsesang

ISBN 978-89-8437-416-4 (03860) | **값** 15,000원
잘못된 책은 구입한 곳에서 교환해드립니다.

나탕에게

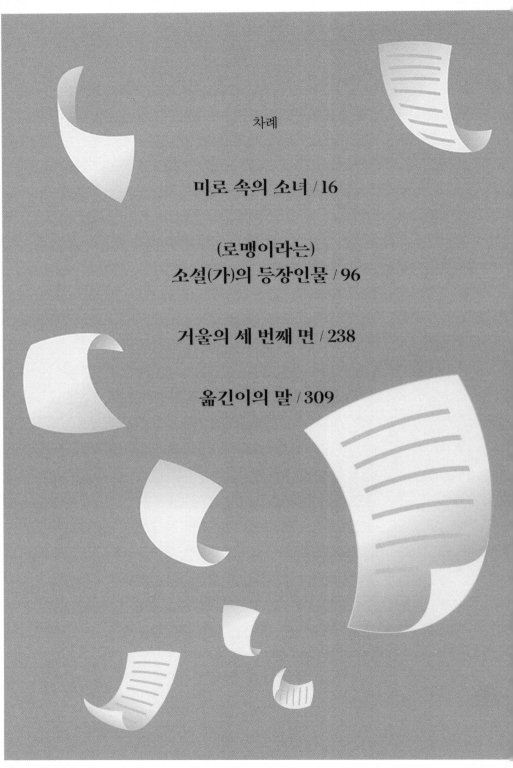

차례

6월 3일 토요일, 오전 10시 30분

미쳐버릴 것만 같은 두려움.

나는 오늘 오후에 소설 한 편을 시작하고 싶다.

그래서 2주 전부터 준비 중이다. 지난 열흘 동안,

나는 내 등장인물들과 더불어 그들이 자아내는 분위기 속에서 살았다.

방금 나는 네 타스 분량의 새 연필을 깎았는데,

손이 어찌나 떨리는지 벨라데날 반 알을 삼켜야 했다.

나는 과연 성공할 수 있을까?

지금으로선 몸이 덜덜 떨려 언제나처럼 이 일을 뒤로 미루거나

아니면 아예 더는 아무것도 쓰지 않고 싶은 마음이 굴뚝같다.

―조르주 심농《내가 늙었을 때》중에서

스코틀랜드 출신 소설가 플로라 콘웨이

프란츠 카프카 상 수상

《AFP 통신》, 2009년 10월 20일

세상에 얼굴을 드러낸 적이 없는 서른아홉 살의 작가가 해마다 그해에 출간된 소설 전체를 평가해 선정하는 최고 권위의 프란츠 카프카 상을 수상했다.

사회공포증을 앓고 있어 노골적으로 대중과의 접촉을 피하고, 여행을 싫어하고, 기자들과의 만남을 꺼려하는 플로라 콘웨이는 지난 화요일 저녁 체코 프라하 시 시청 청사 접견실에서 열린 프란츠 카프카 상 시상식에도 어김없이 참석하지 않았다.

플로라 콘웨이의 소설을 전담 출판해온 팡틴 드 빌라트가 대리로 참석해 프란츠 카프카의 형상을 본 떠 만든 브론즈 트로피와 상금 1만 달러를 수상했다. 드 빌라트 여사는 "플로라와 방금 전 통화했는데, 프란츠 카프카 상 관계자 여러분들 모두에게 진심으로 감사드린답니다. 아울러 프란츠 카프카의 작품이 플로라에게는 언제까지나 마르지 않는 찬탄과 성찰, 영감의 샘이었기에 이 상을 받게 된 건 더없이 대단한 영광이고, 각별한 의미가 있다는 말을 전해달라고 했습니다."라는 말로 수상 소감을 대신했다.

프란츠 카프카 협회가 프라하 시와 공동으로 주관하는 이 특별한 문학상은 2001년부터 국제적인 수준의 심사 위원단이 엄격하고 공정한 심사 과정을 거쳐 수상자를 선정해오고 있다. 플로라 콘웨이에 앞서 이 상을 수상한 작가로는 필립 로스, 바츨라프 하벨, 페터 한트케, 무라카미 하루키 등이 있다.

2004년에 발표된 플로라 콘웨의의 야심만만한 데뷔작 《미로 속의 소녀》는 세상에 이름이 전혀 알려지지 않았던 신예 작가를 단숨에 문학계의 전면으로 불러냈다. 《미로 속의 소녀》는 20여 개 국에서 번역 출판되었고, 여러 나라의 비평가들로부터 고전의 반열에 올려놓아도 손색없는 작품이라는 찬사를 이끌어냈다. 이 소설은 9.11테러가 일어나기 전날 여러 명의 뉴요커들이 벌인 행적을 추적

한다. 그들은 뉴욕 바워리에 위치한 술집 〈미로〉에서 만나는데, 플로라 콘웨이가 종업원으로 일한 경험이 있는 술집이다. 대단한 화제를 불러 모은 데뷔작 이후 출판한 두 작품 《내쉬의 균형》과 《감정의 종말》은 플로라 콘웨이가 21세기 최고의 작가들 가운데 한 사람이라는 사실을 유감없이 증명해주었다.

아울러 프란츠 카프카 상을 대리 수상한 출판사 대표 팡틴 드 빌라트르는 감사 인사를 전하는 자리에서 플로라 콘웨이의 차기작 출간이 임박했다는 뉴스를 발표했다. 플로라 콘웨이의 신작 출간 소식은 삽시간에 언론과 독자들에게로 먼지구름처럼 퍼져나갔다. 서점가에서도 플로라 콘웨이의 신작 출간 소식이 따끈따끈한 핫뉴스가 되고 있다.

플로라 콘웨이는 극도로 노출을 꺼리는 신비주의의 베일 속에 얼굴을 가리고 있지만 빛나는 오라를 발산하고 있다. 그녀는 누구나 기억하는 유명 작가가 되었지만 단 한 번도 TV나 라디오에 출연한 적이 없다. 전담 출판사는 책 표지에 항상 언제 찍었는지 알 수 없는 단 한 장의 사진만을 줄곧 사용해오고 있다.

플로라 콘웨이는 가끔 응한 이메일 인터뷰에서 높은 지명도와 그에 따르는 각종 제약, 미디어의 필요 이상의 관심, 대중의 호기심 어린 시선으로부터 자유롭고 싶다는 말로 노출을 기피하는 이유를 설명했다.

최근 《가디언》지와 가진 이메일 인터뷰에서는 전혀 생산적이지 않은 논란거리를 무차별적으로 양산하는 언론의 위험한 곡예를 좋아하지 않을뿐더러 상업적인 목적을 이루기 위해 선정적인 기사를 남발하는 미디어의 불장난에 힘을 보태고 싶지 않다는 의사를 밝히기도 했다. 한편 플로라 콘웨이는 각종 인터넷 미디어와 대규모 방송사들이 양산하는 다양한 콘텐츠에 매몰되어 점점 건강한 비판이 설 자리를 잃어가고, 깊은 성찰을 이끌어내는 지성의 역할이 축소되어 가고 있는 세태에 대해 우려를 표했다. 플로라 콘웨이가 언론을 대하는 입장은 뱅크시(Banksy 1990년부터 영국에서 활동해온 길거리 화가, 그라피티 아티스트, 영화감독 : 옮긴이), 인베이더 아티스트(Invader Artist 익명으로 활동하는 프랑스의 그라피티 아티스트로 8비트 비디오 게임을 주제로 하는 도자기 타일들을 제작해 이를 모자이크 기법으로 배열한 작업이 유명하다 : 옮긴이), 그룹 다프트 펑크(Daft Punk 기마뉘엘 드 오멩 크리스토와 토마 방갈테르가 결성한 프랑스의 전자음악 듀오. 1990년대 말부터 하우스 음악으로 큰 인기를 얻고 있다 : 옮긴이), 이탈리아 작가 엘레나 페란테(Elena Ferrante 1943년에 출생한 이탈리아 소설가로 엘레나 페란테는 필명이다. 4권으로 이루어진 나폴리 소설 연작이 대표작이다 : 옮긴이) 같은 현대 예술가들과 맥을 같이 한다. 가령 이탈리아 작가 엘레나 페란테는 "소설은 작가가 아니라 작품을 전면에 드러내는 장르이다."라는 말로 익명을 고집하는 이유를 설명한 적이 있다. 플로라 콘웨이는 "소설이든 다른 예술 분야의 창작물이든 일단 세상에 선을 보이고 나면 작품은 작가와는 별개로 자체의 의미를 갖는다."라고 말한다.

일부 비평가들은 플로라 콘웨이가 프란츠 카프카 상을 수상한 만

큼 그간 은둔자를 자처하며 칩거해온 혼자만의 동굴 생활을 청산하
고, 바깥세상으로 나오지 않을까 조심스럽게 기대했지만 안타깝게
도 빗나간 추측이 될 것으로 보인다.

-블랑딘 상송

미로 속의 소녀

1. 꼭꼭 숨어라

우리 눈앞에서 펼쳐지는 이야기는 가장 또렷이 보여야만 하는데 오히려 가장 심하게 흔들려 보인다.
—줄리언 반스

1

브루클린, 2010년 가을

6개월 전인 2010년 4월 12일에 당시 세 살이던 내 딸 캐리 콘웨이가 윌리엄스버그의 아파트에서 숨바꼭질을 하던 도중 실종되었다.

따스한 햇살이 내리비치던 날, 봄을 맞은 뉴욕에서 흔히 대할 수 있는 화창한 오후였다. 그 무렵 나는 매일 캐리의 학교 수업이 끝나는 시간에 맞춰 맥카렌 공원에 있는 몬테소리학교까지 걸어가 딸을 데려오는 게 중요한 일과 중 하나였다. 그날 돌아오는 길에 마르첼로스에 들러 과일 퓌레 한 병과 레몬 카놀리를 샀고, 캐리는 유모차를 마다하고 깡충깡충 뛸 듯이 걸으며 그 음식들을 다 먹었다.

우리가 베리 가 396번지의 랭카스터 빌딩에 도착했을 때 3주 전부터 일하기 시작한 경비원 트레버 풀러 존스가 캐리에게 깨를 뿌린 막대 사탕 하나를 건네며 말했다.

"녹기 전에 먹어야 해." 그런 다음 한마디 덧붙였다. "넌 엄마가 작가라서 좋겠구나. 매일 밤 꿈나라로 가기 전 엄마가 재미있는 이야기를 맘껏 들려줄 테니까."

내가 아이를 대신해 웃으며 말을 받았다. "아이에게 그런 말을 하는 걸 보니 아직 내가 쓴 소설을 한 줄도 읽어보지 않으셨군요."

트레버는 내 말에 순순히 동의했다. "네, 꼭 읽어보고 싶은데 시간이 나지 않네요."

나는 짓궂게 트레버의 말을 한 번 더 꼬집었다. "읽을 시간이 없는 게 아니라 읽기 싫어서 아닌가요?"

트레버와 이야기를 나누는 사이 엘리베이터가 도착했다. 나는 늘 하던 대로 캐리를 안아 올려 아이가 7층 버튼을 누르도록 해주었다. 노후화된 엘리베이터가 심하게 덜컹거리는 소리를 내며 위로 올라갔다. 랭카스터 빌딩은 오래된 건물이라 리노베이션 작업이 한창 진행되고 있었다. 코린트 양식 줄기둥 사이에 통유리를 끼워 넣은 유리 빌딩으로 제법 흥미로운 이력이 있는 건물이었다. 한때는 유명 장난감 회사의 창고로 쓰였다. 1970년대 초에 브루클린에 밀어닥친 탈산업화 물결에 떠밀려 장난감 회사가 문을 닫은 이후 계속 쇠락의 길을 걸었다. 근래 들어 브루클린이 새롭게 각광받는 주거지로 떠오르면서 아파트로 리모델링되었다.

캐리는 집에 들어서자마자 운동화를 벗어던지고 몽실몽실한 방울이 달린 연분홍색 실내화로 갈아 신었다. 내가 턴테이블이 놓인 곳으로 걸어가자 캐리가 졸졸 뒤따라왔다. 나는 턴테이블에 라벨의 〈피아노 협주곡 G장조 2악장〉을 걸었다. 내가 음악을 들으며 빨래를 너는 동안 캐리가 옆에 달라붙어 숨바꼭질을 하자고 졸라대기 시작했다.

캐리는 숨바꼭질을 유난히 좋아했다. 태어난 첫해부터 '엄마 없다. 까꿍!' 놀이를 수도 없이 많이 한 탓일 수도 있었다. 그 당시 캐리는 손을 활짝 펴봐야 고작 얼굴의 절반밖에 가리지 못했다. 아주 잠깐 동안 엄마의 얼굴이 보이지 않다가 마법처럼 다시 나타나면 캐리는 까르르 웃음을 터뜨리며 재미있어 했다. 캐리는 좀 더 자라 세 살이 되면서 숨바꼭질이 어떤 놀이인지 제대로 터득했다. 요즘은 커튼 뒤나 테이블 아래로 재빨리 기어들어가 숨소리조차 내지 않았다. 물론 아직 발끝이나 팔꿈치, 미처 오므리지 못한 다리가 밖으로 삐져나와 있기 일쑤였지만 대단한 발전이었다. 술래가 된 내가 일부러 엉뚱한 곳으로 걸어가 여기저기 들쑤시고 다니면 캐리는 한없이 너그러운 마음으로 손을 흔들어 자기가 어디 숨어 있는지 친절하게 알려주기도 했다.

캐리가 하루하루 몰라보게 성장하면서 숨바꼭질은 점점 더 진지

한 놀이가 되어가고 있었다. 캐리가 다른 방들까지 폭넓게 이용하게 되면서 몸을 숨길 수 있는 장소도 훨씬 다양해졌다. 캐리는 방문 뒤에 쪼그려 앉거나 욕조에 들어가 납작 엎드리거나 침대 밑으로 기어들어가 술래인 나를 골탕 먹였다. 규칙도 좀 더 엄격하게 적용되었다. 술래는 벽을 향해 눈을 감고 서서 스물까지 정확하게 세고 나서야 숨은 사람을 찾아 나설 수 있게 되었다.

4월 12일 오후, 브루클린의 빌딩들 위로 따사로운 햇살이 내리쬐었다. 아파트 안이 온통 화사한 빛으로 채워진 그날도 캐리와 나는 숨바꼭질 놀이에 열중했다.

"엄마, 속이면 안 돼!" 내가 철저하게 규칙을 지키고 있었음에도 캐리는 가끔씩 주의를 주는 걸 잊지 않았다.

벽을 향해 돌아선 나는 양손으로 눈을 가리고 하나, 둘, 셋 숫자를 세기 시작했다. 너무 빠르거나 느리게 세지 않기로 캐리와 사전 약속이 되어 있었다.

"하나, 둘, 셋, 넷, 다섯……."

그날, 마치 살얼음판 위를 걷듯 마루 위를 살금살금 걷던 캐리의 발자국 소리를 또렷이 기억한다. 캐리는 조심스럽게 걸어 내가 출입문을 등지고 서있던 방을 벗어났다. 캐리가 거실을 가로질러 걸어가면서 유리벽 맞은편에 놓인 일인용 안락의자를 건드렸던 소리도 또렷이 기억한다.

"여섯, 일곱, 여덟, 아홉, 열……."

유리벽을 통해 따스한 햇살이 쏟아져 들어오고 있었다. 햇살에 취한 나는 몸이 나른해지고 정신이 느슨하게 풀어진 상태로 거실에서 들려오는 음악을 들으며 캐리가 어디쯤에서 숨을 곳을 찾고 있을지 가늠해보았다. 거실의 턴테이블에서는 내가 좋아하는 라벨의 피아노 협주곡 중에서 아다지오 부분이 흘러나오고 있었다. 잉글리시 혼과 피아노 협주.

"열하나, 열둘, 열셋, 열넷, 열다섯……."

음악 소리가 마치 일정하게 내리는 빗소리처럼 아련하게 들리기도 했다.

"열여섯, 열일곱, 열여덟, 열아홉, 스물."

마침내 나는 캐리를 찾아 나서기 위해 눈을 떴다.

2

"캐리, 꼭꼭 숨지 않으면 엄마가 금세 찾아낼 거야!"

나는 캐리가 숨바꼭질 놀이의 스릴과 서스펜스를 제대로 만끽할 수 있길 바라며 자못 진지하게 말했다. 캐리가 듣길 원하는 음악을 연주해주기 위해 악보를 펼친 셈이었다. 나는 이 방 저 방 돌아다니며 혼잣말을 중얼거렸다.

"쿠션 밑에도 없고, 소파 뒤에도 없고."

심리학자들 가운데 숨바꼭질이 교육적인 효과가 매우 큰 놀이라고 주장하는 사람들이 있다. 아이들은 부모와의 숨바꼭질을 통해 일시적이고 인위적인 거리두기를 반복하면서 자기 자신과 부모 사이에 형성되어 있는 유대감이 얼마나 공고한지 느끼게 된다고 했다. 숨바꼭질이 긍정적인 효과를 거두려면 부모는 연극에 출연한 배우처럼 진지하게 맡은 역할을 수행해내야 한다. 그래야만 아이는 숨어 있는 동안 풍부하고 다양한 감정 변화를 경험하게 된다. 아이가 엄마와 재회의 기쁨을 맛보기 전까지 이어지는 긴장, 두려움, 흥분 따위 감정을 제대로 경험할 수 있게 해주려면 어느 정도 적절한 소요 시간이 필요하다. 너무 빨리 아이를 찾아내 긴장의 맥이 너무 쉽게 풀리게 되면 기대했던 효과를 거둘 수 없다.

대개의 경우 눈을 뜨기도 전에 이미 캐리가 어디에 숨어 있는지 대략 짐작할 수 있었는데 그날은 아니었다. 처음 2,3분가량 연기하듯 캐리를 찾는 시늉을 하다가 괜한 '척하기'를 그만두고 본격적으로 찾아다니기 시작했다.

아파트가 제법 넓은 편이긴 해도 - 오래된 빌딩을 개조한 2백 평방미터짜리 대형 유리 상자 - 내가 아는 한 캐리가 나를 완벽하게 속이고 몸을 숨길 수 있는 장소는 없었다.

나는 몇 달 전, 소설을 써서 받은 저작권료를 몽땅 쏟아부어 이 아파트를 구입했다. 랭카스터 빌딩을 주거용 아파트로 개조한다는 계획이 발표되자 구입하길 원하는 사람들이 구름처럼 몰려들었다. 리모델링 공사가 미처 마무리되기도 전에 매물이 모두 판매되었다. 막차를 탄 나는 겨우 꼭대기 층 아파트 한 채를 구입했다. 가급적 빨리 입주하고 싶어 공사를 맡은 인테리어 업자에게 웃돈까지 찔러주었다. 아파트에 입주한 후 가벽들을 모조리 철거하고, 바닥에 짙은 황금색 마루를 깔았다. 미니멀 라이프를 추구하는 내 성향에 맞게 가구와 장식을 최소화하고 공간 활용도를 높였다.

우리가 마지막으로 숨바꼭질을 한 그날, 장난기 많은 아이 캐리는 내가 쉽게 찾아내기 힘든 장소를 발견해냈다. 청소 도구를 넣어두는 수납공간 안쪽에 빨래 건조기가 설치되어 있었는데, 그 뒤편에 체구가 큰 어른은 들어가기 힘든 자그마한 공간이 있었다.

제법 많은 시간이 흐르는 동안 나는 캐리를 찾아내지 못했다. 시간이 흐를수록 점점 기분이 꺼림칙했지만 인내심을 갖고 집 안 구석구석을 살피고 다녔다. 가구 뒤쪽 좁은 공간, 수납장 안의 빈틈, 침대 밑까지 빠짐없이 들여다봤다. 집 안을 한 바퀴 다 돌아보고도 캐리를 찾아내지 못해 처음부터 다시 시작했다. 자꾸만 조급해지는 마음에 서둘러 걷다가 턴테이블과 엘피판을 놓아둔 참나무 탁자를 건드렸다. 그 바람에 턴테이블의 바늘이 튀면서 음악이 멈춰버렸다. 이내 집 안은 무거운 침묵에 휩싸였다. 바로 그 순간 머릿속에서 불길한 예감이 들었다.

"캐리, 엄마가 졌으니까 이제 숨어 있지 말고 나와."

나는 캐리가 혹시 집 밖으로 나간 건 아닌지 확인해보기 위해 현관으로 달려갔다. 방탄 장치가 되어 있는 현관문은 이중으로 굳게 잠겨 있었다. 열쇠꾸러미에 달린 현관문 열쇠가 위쪽 구멍에 그대로 꽂혀 있었다. 캐리의 손이 닿지 않는 위치였다. 캐리가 원했어도 혼자서는 도저히 밖으로 빠져나갈 수 없는 조건이었다.

"캐리, 어디 있니? 네가 이겼으니까 이제 그만 나오렴."

나는 해일처럼 밀려오는 불안감을 잠재우기 위해 인내심을 끌어

모았다. 설령 현관문 열쇠를 가지고 있는 사람이 있더라도 안쪽에 열쇠를 꽂아둔 이상 밖에서는 문을 열 수 없게 되어 있었다. 유리창은 빌딩을 리모델링할 때 완벽하게 밀봉되었다. 캐리가 집 밖으로 나가거나 누군가 안으로 들어오거나 그 어느 쪽도 가능하지 않은 상황이었다.

"캐리, 어디야? 이제 그만 나와."

나는 마치 센트럴파크를 전속력으로 절반쯤 달린 사람처럼 숨이 가빠오기 시작했다. 숨을 깊이 들이마시려고 입을 크게 벌려보았지만 공기가 폐로 전달되는 느낌이 들지 않았다.

숨바꼭질을 하다가 아이가 갑자기 사라지는 일은 불가능해. 숨바꼭질은 언제나 해피엔딩으로 끝나는 놀이잖아. 숨바꼭질의 콘셉트는 술래가 숨은 사람을 찾아내는 거야. 애초부터 숨은 사람을 찾아낼 수 있다는 전제가 있어야만 성립되는 놀이지.

"캐리, 엄마는 이제 재미없어. 당장 나와."

나는 정말이지 술래 역할에 흥미를 잃었을 뿐만 아니라 어찌나 속이 타는지 입안이 바짝바짝 타들어갈 지경이었다. 캐리가 자주 숨었던 장소와 그 일대를 이 잡듯이 뒤져보았지만 끝내 종적이 묘연했다. 비로소 심상치 않은 일이 발생했다는 생각이 들며 평소였다면 상상하기 힘든 곳까지 뒤지기 시작했다. 세탁기 안, 벽난로 안, 냉장고 안을 들여다보았고, 배관 파이프들이 얼기설기 설비되어 있는 천장까지 올려다보았다.

"캐리!"

급기야 나는 비명에 가까운 소리를 내질렀다. 내 목소리가 아파트 유리벽을 흔들리게 할 만큼 크게 울려 퍼졌다. 메아리가 잦아들자 이내 무거운 침묵이 찾아들었다. 바깥을 내다보니 언제 사라졌는지 해가 더 이상 보이지 않았다. 어느새 겨울이 예고도 없이 불쑥 찾아온 듯 싸늘한 한기가 느껴졌다.

나는 잠시 그 자리에 가만히 서있었다. 온몸이 으슬으슬 떨리는 가운데 이마에는 식은땀이 흥건하게 맺혔고, 눈물이 뺨을 타고 흘러내렸다. 가까스로 정신을 수습한 나는 현관에서 거실로 이어지는 통로를 살펴보다가 바닥에 떨어져있는 캐리의 실내화 한 짝을 발견했다. 연분홍색 벨벳 실내화로 이상하게 왼발에 신는 한 짝밖에 남아 있지 않았다. 나는 나머지 한 짝을 부지런히 찾아보았지만 끝내 발견하지 못했다.

가슴이 덜컹 내려앉을 만큼 큰 충격에 휩싸인 나는 경찰을 부르기로 마음먹었다.

3

내 연락을 받고 윌리엄스버그 북부 90구역 경찰서의 마크 루텔리 형사가 가장 먼저 달려왔다. 은퇴할 날이 얼마 남지 않은 나이 지긋한 형사였다. 피로감에 찌들어 주름살이 늘어지고, 눈 아래 잡힌 다크서클이 선명했지만 그는 내가 자초지종을 설명하는 동안 진지하게 들어주었다. 그가 아파트 내부를 꼼꼼하게 살펴보고 나서 랭카스터 빌딩 전체를 수색해볼 필요가 있다는 판단을 내리고 인력 보충과 함께 과학 수사대에 지원을 요청했다.

호출을 받고 출동한 형사들이 랭카스터 빌딩 거주자들을 상대로 탐문 조사에 나섰고, 마크 루텔리 형사는 건물 관리실에서 감시 카메라 영상을 돌려보기 시작했다. 그는 한 짝만 남은 실내화를 근거로 '유괴 경보'를 발동시키려고 했지만 FBI(연방경찰)는 좀 더 분명하고 구체적인 정보가 수집되어야 한다는 조건을 내걸며 아직은 시기상조라는 입장을 밝혔다.

시간이 흐를수록 나는 점점 더 초조해져 완전히 얼이 빠진 상태가 되었다. 경찰이 한시바삐 캐리를 찾아낼 수 있도록 결정적인 정보를 제공하고 싶었지만 나 역시 어떻게 된 일인지 도저히 알 길이 없었다.

나는 답답하고 초조한 마음에 내 소설을 전담 출판하는 팡틴의 휴대폰으로 전화했지만 받지 않아 음성메시지를 남겼다.

"팡틴, 나를 좀 도와줘. 캐리가 실종되었어. 경찰이 수사에 착수했는데 아직 아무런 단서도 찾아내지 못했어. 난 지금 패닉 상태야. 초조하고 불안해 미치겠어. 음성메시지를 듣는 대로 전화 부탁해."

어느새 브루클린 일대에 어둠이 내려앉았다. 캐리는 여전히 어디로 사라졌는지 알 수 없었고, 경찰의 수사는 지지부진한 상황이었다. 아이는 숨바꼭질을 하던 중 어디론가 종적도 없이 증발해 버렸다.

내가 잠시 한눈파는 사이 피에 굶주린 마왕이 아파트에 들이닥쳐 캐리를 몰래 납치해갔을까?

밤 8시에 루텔리 형사의 상사인 프랜시스 리차드 경위가 랭카스터 빌딩 앞에 도착했다. 형사들이 내 아파트에 딸린 지하 창고를 조사하는 동안 나는 프랜시스 리차드 경위를 만나보기 위해 아래로 내려갔다. 그가 몹시 추운 듯 트렌치코트의 깃을 최대한 위로 올리며 말했다. "작가님의 집 전화기에 도청 장치를 달아두라고 지시했습니다."

베리 가에는 찬바람이 심하게 불어댔고, 랭카스터 빌딩으로 진입하는 모든 차량 운행이 봉쇄되었다.

"납치범이 아이를 풀어준다는 조건을 내걸고 몸값을 요구하거나 필요에 따라 다른 요구를 해올 수 있습니다. 일단 현장은 경찰에게 맡기고 서로 가실까요? 몇 가지 물어볼 게 있습니다."

"캐리가 납치되었다고 단정할 근거가 있나요?"

"보시다시피 우리도 열심히 근거를 찾고 있지만 아직 이렇다 할 성과가 없어 유감입니다."

나는 고개를 들어 어둠 속에 우뚝 솟아 있는 랭카스터 빌딩을 올려다보았다. 빌딩이 나에게 캐리는 여전히 건물 안에 있으니 집을 떠나 다른 곳에 가면 돌이킬 수 없는 실수가 될 거라고 속삭였다. 나는 루텔리 형사에게 도움을 요청하는 눈길을 보냈지만 그는 오히려 상사 편을 들고 나섰다.

"자, 일단 경찰서로 가시죠. 중요한 질문이 있으니까."

플로라 콘웨이의 심문 내용 발췌

2010년 4월 12일, 월요일에 프랜시스 리차드 경위와 마크 루텔리 형사가 90구역 청사(NY 11211, 브루클린 유니온 애비뉴 211번지)에서 진행한 심문 내용.

8:18 PM

리차드 경위(본인이 적은 메모를 내려다보면서) : 당신은 우리에게 캐리의 아버지 이름이 로메오 필리포 베르고미라고 했습니다. 파리 오페라 발레단의 무용수이고요.

플로라 콘웨이 : 정확하게 말하자면 파리 오페라 발레단의 코리페입니다.

루텔리 형사 : 코리페는 정확하게 무엇을 뜻합니까?

플로라 콘웨이 : 파리 오페라 발레단의 무용수들은 저마다 맡은 역할에 따라 여러 등급으로 나뉩니다. 최고 등급인 에투알(Étoile 수석 무용수), 프리미어 당쇠르(Premier Danseur 퍼스트 솔리스트), 쉬제(Sujet 세컨드 솔리스트), 코리페(Coryphée 군무의 리더) 등으로 구성되어 있죠.

리차드 경위 : 베르고미 씨는 최하위 등급입니까?

플로라 콘웨이 : 그 아래 등급도 있는 것으로 알고 있지만 대체로 하위 등급이긴 하죠.

리차드 경위 : 베르고미 씨의 나이가 스물여섯 살이라고요?

플로라 콘웨이 : 이미 다 조사해놓고, 왜 또 물으시죠?

루텔리 형사 : 네, 사실은 베르고미 씨와 통화했습니다. 캐리의 안위에 대해 매우 걱정스러워 하더군요. 당장 공항으로 달려가겠다고

했으니까 아마 늦어도 내일 오전이면 뉴욕에 도착할 겁니다.

플로라 콘웨이 : 그 사람이 캐리에 대해 걱정했다고요? 여태껏 단한 번도 아이에게 관심을 보인 적이 없는 사람인데 정말 이상한 일이네요.

루텔리 형사 : 베르고미 씨가 많이 원망스럽겠군요?

플로라 콘웨이 : 아뇨, 이제 그 사람이 어떻게 살아가든 전혀 상관하지 않아요.

루텔리 형사 : 베르고미 씨나 그의 주변 사람들 가운데 혹시 앙심을 품고 캐리를 납치할 수도 있다고 의심해볼 만한 인물이 있을까요?

플로라 콘웨이 : 당장 떠오르는 인물은 없지만 전혀 가능성이 없는 얘기라고 단정할 필요는 없겠죠. 난 사실 베르고미나 그 주변 사람들에 대해 잘 모릅니다.

리차드 경위 : 아이 아빠인데 잘 모른다고요? 어떻게 그럴 수 있죠?

8:25 PM

루텔리 형사 : 혹시 당신에게 원한을 품을 만한 인물이 있을까요?

플로라 콘웨이 : 내가 아는 한에는 없어요.

루텔리 형사 : 당신이 유명 작가가 된 걸 시기 질투하는 사람이 있지 않을까요? 혹시 당신의 동료 작가들 가운데 언뜻 떠오르는 사람은 없습니까?

플로라 콘웨이 : 내가 '동료 작가'라고 부를 수 있는 사람은 없어요. 작가라는 직업은 공장이나 사무실에서 일하는 사람들처럼 동료가 반드시 필요하지는 않으니까요.

루텔리 형사 : 요즘 책을 읽는 사람들이 점점 줄어들고 있다면서요? 책이 팔리지 않으니 작가들의 경제 사정도 그다지 좋지는 않겠군요. 작가들 사이의 경쟁이 치열해지다 보니 서로 질시하는 분위기가 조성될 수 있다고 보는데요.

플로라 콘웨이 : 물론 그럴 가능성이 전혀 없다고 단정할 수는 없겠지만 내 아이를 유괴할 만큼 나에게 앙심을 품을 사람이 있을까요?

리차드 경위 : 주로 어떤 장르의 소설을 쓰십니까?

플로라 콘웨이 : 모르긴 해도 당신이 즐겨 읽는 장르는 아닌 것 같군요.

루텔리 형사 : 독자들 중에도 가끔 이상한 사람들이 있지 않나요? 영화 〈미저리(Misery)〉에 나오는 여성처럼 혹시 당신 주변에도 과도한 집착을 보이는 팬이 있다는 느낌을 받은 적은 없습니까? 가령 당신 사생활에 대해 지나치게 간섭하려드는 팬이라든지요?

플로라 콘웨이 : 독자들이 간혹 편지나 이메일을 보내오긴 하지만 나는 전혀 읽지 않아요. 아마도 출판사 담당자가 나를 대신해 메일을 읽어보긴 하겠죠. 메일 내용이 궁금하면 출판사에 전화해 물어보세요.

루텔리 형사 : 독자들이 보낸 메일을 읽지 않는 이유가 뭐죠? 독

자들이 당신이 쓴 소설을 어떻게 생각하는지 궁금하지 않나요?

플로라 콘웨이 : 글쎄요, 난 전혀 궁금하지 않아요.

리차드 경위 : 왜죠?

플로라 콘웨이 : 독자들은 어차피 읽고 싶은 책을 읽을 겁니다. 내가 쓴 소설이라고 해서 무조건 다 읽지는 않겠죠.

8:29 PM

루텔리 형사 : 작가들은 대체로 수입이 얼마나 됩니까?

플로라 콘웨이 : 책 판매량에 따라 천차만별이죠. 당연한 말이지만 베스트셀러 작가는 천문학적인 돈을 버는 반면 무명작가는 단 한 푼도 벌지 못해요. 그렇다고 작가의 명성이 영원불변하지는 않죠. 작가의 수입은 고정되어 있지 않고, 변화된 조건에 따라 급격하게 달라질 수 있어요.

루텔리 형사 : 당신은 이름이 많이 알려진 작가인 만큼 수입이 제법 많겠군요?

플로라 콘웨이 : 수입이 제법 많지만 아파트를 사고, 인테리어를 하는 데 다 써버렸어요.

루텔리 형사 : 하긴 엄청 비싼 아파트니까.

플로라 콘웨이 : 돈이 많이 들긴 했지만 나름 의미 있는 투자였죠.

리차드 경위 : 어떤 점에서요?

플로라 콘웨이 : 나를 보호해줄 견고한 벽이 필요했거든요.

루텔리 형사 : 당신을 누구로부터 보호한다는 거죠?

8:34 PM

리차드 경위(《AFP》기사를 플로라 콘웨이의 눈앞에서 흔들어 보이며) : 많이 늦었지만 프란츠 카프카 상을 받은 것에 대해 축하인사를 해야겠군요.

플로라 콘웨이 : 고마워요.

리차드 경위 : 수상자로 선정되고 나서 행사 초대를 받았을 텐데 왜 프라하에 가지 않았죠? 신문에서 '사회공포증' 때문이라는 기사를 본 적이 있는데 사실입니까?

플로라 콘웨이 : 그 질문에는 굳이 대답할 필요성을 느끼지 못하겠군요.

루텔리 형사 : 왜죠?

플로라 콘웨이 : 갑자기 당신들의 머릿속에 도대체 뭐가 들어있는지 의문이 드네요. 지금 한가하게 그런 질문이나 하면서 허비할 시간이 있나요?

리차드 경위 : 어제 저녁에 어디에 있었습니까? 딸과 함께 줄곧 아파트에 있었나요?

플로라 콘웨이 : 잠깐 외출했다가 돌아왔는데요.

리차드 경위 : 어디에 갔었죠?

플로라 콘웨이 : 부시위크(브루클린의 한 구역, 맨해튼의 그리니치에 살던 예술가들이 치솟는 집값을 감당하기 어려워 다리 건너 윌리엄스버그로 밀려났다가 거기마저 비싸지자 옮긴 동네로 벽에 그린 그라피티와 카페들로 유명하다 : 옮긴이)에 갔었어요.

루텔리 형사 : 부시위크는 넓은 지역인데 구체적으로 어디에 갔었죠?

플로라 콘웨이 : 프레데릭 가에 있는 〈르 부메랑〉이라는 술집에 갔었어요.

리차드 경위 : 사회공포증을 앓고 있다면서 혼자 술집에 간다는 건 언뜻 이해가 되지 않는군요. 앞뒤가 안 맞잖아요?

플로라 콘웨이 : 난 사회공포증을 앓고 있지 않아요. 내 소설을 전담해서 내는 출판사 대표 팡틴이 기자들의 질문에 급히 대답하다가 실수로 내뱉은 말이죠. 기자들이 자꾸 인터뷰 요청을 하니까 팡틴이 그들을 따돌리려고 내가 사회공포증을 앓고 있다고 둘러댄 거예요.

루텔리 형사 : 당신은 왜 인터뷰에 응하지 않죠?

플로라 콘웨이 : 인터뷰는 내가 해야 할 일이 아니니까요.

루텔리 형사 : 그럼 당신이 해야 할 일은 뭔데요?

플로라 콘웨이 : 나는 소설을 쓰면 되고, 나머지 일은 팡틴이 알아서 해야겠죠.

리차드 경위 : 당신이 집을 비워야 할 때 캐리는 누가 돌봐줍니까?

플로라 콘웨이 : 주로 베이비시터에게 맡기지만 가끔 팡틴이 돌봐주기도 해요.

루텔리 형사 : 어젯밤에 당신이 〈르 부메랑〉에 있는 동안에는 누가 아이를 돌봐주었죠?

플로라 콘웨이 : 베이비시터에게 맡겼어요.

루텔리 형사 : 베이비시터의 이름이 뭐죠?

플로라 콘웨이 : 나도 몰라요. 나는 그저 베이비시터협회에 전화해 아이를 맡길 뿐이니까요. 협회에서 매번 다른 사람을 보내주기 때문에 이름을 일일이 외울 수는 없어요.

8:39 PM

루텔리 형사 : 〈르 부메랑〉에는 무슨 일로 갔죠?

플로라 콘웨이 : 술을 마시러 갔어요. 다들 술을 마시려고 술집에 가지 않나요?

루텔리 형사 : 많이 마셨습니까?

리차드 경위 : 술도 마시고, 마음에 드는 남자에게 작업도 걸었겠네요.

플로라 콘웨이 : 술집에 가는 건 남자 때문이 아니라 내 일과 밀접한 관련이 있어서입니다.

리차드 경위 : 그건 무슨 뜻입니까?

플로라 콘웨이 : 나는 가끔 술집에 가서 사람들을 관찰하며 시간을 보내요. 사람들이 많이 모이는 곳에 가서 누군가에게 말을 걸어보기도 하고, 조용히 관찰하며 어떤 인물인지 상상해보기도 하고, 마음속 깊이 감춰둔 비밀이 뭔지 가늠해보기도 해요. 소설을 쓰려면 사람들을 부지런히 관찰하고 연구해야 하니까요. 사람에 대한 연구가 소설을 쓰는 데 필요한 동력과 연료를 제공해주죠.

리차드 경위 : 어젯밤에는 주로 어떤 사람들을 만났는데요?

플로라 콘웨이 : 왜 그런 질문을 하죠? 내가 사생활을 다 털어놓아야 만족하시겠어요?

리차드 경위 : 어젯밤에 당신이 술집을 나설 때 어떤 남자와 동행했다는 말을 들었는데 사실인가요?

플로라 콘웨이 : 네, 그래요.

루텔리 형사 : 동행한 남자 이름은?

플로라 콘웨이 : 하산.

루텔리 형사 : 성은?

플로라 콘웨이 : 나도 몰라요.

루텔리 형사 : 술집을 나와 어디로 갔죠?

플로라 콘웨이 : 내 아파트.

리차드 경위 : 그 남자와 성관계를 가졌습니까?

플로라 콘웨이 : …….

리차드 경위 : 대답하기 곤란하겠지만 수사상 필요하니까 답변해주시기 바랍니다. 하산과 성관계를 가졌나요?

8:46 PM

루텔리 형사 : 이 동영상을 봐주세요. 오늘 오후에 당신이 사는 아파트 건물 7층에 설치된 감시 카메라에 찍힌 영상입니다.

플로라 콘웨이 : 난 거기에 감시 카메라가 설치되어 있는지 전혀 몰랐어요.

리차드 경위 : 6개월 전 입주민 총회 때 감시 카메라를 설치하기로 결정했다더군요. 돈 많은 사람들이 랭카스터 빌딩에 입주하면서 이전보다는 치안이 많이 강화되었죠.

플로라 콘웨이 : 당신들이 이미 감시 카메라를 다 봤을 텐데 내가 굳이 볼 필요가 있을까요?

루텔리 형사 : 감시 카메라에 당신이 아파트 출입문을 드나드는 모습이 모두 찍혀 있어요. 자, 화면을 보시죠. 당신이 캐리와 함께 학교에서 돌아옵니다. 화면 아래쪽 시간을 보세요. 15시 53분입니다. 그 이후에는 아무것도 찍히지 않았어요. 내가 아파트에 도착한 16시 58분까지 출입문을 열고 아파트 안으로 들어가거나 근처에서 어슬렁거린 사람은 아무도 없었다는 뜻입니다.

플로라 콘웨이 : 나도 이미 아파트에 출입한 사람이 아무도 없었다고 말했잖아요.

리차드 경위 : 그러니까 당신이 뭔가 감추고 있다고 의심할 수밖에요. 아파트 안으로 들어가거나 나온 사람이 아무도 없으니까 캐리는 당연히 집 안에 있어야 마땅하잖아요.

플로라 콘웨이 : 나 역시 캐리가 집 안에 있을 거라 철석같이 믿었어요. 끝내 캐리를 찾아내지 못했지만 집 안 구석구석을 이 잡듯이 뒤지기도 했죠. 나는 실패했지만 당신들이 캐리를 찾아주길 바랄 뿐이에요.

나는 자리를 박차고 일어서며 거울에 비친 내 모습을 슬쩍 보았다. 창백한 안색에 쪽 지듯 틀어 올린 금발이 눈에 들어왔다. 흰 셔츠, 진 바지, 라이더 재킷 차림인 내가 쓰러지기 일보직전인 듯 위태로운 자세로 서있었다.

리차드 경위 : 아직 물어볼 말이 많으니까 어서 자리에 앉아요.

경찰은 마치 유력한 용의자를 대하듯 나를 몰아붙였다. 사실은 이미 많이 겪어본 일이었다. 그동안 이런 일들을 겪을 때마다 결코 주눅 든 적은 없었다. 나는 형사들의 위압적인 태도에 굴복할 만큼 허약하지 않았다. 형사들의 얼굴에도 차츰 피로감이 묻어났다. 언젠가 악몽은 끝나게 되어 있었다. 다만 지금은 머리가 어질어질해 서있기조차 힘들었다. 갑자기 눈앞이 희미해졌다.

리차드 경위 : 작가가 기절했어. 어서 응급차를 불러.

2. 거짓말로 짠 옷감

작가들을 상대할 때면 당신은 언제나 그들이 정상적인 사람들이 아니라는 사실을 염두에 두어야 한다.
-조나단 코

1

6개월 전, 그러니까 2010년 4월 12일에 내 딸 캐리 콘웨이가 윌리엄스버그 베리 가에 있는 내 아파트 안에서 숨바꼭질을 하던 도중 실종되었다.

경찰서에서 심문을 받다가 정신을 잃은 나는 즉시 브루클린 의료 센터로 실려가 응급치료를 받고 의식을 회복했다. 내가 병원에 입원해있는 동안 FBI요원 두 사람이 잠시도 떠나지 않고 나를 감시했다. 어찌된 일인지 알 수 없었지만 FBI가 뉴욕경찰청(NYPD)으로부터 캐리의 실종 수사를 넘겨받았다.

병실에서 나를 감시하던 FBI요원 중 한 사람이 말했다. "지금 우리 요원들이 당신 아파트를 이 잡듯이 뒤지고 있으니까 캐리가 집 안 어딘가에 있다면 반드시 찾아낼 겁니다."

FBI요원들이 병실에서 나를 심문했다. 그들 역시 뉴욕경찰청 형사들과 마찬가지로 이 수수께끼 같은 실종사건이 모두 나 때문에 발생했고, 나에게서 수사의 실마리를 찾으려한다는 느낌을 받았다. 나는 거듭 용의자 취급을 받고 있어 기분이 나빴다.

캐리에게 도대체 무슨 일이 일어난 것일까?

FBI요원들은 겨우 기력을 회복한 나에게 당분간 내 아파트로 돌아가는 대신 팡틴의 집에 가있으라고 권했다. 일주일 동안 팡틴의 집에 머물면서 아파트로 돌아가도 좋다는 신호가 떨어지기를 기다리라는 것이었다.

2

나는 팡틴의 집에서 일주일을 보내고 나서 랭카스터 빌딩의 아파트로 돌아왔다. 수사는 여전히 한 발짝도 진척되지 않고 있었다. 나는 신경안정제에 의존해 매일이다시피 반복되는 악몽 같은 날들을 견디고 있었다. 경찰이 하루빨리 결정적인 단서를 찾아내든지 용의자를 체포해주길 바랐지만 좀처럼 희망적인 소식이 들려오지 않았다. 지금처럼 답답하고 암담한 시간을 흘려보낼 바에야 차라리 캐리를 납치한 범인이 몸값 흥정이라도 해오는 편이 더 나을 듯했다.

아무런 진척이 없는 수사를 언제까지 지켜보아야 할지 알 수 없는 상황이었고, 어딘가에서 공포에 떨고 있을 캐리를 생각하자니 피가 거꾸로 솟을 지경이었다.

랭카스터 빌딩 아래에는 밤낮없이 카메라와 마이크를 들이댈 준비가 되어있는 기자들이 장사진을 치고 있었다. 그들은 내가 나타나면 즉시 달려들어 인터뷰할 기회를 엿보고 있었다. 수십 명의 기자들이 대기했던 초기보다 숫자가 많이 줄어들긴 했지만 여전히 많았다. 나는 카메라 앞에 나설 생각이 추호도 없었기에 외출을 단념하고 하루 종일 집 안에 틀어박혀 지내는 수밖에 없었다.

캐리의 실종은 '미국사회를 달아오르게 하는' 사회면의 주요 가십거리가 되었다. 언론은 매일 신이 난 듯 관련 기사를 쏟아냈다. 언론사들의 관점에서 보자면 사람들의 흥미를 자극하는 요소들이 골고루 들어있는 사건이었다. '21세기 판 《노란 방의 비밀(Le mystere de la chambre jaune 프랑스 작가 가스통 르루의 소설 : 옮긴이)》', '알프레드 히치콕 감독의 영화를 떠올리게 하는 의문의 실종사건', '아가사 크리스티 버전 2.0' 등 자극적인 헤드라인을 단 추측 기사들이 난무했다. 이름이 같다는 이유로 스티븐 킹의 소설 《캐리(Carrie 스티븐 킹이 1974년에 발표한 데뷔작. 1976년에 브라이언 드 팔마 감독이 영화화했다 : 옮긴이)》와 관련지어 언급한 기사도 있었고, 〈레딧(Reddit 소셜 뉴스 웹사이트로 사용자가 자신의 글을 등록하면 다른 사용자가 '업' 혹은 '다운'을 선택해 투표하고, 이 순위에 따라 글이 메인 페이지에 등록된다 : 옮긴이)〉에도 온갖 가설들이 쏟아졌다.

캐리가 실종되기 전까지 나에 대해 전혀 알지도 못하고, 내가 쓴 책을 단 한 줄도 읽어보지 않은 사람들까지 나서서 내 소설에 나오는 암호 같은 문장들을 퍼 나르며 억지에 가까운 가설의 탑을 쌓아 올렸다. 나와 조금이라도 관련된 사람들은 하나같이 신상털이 표적이 되었고, 하이에나 같은 네티즌들로부터 가차 없이 난도질을 당했다.

언론의 무차별한 의혹 제기와 팩트 체크도 하지 않은 악의적인 기사, 네티즌들이 유포하는 아니면 말고 식 가설들은 판사가 법정에서 내리는 판결보다 훨씬 더 잔인하고 가혹했다. 다양한 의혹들이 아무런 확인 절차도 거치지 않고 사실로 둔갑해 널리 퍼져나갔다. 언론은 진실이 무엇인지는 전혀 관심이 없어 보였고, 오로지 판매 부수와 인터넷판 조회 수를 높이는 데 혈안이 되어 있었다. 몇몇 언론사들은 클릭 노예로 살아가는 사람들의 관심을 유도하기 위해 선정적인 이미지를 동원해 말초신경을 자극하는 기사들을 거침없이 내보내기도 했다. 내 삶을 송두리째 뒤흔든 캐리의 실종이 사이비 저널리스트들에게는 그저 기분 전환용 오락거리이자 조롱의 대상일 뿐이었다.

나를 향한 공격은 대중의 취향에 영합하는 황색 언론의 전유물이 아니었다. 사회적 영향력이 막강한 메이저 언론사들도 진실과 전혀 상관없이 나를 물어뜯기에 여념이 없었다. 상업적인 이윤 추구를 위해 물불을 가리지 않는다는 점에서 보자면 메이저 언론이나 황색 언론이나 종이 한 장 차이였다. 그나마 메이저 언론이 황색 언론과 다른 점이 있다면 미리 빠져나갈 구멍을 만들어놓고 달려든다는 점이었다. 메이저 언론사들은 만약 오보로 밝혀질 경우 법정에서 오리발을 내밀 만반의 준비를 갖추고 있었다. '심층 탐사 보도'로 근사하게 포장하고 있지만 노골적으로 관음증 성향을 드러내는 기사들도 많았다. 상업적 이윤 추구에 눈이 먼 언론사들 입장에서 보자면 캐리의 실종사건은 대중들의 호기심과 집단 관음증을 충족시켜 줄 수 있는 좋은 먹잇감일 뿐이었다.

언론사들의 지나친 취재 열기 때문에 나는 하루 종일 7층의 대형 유리상자 안에 죄수처럼 갇혀 지내는 신세가 되었다. 팡틴은 이미 여러 번 나에게 자기 집에 와서 지내라고 했지만 나는 아직 캐리가 갑자기 돌아올지도 모른다는 희망을 버릴 수 없었다.

랭카스터 빌딩 옥상에 있는 정원만이 내가 신선한 공기를 맛볼 수 있는 유일한 공간이었다. 대나무 울타리로 둘러싸인 그곳은 과거 한때 배드민턴 코트로 사용했던 곳이었다. 그곳에서는 맨해튼과 브루클린의 마천루들이 형성한 스카이라인을 한눈에 볼 수 있었고, 도시의 디테일들이 손에 잡힐 듯 가까이에서 보였다. 사방으로 뿌연 입김을 토해내는 하수도 맨홀, 시간대에 따라 다양한 빛깔로 물드는 빌딩의 유리창들, 붉은 사암으로 치장한 빌딩들의 파사드에 매달려 있는 철제 계단들…….

나는 숨통을 트기 위해 하루에도 몇 번씩 옥상으로 올라갔다. 간혹 가파른 철제 계단을 통해 거대한 물탱크가 놓여있는 곳까지 올라가보기도 했다. 물탱크가 놓인 곳에서 내려다보는 전망은 현기증을 불러일으킬 만큼 아찔했다. 구름 낀 하늘과 텅 빈 여백이 서로 경쟁하듯 시선을 잡아 끌기도 했고, 눈길을 조금 아래쪽으로 옮기면 뛰어내리고 싶은 충동이 일기도 했다.

나는 캐리가 태어나기 전까지 가족이나 친구들과 끈끈한 관계를 맺은 적이 없었다. 캐리는 이 세상에서 나를 절실히 필요로 하는 단 하나의 존재였고, 무슨 일이 있어도 살아남아야 한다는 생각을 포기할 수 없게 해주는 유일한 버팀목이었다. 만약 캐리를 찾아내지 못한다면 내가 선택할 길은 한 가지밖에 없었다. 허공으로 몸을 던지는 것. 아직 일어나지는 않았지만 예언자의 노트에 또렷이 새겨진 문장만큼이나 확실한 일이었다.

나는 매일이다시피 물탱크가 놓여있는 곳으로 가기 위해 가파른 철제 계단을 올랐다. 아직은 실낱같은 희망이 까마득한 빌딩 아래로 몸을 던지지 못하도록 나를 붙잡아 두고 있었다. 캐리가 돌아오지 않는 시간이 길어지고, 사실상 사망했다는 결론이 내려질 경우 지체 없이 뛰어내릴 각오가 되어 있었다. 머릿속에서 극단적인 생각들이 와글거리며 충돌했다. 잠을 잘 때 랭카스터 빌딩 아래로 추락하는 꿈을 꾼 적도 많았다. 쿵쾅거리며 뛰던 심장이 자전거 체인처럼 갑자기 궤도를 이탈하는 꿈을 꾼 적도 있었다. 깜짝 놀라 잠을 깰 때마다 캐리가 없는 세상에서 살아갈 자신이 없었다.

요즘 들어 캐리의 얼굴이 또렷이 떠오르지 않았다. 캐리가 자주 하던 몸짓이나 특유의 습관, 뚫어지게 바라보던 눈길도 점점 희미해져가고 있었다.

무엇 때문일까? 술? 진정제? 우울증 치료제?

기억이 희미해지는 건 상관없었지만 캐리가 돌아올 거라는 희망도 함께 사라져가고 있다는 게 문제였다. 3개월 전 정년 퇴임한 루텔리 형사가 일주일에 한 번씩 나를 만나러 왔다. 루텔리 형사는 은퇴한 이후에도 캐리의 실종에 대한 수사를 계속해왔고, 나를 만나러 올 때마다 어떻게 진행되고 있는지 말해주었다. 아직 주목해볼 만한 성과는 없었다.

3

"더 이상 고집 부리지 말고 이 아파트에서 떠나는 게 어때?"

팡틴이 주방의 등받이 없는 의자에 앉아 이미 수없이 했던 말을 반복했다. "환경을 바꾸면 의욕이 되살아날 거야."

팡틴은 꽃무늬 앞여밈 원피스에 검정색 라이더 재킷 차림이었고, 호피 가죽으로 된 굽 높은 부츠를 신고 있었다. 진주 장식이 달린 핀으로 고정시킨 머리칼이 가을 햇살을 받아 다채로운 색으로 반짝였다.

팡틴을 볼 때마다 마치 거울에 비친 내 모습을 보는 것 같았다. 지난 몇 년 사이 출판사가 성공을 거두면서 팡틴은 이전과는 확연히 다른 사람이 되었다. 처음 만났을 때만 해도 팡틴은 얌전하고 말이 없어 어디서든 존재감이 잘 드러나지 않았는데 지금은 자신감 넘치고 대화를 주도하는 인물이 되었다. 과거에는 대화할 때 내 말을 귀 기울여 들어주었는데 지금은 자기 의사에 반하면 불편한 심기를 노골적으로 드러냈다.

팡틴은 점점 더 나의 또 다른 버전이 되어가고 있었다. 내가 즐겨 입는 스타일의 옷을 입었고, 내 몸짓을 따라 했고, 심지어 말투도 비슷해졌다. 이야기를 나눌 때 가끔 흘러내린 머리를 귀 뒤로 쓸어 넘기는 습관이나 목 오른쪽 구석에 뫼비우스 띠 문신을 새겨 넣은 것까지 같았다. 팡틴은 내가 위축되어 있을 때면 오히려 기를 폈고, 어둠에 잠겨 있으면 빛을 발했다.

7년 전, 파리의 살로몽 드 로칠드 호텔에서 팡틴을 처음 만났다. 프랑스에서 신작 소설을 발표하게 된 어느 미국 작가의 출판기념회 자리였다. 그 당시 나는 뉴욕을 떠나 몇 달 동안 유럽 여러 나라를 여행하고 있었다. 돈이 떨어지면 닥치는 대로 아르바이트를 해 여행 경비를 마련했다. 그 무렵에는 파리에 머무는 중이었고, 그날은 출판기념회에 참석한 손님들에게 샴페인을 나눠주는 아르바이트를 하고 있었다. 팡틴은 대형 출판사 문학팀장의 비서를 보좌하는 말단 직원이었고, 존재감이 어찌나 미미한지 투명인간 취급을 받고 있었다. 미국과 프랑스의 유명 작가들이 다수 참석한 자리였는데 팡틴은 같은 출판사 직원들 말고는 아는 사람이 없어 시선을 어디에 두어야 할지 몰라 곤혹스러워했다. 아무도 팡틴에게 말을 걸어주거나 관심을 보이지 않았다. 나는 샴페인을 나르는 틈틈이 몸을 어디에 둘지 몰라 어색해하는 팡틴의 모습을 자주 목도했다.

나에게 남다른 재주가 있다면 처음 만나는 사람에게서 자신도 미처 알지 못하는 잠재력을 발견해내는 것이었다. 아마도 나의 유일한 장기이자 재능이었고, 소설가가 된 중요한 배경이기도 했다. 나는 샴페인을 나르느라 행사장을 오가며 영어에 능숙한 팡틴과 몇 마디 대화를 주고받았다. 그때 나는 팡틴의 내면에 잠재해 있는 양가감정을 알아보았다. 팡틴은 현재 자신이 속한 출판계를 증오하면서도 그 세계에서 성공한 사람이 되고 싶어 하는 열망을 품고 있었다. 팡틴 역시 나에게서 뭔가를 포착해낸 듯했고, 우리는 즉석에서 서로 마음이 잘 통한다는 사실을 인정하지 않을 수 없었다.

그때 나는 팡틴에게 소설을 쓰고 있고, 조만간 첫 소설을 탈고하게 될 거라는 이야기를 들려주었다. 그 당시 내가 쓰고 있던 소설이 바로 데뷔작인 《미로 속의 소녀》였고, 2001년 9월 10일에 뉴욕 바워리의 어느 술집에 있었던 뉴요커들의 행적을 추적하는 내용이었다.

"소설 제목을 《미로 속의 소녀》로 정했어. 참고로 '미로'는 출구를 찾기 힘든 길이라는 사전적 의미도 있지만 바워리에 있는 술집 이름이기도 해."

"네가 쓴 소설을 꼭 읽어보고 싶은데 탈고하고 나면 보내줄 수 있어?"

"물론이지."

"나에게 가장 먼저 보여주겠다고 약속할 수 있어?"

"그럴게."

몇 주 후, 뉴욕으로 돌아온 나는 한동안 집필에 매진했고, 마침내 첫 소설을 탈고했다. 나는 그 즉시 팡틴의 이메일로 원고 파일을 보냈다. 열흘 동안 아무런 소식이 없었다. 원고를 잘 받았다는 답신조차 없었다.

원고가 마음에 들지 않았나?

더는 팡틴에게서 소식이 오길 기다릴 수 없어 다른 출판사를 노크해보기로 마음먹었던 9월의 어느 날 놀라운 일이 벌어졌다. 그날 오후에 팡틴이 사전 연락도 없이 내 아파트를 찾아와 초인종을 누른 것이다. 그 당시 나는 11번 대로변에 있는 자그마한 원룸아파트에 살고 있었다. 비록 오래되고 낡은 건물이었지만 허드슨 강과 뉴저지 주가 한눈에 내려다보이는 전망 하나는 기가 막혔다.

그날의 기억은 지금도 내 머릿속에 또렷이 각인되어 있다. 팡틴은 베이지색 트렌치코트 차림에 모범생들이 즐겨 쓰는 뿔테 안경을 걸치고 있었고, 금융회사 직원들이 애용하는 가죽 서류 가방을 들고 있었다.

팡틴은 에둘러 말하지 않았다.

"네 소설이 마음에 들어. 내가 출판할 수 있게 해줘."

일단 그렇게 운을 뗀 팡틴은 현재 일하는 출판사가 아니라 곧 자신이 설립할 출판사에서 소설을 내고 싶다고 했다.

"책을 성공시킬 수 있는 전략을 세워두었어. 그 일을 가장 잘 해낼 수 있는 사람이 바로 나야."

내가 머뭇거리는 반응을 보이자 팡틴은 가방에서 은행 대출 신청 서류를 꺼내 보여주었다. "출판사 설립 준비를 모두 마쳤어. 네 소설을 읽자마자 출판사 창업에 자신감을 갖게 되었지." 팡틴이 눈을 반짝이며 말을 이어갔다. "성공할 자신이 있으니까 나를 믿어도 좋아. 나는 네 소설에 목숨을 걸었으니까."

내가 쓴 소설을 나의 분신이라 여기던 나에게 팡틴의 말은 형언할 수 없는 감동으로 다가왔다. 내 소설에 목숨을 걸었다는 말은 그 무엇보다 설득력이 있었다. 나는 그 자리에서 조금도 망설이지 않고 내 첫 소설 판권을 팡틴에게 넘겼다.

팡틴은 목숨을 걸겠다는 말이 결코 허언이 아니었음을 증명하듯 내 소설을 여기저기 열심히 알리고 다녔다. 내 소설이 출판되고 나서 한 달 후 프랑크푸르트 국제도서전이 열렸고, 세계 20여 개국에 판권이 팔렸다. 미국에서는 크노프 출판사에서 내 소설을 출판하게 되었는데 마리오 바르가스 요사가 써준 블러브(Blurb 책을 홍보하기 위해 표지에 작성하는 광고성 짧은 글 : 옮긴이)가 초기의 판매 활성화에 큰 도움이 되었다. 마리오 바르가스 요사는 내 소설을 자신의 대표작 《카테드랄 주점에서의 대화》에 비견하며 내가 젊은 나이에 이룬 성취에 놀라움을 표했다. 《뉴욕타임스》지의 스타 문학비평가로 문학계에서 영향력이 막강한 미치코 카쿠타니도 독자들이 내 소설을 주목하게 만드는 데 큰 도움을 주었다. 어느 텔레비전 문학 프로그램에 출연한 그의 말이 미국에서 내 소설에 대한 관심을 촉발시키는 부싯돌 역할을 했다.

"플로라 콘웨이가 쓴 《미로 속의 소녀》는 9.11 사태 바로 전날 바워리의 술집에 모였던 뉴요커들의 행적을 추적하는 소설입니다. 발상 자체도 독특하고 신선할뿐더러 젊은 작가의 데뷔작이라고 믿기 힘들 만큼 창의적입니다. 게다가 등장인물들이 하나같이 매력적이라 지루할 틈이 없는 소설이죠."

시동을 걸고 기어를 넣자 차는 거리낌 없이 순탄하게 굴러가기 시작했다. 많은 독자들이 《미로 속의 소녀》를 읽었고, 대단한 수작이라는 찬사가 끊이지 않았다. 소설을 읽고 나서 나의 창작 의도와 일치하는 견해를 피력하는 독자들도 있었고, 일부는 전혀 다른 해석을 내놓기도 했다. 나는 이미 출판되어 세상에 나온 소설은 내 작품이기도 하지만 독자의 몫이기도 하다는 지론을 갖고 있었기 때문에 전혀 이상하게 생각하지 않았다.

내가 언론 노출을 꺼려 수많은 인터뷰 요청을 거절하자 팡틴은 고심 끝에 나를 신비주의 작가로 포장하기 시작했다. 팡틴의 천재성을 엿볼 수 있는 선택이었다. 팡틴은 언론과 대중 앞에 나서기를 꺼려하는 나를 나무라기는커녕 오히려 마케팅 포인트로 활용해 대성공을 거두었다. 언론사에 배포한 내 사진이라고는 달랑 한 장밖에 없었다. 신비스러운 분위기를 풍기는 흑백사진 속의 내 모습은 마치 베로니카 레이크(Veronica Lake 미국의 여배우 : 옮긴이)를 연상케 했다. 나는 이메일 인터뷰 요청을 받아들인 적은 있지만 기자들을 직접 만난 적은 단 한 번도 없었다. 대형 서점, 대학교, 도서관 등에서 열리는 강연회나 사인회에도 여러 번 초대를 받았지만 일절 응하지 않았다. 언론 노출은 지명도를 높일 수 있는 좋은 기회이기 때문에 작가들 대부분이 거절하는 법 없이 적극 협조했다. 오히려 인터뷰를 한 번이라도 더 하기 위해 안간힘을 다했다. 각종 인터넷 매체와 SNS가 범람하는 이 시대에 모든 인터뷰 요청을 거절한 나의 선택은 오히려 의외의 효과를 발휘했다. 기자들은 내가 인터뷰를 번번이 거절하자 더욱 큰 관심을 보이기 시작했고, 내 소설을 다룬 리뷰 기사를 경쟁적으로 게재했다. 기자들은 나를 '좀처럼 카메라 앞에 나서지 않는 작가' 또는 '명성보다는 작품으로 승부하는 작가'로 소개했다. 인터뷰를 거절한 게 오히려 지명도를 높이는 결과로 이어지게 되었다.

두 번째 소설도 대성공이었고, 세 번째 소설은 프란츠 카프카 문학상을 수상하며 문학계에서 내 명성을 공고히 다지는 데 크게 기여했다. 내 소설이 세 번이나 연속으로 성공한 덕분에 팡틴이 설립한 팡틴 드 빌라트 출판사는 국제적인 명성을 얻게 되었다. 많은 작가들이 팡틴의 출판사에서 책을 내길 원했다. 신인 작가들 가운데 더러 몇몇은 내 소설을 조금씩 흉내 내기도 했고, 전혀 다른 색깔로 승부수를 띄우기도 했다. 어쨌든 수많은 작가들이 내 작품을 염두에 두고 어떻게 위치 설정을 해나갈지 고심했다. 작가들이 나를 의식하는 흐름들도 내 명성을 확고하게 다지는 역할을 했다.

파리의 생제르맹데프레에서는 '타협하지 않는 문학정신', '엄선된 작품만을 출판하는 팡틴', '규모가 작은 동네 서점들을 적극 지원하는 팡틴', '작가들의 권익 보호를 위해서라면 몸을 사리지 않고 발 벗고 나서는 팡틴'이라는 찬사가 끊이지 않을 만큼 팡틴은 절대적인 신뢰를 받는 출판업자가 되었다.

팡틴이 내 소설이 성공적으로 안착하는 데 매우 중요한 역할을 했다는 건 어느 누구도 부인할 수 없는 사실이었다. 다만 작가와 출판업자인 우리 사이에는 앙금이 조금씩 쌓여갔다. 팡틴은 무명이었던 나를 발굴해 유명 작가로 만들어준 사람이 바로 자신이라고 확신했다. 나는 팡틴의 생각에 동의하면서도 내 소설이 형편없었다면 과연 가능한 일이었는지 되묻고 싶었다. 심지어 팡틴은 기자들 앞에서 '내 소설들'에 대해 언급할 때마다 번번이 '우리 책'이라고 말했다.

나는 시기가 문제일 뿐 팡틴과 나 사이에도 언젠가 작가와 출판업자 사이에서 흔히 발생하는 갈등과 분쟁이 표면화될 거라는 생각이 들었다. 아무리 서로 간의 인식 차이가 크다고 하더라도 한 번쯤은 솔직해질 필요가 있다는 게 내 입장이었다. 팡틴은 생제르맹데프레에 고급 아파트를 소유하고 있었고, 얼마 전에는 케이프코드에 호화 별장도 구입했다. 뉴욕의 소호에도 누구나 부러워하는 아파트를 보유하고 있었다.

그 많은 돈을 누가 다 벌어주었을까? 팡틴이 혼자 힘으로 그 엄청난 부를 축적할 수 있었을까?

캐리를 임신했을 때 난생처음 내 인생에 흥미를 느꼈다. 캐리가 태어났을 때부터 내 인생은 이제 혼자가 아니었다. 새로운 삶이 강력하게 나를 휘어잡았다. 이전에는 경험하지 못했던 삶이 나에게 보다 적극적인 역할을 바라고 있었다. 캐리가 옆에 있는 한 이제는 지난날처럼 현실을 도외시한 방황을 계속할 수 없었다.

캐리가 태어난 지 일 년이 되어갈 무렵 팡틴은 내가 다음 소설을 쓰고 있는지 물었다. 팡틴의 얼굴에 일말의 불안감이 스쳐 지나갔다. 나는 앞으로 다시는 소설을 쓰지 않겠다고 폭탄선언을 하려다가 가까스로 억제했다. 그 대신 육아에 전념하기 위해 한동안 공백기를 가져야겠다고 말해주었다.

팡틴이 화난 얼굴로 내 말을 받아쳤다. "육아 때문에 뛰어난 작가적 재능을 사장시키겠다는 거야? 기회는 자주 오지 않아. 대중의 뇌리에서 벗어난 작가가 되는 건 한순간이야."

나는 물러서지 않고 잘라 말했다. "이미 결정한 일이야. 무슨 말을 하든지 난 다른 선택을 하지 않아."

"언젠가 나에게 글을 쓰는 게 생의 유일한 위안이라고 했잖아?"

"그래, 그런 말을 한 적이 있지만 그때는 캐리를 낳기 전이었어. 아이가 태어나면서 내 인생의 우선순위가 바뀌었지. 당분간 소설을 쓰는 데 필요한 에너지를 캐리를 키우는 데 쏟아붓고 싶어."

팡틴은 당연히 내 결심을 못마땅하게 받아들였다. 출판업자인 팡틴 입장에서 보자면 내가 소설을 쓰지 않아 발생하는 손실이 어마어마할 테니 당연히 못마땅할 수밖에 없었다.

4

"넌 고통의 블랙홀에서 빠져나오려면 글을 써야만 해. 글이 너의 상처를 치유해줄 거야."

팡틴이 찻잔을 테이블에 내려놓으며 보일 듯 말 듯 어깨를 으쓱하고는 방금 내뱉은 말을 정당화하기라도 하듯 얼른 한마디 덧붙였다.

"아마도 지금 네 머릿속에는 소설을 서너 권쯤 쓸 수 있는 엄청난 이야기가 들어 있을 거야. 그 이야기를 밖으로 끄집어낼 수 있도록 돕는 게 내 역할이지."

캐리를 잃은 내 고통에 대해서는 아랑곳하지 않고 사업에 대한 걱정만 하는 팡틴의 태도에 나는 그저 아연할 따름이었다. 팡틴은 내 딸의 실종에 대해서는 이미 까마득히 잊은 듯 내가 소설을 다시 쓸 수 있도록 설득하느라 여념이 없었다.

"입장을 바꿔놓고 생각해봐. 네가 내 처지라면 마음 편히 글을 쓸 수 있겠어? 캐리가 실종된 이후 난 날마다 견디기 힘든 고통 속에서 살아가고 있어. 아침에 눈을 뜰 때마다 죽지 않고 살아있는 게 원망스러울 지경이야."

내가 거실로 자리를 옮기자 팡틴이 얼른 뒤따라왔다.

"제발 오해하지 마. 난 네가 끔찍한 고통을 겪을수록 더욱 글을 써야 한다고 생각해. 소설을 쓰는 게 극복의 수단이 될 수 있어. 너도 알다시피 자식을 먼저 보내고 고통의 시간을 보낸 예술가들은 정말 많아. 그들은 혹독한 시간을 창작에 대한 열정으로 승화시킨 덕분에 불후의 명작을 남길 수 있게 된 거야."

팡틴은 엄마가 되어본 적이 없어서인지 내 고통을 전혀 이해하지 못했다. 자식을 잃는다는 건 우리가 인생에서 흔히 마주하게 되는 시련과 비교 대상이 될 수 없었다. 지금 이 상황에서 나에게 글을 쓰라고 하는 건 다리에 총상을 입어 걷지도 못하는 병사에게 돌격을 명령하는 것이나 다름없었다.

나는 팡틴이 마음 상해하리라는 걸 뻔히 알면서도 야멸치게 쏘아붙였다.

"넌 아이를 낳아본 적이 없어서 그런 소리를 하는 거야. 겪어보지도 않았으면서 함부로 말하지 마."

"내가 없는 얘기를 한 건 아니잖아. 예술사에 길이 남을 수많은 명작들이 어떻게 탄생하게 되었는지 너도 잘 알 거야. 진정한 예술가들은 고통의 순간에 오히려 빛나는 작품을 완성했어."

햇빛을 등지고 서있는 팡틴의 실루엣이 벽면에 또렷이 새겨졌다.

"빅토르 위고는 딸이 사망한 지 얼마 되지 않아 이른 새벽부터 일어나 글을 썼고, 마르그리트 뒤라스는 전쟁 기간 동안 노트에 빼곡하게 적어놓은 고통의 기억을 떠올리며 책을 썼어. 윌리엄 스타이런은 전쟁에 나가 겪은 참담한 경험 때문에 5년 동안 우울증을 앓았지만 끝내 고통의 조각들을 하나씩 꺼내 되새기며 글을 쓰기 시작했지. 또……."

"이제 그만!"

"넌 나에게 자주 글쓰기가 인생의 탈출구가 되어주었다고 말했어. 글을 쓰지 않았다면 여전히 바워리에 있는 〈미로〉나 혹은 다른 술집에서 술주정뱅이들과 어울리며 의미 없는 시간을 보내고 있겠지. 네가 처음 나를 찾아왔던 때를 떠올려 봐. 너도 아마 허구한 날 아무런 희망도 없이 공원 벤치에 앉아 있던 처량한 시절로 되돌아가고 싶지는 않을 거야."

"시간이 흘렀다고 지난날을 네 멋대로 각색하면 안 되지. 내가 널 찾아간 게 아니라 네가 나를 찾아왔었다는 걸 벌써 잊었어?"

팡틴이 나를 다루는 수법을 익히 잘 알고 있었다. 일단 잔 펀치 몇 대를 날려 나를 울컥하게 만든 다음 우리가 함께 이루어낼 장밋빛 미래를 내 눈앞에 그려 보이는 식이었다. 그동안에는 잘 통했을지 몰라도 캐리가 실종된 지금은 어림없었다.

"플로라, 내 말 잘 들어. 넌 지금 늘 꿈꾸어왔던 자리에 있어. 넌 열네 살 때 카디프 시립도서관에서 조지 엘리엇이나 캐서린 맨스필드의 소설을 읽으며 위안을 얻었다고 했지. 지금은 전 세계의 독자들이 너의 소설이 나오길 손꼽아 기다리고 있어. 플로라 콘웨이가 쓴 소설이 그들에게 한 줄기 위안과 희망을 선사하기 때문이지. 부디 독자들의 간절한 기대를 외면하지 마."

팡틴의 말을 듣느라 심신이 피곤해진 나는 소파에 털썩 주저앉았다. 내 책장 앞에 서서 눈을 반짝이며 책이 빼곡하게 꽂혀있는 선반을 바라보고 있던 팡틴의 눈이 한 곳에 고정되었다. 팡틴이 내가 드물게 이메일 인터뷰에 응했던 《뉴요커》지를 꺼내 들었다.

"이 잡지에는 너의 이메일 인터뷰 기사가 실려 있어. 너는 말했지. '나는 소설을 쓰면서 불행한 삶에서 벗어나 내 자신을 직시할 수 있게 되었다. 내가 만약 소설 쓰기를 통해 나의 세계를 찾아내지 못했다면 여전히 다른 사람들이 만들어놓은 세계에서 무의미한 시간을 보내다가 생을 마치게 되었을지도 모른다.' 라고 말이야."

"아나이스 닌의 소설에 나오는 문장을 빗대어 말했을 뿐이야."

"아무튼 네가 한 말이야. 네가 글을 써야만 하는 이유는 글을 쓰지 않으면 살아갈 수 없기 때문이지. 이제 너에게 밀어닥친 불행을 한 발짝 떨어져서 바라볼 때가 되었어. 넌 글을 쓸 때마다 늘 통과의례처럼 고집하는 환경이 있잖아. 집 안의 커튼을 모두 내리고, 실내가 냉장고로 변할 만큼 에어컨을 세게 틀고, 재즈를 들으며 줄담배를 피우는 거야."

"매번 그러지는 않았어. 괜히 아는 척하지 마."

"그래, 좋아. 뭐, 습관이야 그리 중요한 건 아니지. 지금 내가 해주고 싶은 말이 뭔지 알아? 네가 글을 쓰지 않겠다고 선언한다고 해서 마음대로 되는 게 아니라는 거야. 네가 글을 쓸지 말지는 너의 머릿속에 들어있는 소설들이 결정하니까. 지금 너의 머릿속에 들어있는 소설들이 밖으로 내보내 달라고 아우성치는 소리를 계속 외면할 수 있을까? 넌 작가이고, 그 소설들이 세상의 빛을 볼 수 있도록 해줄 의무가 있어."

나는 팡틴이 실제로는 세상에 존재하지 않는 사람이라는 느낌을 받은 적이 많았다. 그저 내 머릿속에 비집고 들어와 끊임없이 잔소리를 늘어놓는 하나의 메아리 같았다. 어떤 때는 귀뚜라미 지미니가 되었다가 이내 하이드 박사로 변하기도 하는 팡틴의 모습이 내게는 너무 신기하게 보였다. 이 세상에서 필요에 따라 하고 싶은 말들을 거침없이 쏟아내는 사람은 그리 많지 않으니까.

내가 여전히 무덤덤한 반응을 보이자 팡틴은 다른 방식으로 나를 몰아붙이기 시작했다.

"고통은 작가에게 가장 이상적인 연료가 될 수 있어. 아마도 먼

훗날에 넌 캐리의 실종이 네가 불멸의 작가로 성장할 수 있었던 동력이 되었다고 술회할 날이 있을 거야."

나는 그 말을 듣고도 즉시 발끈하지는 않았다. 이제 분노조차 느끼지 못할 만큼 기력이 소진되어 있었기 때문이다.

"이제 그만 꺼져줄래?"

내가 고작 할 수 있는 말은 그게 전부였다.

"내쫓지 않아도 갈 테니까 걱정 마. 사실은 너에게 주려고 가져온 선물이 하나 있어."

팡틴은 엠보싱 무늬가 있는 팬텀 검정색 가죽 가방에서 자그마한 상자 하나를 꺼냈다.

"그냥 가져가. 난 선물 따위는 필요 없으니까."

팡틴은 내 말을 무시하고 작은 상자를 테이블 위에 내려놓았다.

"뭔데 그래? 그냥 가져가라니까."

"이 선물이 네가 다시 글을 쓰기 시작하는 계기를 만들어줄 거야." 팡틴은 의미를 알 수 없는 말을 남기고 현관문을 향해 걸어가더니 쾅 소리가 나도록 문을 닫고 사라졌다.

3. 서른여섯 번째 지하 세계

당신 안에서 글쓰기의 취기를 유지하라.
그러면 당신은 현실이 지닌 파괴적인 위력에서 벗어날 수 있을 것이다.
−레이 브래드베리

1

지금 가장 시급한 문제는 담배가 절실히 필요하다는 것이었다. 팡틴이 담배를 피우지 않고는 견딜 수 없게 만들어놓고 사라졌다. 선반 꼭대기에 손을 올리고 더듬어보니 오래전에 피우다 만 담뱃갑이 하나 있었다. 이런 순간에 대비해 올려두었던 것이다. 담배를 입에 물고 거실의 테이블로 돌아가 팡틴이 놓고 사라진 문제의 선물을 바라보았다. 분명 기분 좋은 선물은 아닐 거라는 느낌이 들었다. 갈색 나무로 짠 정사각형 상자의 폭이 대략 10센티미터쯤 되었다.

번쩍거리는 얼룩무늬 표면에 반사된 붉은빛이 심란한 느낌을 주었다. 꿈틀거리는 뱀의 얼룩덜룩한 표면이 연상되었다.

나는 상자를 열어보기 전에 무엇이 들어 있을지 가늠해보았다.

아마도 유명 상표 만년필일 거야.

팡틴은 내가 글을 쓸 때 대단히 호사스러운 취향을 가졌을 거라고 여기는 듯했다. 크리스토퍼 가에서 구입한 카랑다슈 몰스킨 수첩에 카랑다슈 펜으로 초고를 쓸 거라고 믿는 게 틀림없었다. 그렇지 않고서야 그토록 자주 비싼 만년필을 선물할 리 없으니까. 새 소설이 나오거나 다른 나라 언어로 번역본이 나오거나 아무튼 뭔가 축하할 일이 있을 때마다 팡틴은 내게 고급 만년필을 선물로 주었다.

팡틴, 이건 아니지. 난 글을 쓸 때 고급 만년필을 사용하지 않아.

내가 소설 초고를 쓸 때 수백 쪽에 이르는 메모를 작성하는 건 분명한 사실이었지만 싸구려 빅 크리스털 볼펜을 주로 사용했다. 몰스킨 수첩보다는 동네 문구점에서 산 싸구려 수첩이 메모를 적기에 훨씬 편리했다. 작가들이 몽블랑 만년필로 원고를 써나가는 모습은 영화나 텔레비전에서나 볼 수 있는 장면이지 실제로 그런 사람이 있을지 의문이었다.

상자를 열었다. 역시 내 예상은 빗나가지 않았다. 언뜻 보기에도 고급스럽게 보이는 빈티지 만년필 한 자루와 잉크가 들어있었다. 만년필 몸통에 황금색 잎사귀와 알 모양 자개 문양을 넣어 한껏 멋을 냈고, 금으로 된 펜촉이 명품의 느낌을 더했다. 펜촉의 바로 윗

부분은 너울거리는 파도 형태의 아라베스크 문양으로 치장되어 있었고, 잉크 튜브가 내장된 위치에는 만개한 벚꽃 문양이 새겨져 있었다. 일본에서 벚꽃은 덧없는 삶을 상징한다.

나는 상자에서 만년필을 꺼내들었다. 분명 하나의 예술품이라고 해도 지나치지 않을 만큼 장인의 혼과 동양적인 단아한 기품이 느껴지는 만년필이었다. 다만 만년필보다는 컴퓨터를 주로 사용하는 시대인 만큼 실용적인 쓸모가 전혀 없는 시대착오적인 사치품이기도 했다. 나는 젤다 피츠제럴드(미국의 소설가로 F. 스콧 피츠제럴드의 배우자이다 : 옮긴이)나 콜레트(프랑스의 소설가로 코코 샤넬의 롤 모델로 알려져 있다 : 옮긴이)가 뜨거운 코코아를 – 실제로는 진이나 보드카를 마셨다고 보는 게 타당하겠지만 – 마시면서 만년필을 손에 쥐고 글을 쓰는 모습을 떠올려보았다. 만년필의 몸통에 자개로 만든 레버가 달려 있었다. 나는 레버를 잡아당긴 다음 펜촉을 잉크병에 넣어 튜브를 채웠다.

우선 차를 한 잔 끓여 마시려고 만년필을 들고 주방 테이블로 걸어갔지만 결국 와인 저장고에서 뫼르소 와인 한 병을 꺼내들었다. 와인을 잔에 따르고 나서 이따금 요리법을 적어두었던 공책이 어디 있는지 기억을 더듬으며 잔을 홀짝였다. 오븐용 도구들을 놓아두는 곳에 공책이 꽂혀 있었다. 공책을 뒤적여보니 고작 오렌지 버터를 곁들인 크레이프 만들기, 도피네식 감자그라탱을 만드는 방법 따위가 적혀 있을 뿐이었다.

나는 만년필의 느낌을 시험해보기 위해 뚜껑을 열고 공책의 빈 페이지에 내 이름을 적었다. 펜촉이 사각거리며 종이 위에서 날렵하게 춤을 추었다. 글씨가 부드럽고 막힘없이 써졌다. 잉크가 흘러나오는 속도가 너무 느리거나 빠르지 않고 적절했다.

2

나는 가끔씩 응한 이메일 인터뷰 때 '내가 소설을 쓰는 건 누군가에게 위안을 주기 위해서가 아니다.'라는 뜻을 분명히 했다. 나는 단 한 번도 내 소설이 혼탁한 세상을 바로잡거나 사람들을 올바른 길로 인도하는 사회적 역할을 수행해야 한다고 생각해본 적이 없었다. 독자들이 내 소설을 읽고 위안을 얻길 바란 적도 없었다.

내가 이메일 인터뷰를 할 때 그 말을 한 건 사람들이 내 입에서 그런 말이 나와 주길 기대했기 때문일 수도 있었다. 본질적인 내가 아니라 팡틴과 공동으로 구축한 플로라 콘웨이라는 소설가의 이미지를 고려하자면 독자들은 분명 그런 기대를 했을 가능성이 컸다.

플로라 콘웨이는 독자들로부터 미학적 가치가 뛰어난 글, 참신한 비유가 돋보이는 글, 지적인 호기심을 만족시키는 글, 내용과 형식 모든 면에서 완성도가 높은 글을 쓰는 소설가로 알려져 있었다. 나는 오스카 와일드가 '소설이란 잘 쓰였거나 잘못 쓰였거나 둘 중 하나다.'라고 했던 말에 기꺼이 동의하는 편이었다.

솔직히 내가 이메일 인터뷰 당시 했던 말은 단 한마디도 진정성이 없었다. 오히려 나는 내가 했던 말과는 정반대로 생각하고 있었다. 소설은 우리를 잠시나마 힘든 현실에서 도피할 수 있게 해주고, 다양한 폭력에 노출되어 있는 사람들의 상처에 반창고를 붙여주는 역할을 해주어야 한다는 게 내 생각이었다.

나는 팡틴이 두고 간 던힐 나미키 만년필을 물끄러미 바라보았다. 오랫동안 펜을 요술 방망이와 다름없다고 믿어왔다. 순진한 척해보는 말이 아니라 정말 그렇게 믿어왔다. 내가 글을 쓸 때 어휘들은 레고 블록 같은 역할을 했다. 나는 끈기 있게 어휘들을 조합해가며 내가 머릿속으로 그린 세계를 쌓아올렸다. 내가 책상 앞에 앉아 있을 때만큼은 내 의지대로 움직여지는 한 세계의 여왕이 되었다. 나에게 모든 등장인물들의 생사여탈권이 주어져 있었다. 마음에 들지 않는 인물은 가차 없이 제거해 버렸고, 나름 지혜롭고 현명한 인물들에게는 무한한 은총을 베풀었다. 내 가치관과 윤리관이 인물들의 됨됨이를 정하면 그뿐이었고, 굳이 내 판단이 정당했다고 증명할 필요성이 없었다. 지금껏 세 권의 소설을 썼다. 아직 내 머릿속에는 네댓 권의 소설이 더 들어 있었다. 나는 픽션 세계에서 보내는 시간과 현실 세계에서 보내는 시간이 거의 엇비슷했다.

캐리가 실종되면서 이제 픽션 세계는 나의 접근을 허용하지 않고 있었다. 내 요술 방망이는 딸아이의 실종 앞에서 아무런 힘도 쓰지 못하는 무용지물이 되어버렸다. 고통스러운 현실이 주도권을 쥐고 나의 무조건적 도피 시도에 대해 혹독한 대가를 치르도록 종용하고 있었다.

나는 와인 잔을 계속 기울였다. 술과 벤조디아제핀(불안증을 치료하기 위해 사용되는 항정신제의 일종이다 : 옮긴이)만큼 나락으로 떨어지는 효과가 탁월한 칵테일은 없었다. 절망과 피로감, 암울한 감정이 나의 내면을 뒤덮었다.

'아마도 먼 훗날에 넌 캐리의 실종이 네가 불멸의 작가로 성장할 수 있었던 동력이 되었다고 술회할 날이 있을 거야.'

팡틴이 내뱉은 말이 머릿속에서 윙윙거렸다. 혼자가 되고 나서 그나마 좋은 점이 있다면 눈물을 참을 필요성이 없다는 것이었다. 팡틴은 손가락 관절을 뚝뚝 소리가 나도록 꺾어가면서 내가 글을 써야 하는 이유를 늘어놓고 돌아갔다. 다시 글을 쓰기 위해 우선적으로 필요한 건 창작에 필요한 에너지였다. 신체적으로나 정신적으로 어떤 어려움이 따르더라도 견뎌낼 수 있는 에너지가 있어야 글을 쓸 수 있었다. 지금 플로라 콘웨이 호는 어느 한 군데 성한 곳 없이 깨지고 갈라져 물이 펑펑 새어들고 있었다. 소설을 쓰려면 내면 깊숙한 곳까지 내려가야 한다. 내가 서른여섯 번째 지하라고 부르는 그곳은 대담한 구상들, 번뜩이는 아이디어들, 등장인물의 성격 또는 기질을 완벽하게 정리해둔 비밀문서들, 섬광처럼 빛나는 창의력과 상상력의 보물단지를 숨겨둔 마법의 동굴이었다. 다만 나의 내면에 자리하고 있는 서른여섯 번째 지하는 아무 때나 문을 열어주지 않는다는 게 문제였다. 문을 철통같이 지키는 수문장으로부터 안으로 들어가도 좋다는 허가를 얻어내야 하고, 무사히 여정을 마치고 돌아오려면 어마어마한 에너지가 필요했다. 지금의 내 몸은 힘이 솟는 맑은 샘물과 정갈한 음식을 충분히 섭취해 에너지가 넘치는 상태가 아니라 아이를 잃은 슬픔과 절망감에 따르는 스트레스로 그 어떤 기능도 온전히 수행해내지 못하는 에너지 고갈 상태에 빠져있었다.

나는 이제 글을 쓸 수도 없었고, 쓰고 싶지도 않았다. 내 안에 다시 글을 쓸 수 있는 에너지를 채워 넣으려면 캐리가 아무 일도 없었다는 듯 활짝 웃는 얼굴로 집으로 돌아와야만 했다. 캐리가 사무치게 보고 싶었다. 내 인생이 당장 끝날지언정 단 한 번만이라도 캐리를 힘껏 안아주고 싶었다.

나는 공책에 만트라를 써 내려가듯 글을 적어나갔다.

나는 캐리를 보고 싶다.
나는 캐리를 보고 싶다.
나는 캐리를 보고 싶다.

마지막 남은 와인 잔을 단숨에 비웠다. 이제 앉아있기조차 힘들 만큼 기진맥진한 상태가 되었다. 나는 방으로 가려고 의자에서 일어서다가 주방 바닥에 그대로 고꾸라졌고, 이내 밤의 소용돌이 속으로 빨려들었다.

잿빛 하늘로 빨려 올라간 나는 허공을 둥둥 떠다녔다. 내 주변의 먹구름이 흩어지더니 갑자기 짙은 안개가 밀려왔다. 별안간 내 눈앞에 엘리베이터 문이 나타났다. 엘리베이터에는 단추가 하나밖에 없었다. 서른여섯 번째 지하로 가는 엘리베이터였다.

3

캐리가 거기에 있었다. 맑은 햇살이 내리쬐는 겨울날이었고, 캐리
가 다니던 몬테소리학교가 있는 맥카렌 공원 놀이터였다.

"엄마, 나 내려갈 테니까 잘 봐." 캐리는 자신 있게 소리치고 나서
미끄럼틀 꼭대기에서 아래로 신나게 내려왔다. 나는 대견하다는 듯
무사히 내려온 캐리를 안아주었다. 아이의 머리카락에서 가을 들판
냄새를 맡고, 목덜미에서 따스한 체온을 느끼며 아이의 해맑은 웃
음소리에 취했다.

"우리, 아이스크림 먹으러 갈까?"

"날씨가 추우니까 핫도그를 먹고 싶어."

"그럼 핫도그 먹으러 가자."

캐리가 신이 나서 외쳤다. "그럼 출발!"

언제 겪었던 일인지 정확하게 기억할 수는 없었지만 맥카렌 공원
놀이터에서 예수 현성용 성당 앞까지 이어지는 잔디밭 여기저기에
눈 자국이 군데군데 남아 있는 걸 보면 작년 1월이나 2월이었을 것
이다.

나는 캐리와 함께 핫도그를 파는 노점상 수레 앞에서 멈춰 섰다.
핫도그를 받아 든 캐리는 스케이트보드를 타는 한 무리의 아이들이
틀어놓은 레게 리듬에 맞춰 몸을 흔들어가며 순식간에 하나를 다 먹
어치웠다. 나는 앙증맞은 체크무늬 스커트에 잿빛 타이즈, 감청색 코
트에 페루산 손뜨개 털모자를 쓴 캐리가 레게 리듬에 맞춰 몸을 흔들
어대는 모습을 흐뭇한 미소를 지으며 바라보았다. 캐리의 밝고 활기

넘치는 에너지가 내 삶을 송두리째 바꿔놓았다. 나는 캐리 덕분에 삶의 환희를 되찾았고, 인생을 새롭게 탈바꿈시킬 준비가 되어 있었다.

4

눈을 떠보니 아침 7시가 되기 조금 전이었다. 요즘 내가 꾸는 꿈들은 대개 짙은 안개 속을 헤매듯 흐리멍덩할뿐더러 눈을 뜨면 잘 기억나지 않았는데 어찌된 영문인지 지난밤 꿈은 명징하게 다 떠올랐다. 꿈에서 캐리를 보았다. 꿈속에서 나는 아이의 익숙한 머리 냄새를 맡았고, 또랑또랑한 목소리와 해맑은 웃음소리를 들었다.

요즘은 기력이 바닥나다시피 해서 침대에서 욕실까지 걸어가기가 만만치 않았다. 얼굴과 몸이 온통 땀에 젖어들어 있었고, 팔다리는 마비된 듯 뻣뻣했다. 나는 고장 난 바퀴처럼 삐걱거리는 몸을 이끌고 욕실까지 걸어가 뜨거운 물이 쏟아지는 샤워 꼭지 아래에 섰다. 숨이 가빠지며 관자놀이가 뛰었고, 위에서는 계속 신물이 올라왔다. 믿기 힘들 만큼 또렷했던 캐리의 이미지가 여전히 머릿속에서 아른거리며 눈앞이 흐려졌다.

최근에는 그토록 기억이 생생한 꿈을 꾼 적이 없었다. 어젯밤 꿈에서 본 장면들은 실제로 겪은 일이 아니었다. 다만 기억을 떠올릴 수 있는 실마리들이 모여 만들어낸 현실의 재구성이라고 할 수 있었다. 오히려 현실보다 더 뚜렷한 환상이었다. 환상은 고작 몇 분 동안 지속되었을 뿐이다.

어젯밤 나는 왜 평소와 다른 꿈을 꾸게 되었을까? 팡틴이 선물로

준 만년필 때문이었을까?

원인이 무엇이든 상관없었다. 꿈이라서 아쉬움이 크지만 잠시나마 캐리를 볼 수 있어서 좋았다.

나는 몸살 기운이 느껴져 욕실을 나왔다. 바늘로 찌르듯 몸이 쑤시는 데다 으슬으슬 춥고 떨렸다. 방으로 돌아와 이불을 뒤집어쓰고 침대에 누워 있는 동안 지난밤 꿈에서 본 캐리의 자취가 반복적으로 나타났다. 나는 이불 속에 들어앉은 상태로 노트북을 열고, 던힐 나미키 만년필에 대해 검색해보았다. 대체로 최고급 만년필이라는 것에는 이견이 없었다.

유럽과 일본의 합작으로 제작된 던힐 나미키 만년필은 1920년대에 수집가들의 찬사를 받으며 널리 알려진 제품이다. 만년필의 에보나이트 몸체에 일본의 전통 기법인 옻칠을 하고, 그 위에 금박과 자개를 입히는 공정이 더해진 던힐 나미키 만년필은 우아하고 아름다운 예술품이라는 찬사를 이끌어냈다. 영국의 사업가 알프레드 던힐은 이 만년필을 처음 보는 순간 형언할 수 없는 아름다움에 매료되었다.

늦은 오후에 루텔리 형사가 찾아오는 바람에 나는 겨우 침대에서 빠져나왔다. 루텔리 형사는 매주 월요일마다 습관적으로 내 아파트를 방문했고, 올 때마다 윌리엄스버그의 유대인 구역에 있는 코셔(전통적인 유대교의 율법에 따라 식재료를 선택하고 조리한 음식 : 옮긴이) 식당에서 블린츠를 포장해와 나와 함께 먹으며 이야기를 나누다가 돌아가곤 했다. 루텔리 형사는 요즘 캐리가 실종되기 전날 밤 나와 함께 몇 시간을 보낸 하산과 필리핀 출신 베이비시터 아멜리타 디아즈에 대해 집중적으로 조사하고 있었다.

아직 루텔리 형사의 독자적인 수사는 별달리 주목할 만한 성과를 거두지 못했지만 포기하지 않고 끈질기게 물고 늘어지는 근성 하나만큼은 높이 사줄 만했다. 다른 형사들은 내가 캐리와 마지막까지 숨바꼭질을 한 만큼 나에게도 일말의 책임이 있다고 여겼지만 루텔리 형사는 그런 생각에 동의하지 않았다.

나는 루텔리 형사의 얼굴을 보는 순간 평소와 다른 느낌을 받았다. 자동차에서 밤을 지새운 듯 잔뜩 구겨진 옷차림에 머리는 온통 산발을 하고 있었지만 두 눈만큼은 그 어느 때보다도 반짝거렸다.

"뭐, 좋은 소식이라도 있어요?"

"글쎄요, 제법 흥미로운 일이 있긴 한데 너무 기대하지는 마세요." 루텔리 형사가 등받이 없는 의자에 앉으며 잔뜩 기대감으로 충만해 있는 내 기분을 가라앉혀 주었다. 그가 코트와 권총집을 벗어 테이블에 올려놓았다. 담담한 표정을 유지하기 위해 애쓰고 있었지만 분명 다른 때와는 뭔가 달라보였다. 나는 그에게 뫼르소 와인을 한 잔 따라주고 나서 내 잔에도 따랐다.

루텔리 형사가 서류 가방을 열며 진지하게 말했다. "이제부터 내가 당신에게 들려주려는 이야기는 매우 중요한 의미가 있습니다. 이미 FBI의 펄만에게도 말해두었어요."

내 심장이 빠르게 뛰기 시작했다.

"뭘 알아냈는데요?"

루텔리 형사가 서류 가방에서 구식 노트북과 서류철 하나를 꺼냈다.

"아무리 급해도 숨 돌릴 틈은 있어야죠."

나는 어찌나 신경이 곤두서는지 단숨에 와인 한 잔을 비웠다. 전직 형사가 미간을 찌푸리더니 서류철에 들어 있는 사진 몇 장을 꺼내놓았다. 망원렌즈로 찍은 사진들이었다.

"몇 주 전부터 당신 소설을 내는 출판사 대표를 미행해왔습니다."

"무슨 이유로요?"

"특별한 이유는 없어요. 다만 얼마든지 의심해볼 여지가 있는 인물이라고 판단했습니다. 당신과 가까운 사이고, 평소 캐리를 자주 돌봐주기도 했으니까요."

나는 사진을 들여다보았다. 그리니치 거리를 누비는 팡틴, 소호의 아파트에 있는 팡틴, 유니온 스퀘어 시장을 둘러보는 팡틴, 프린스가의 셀린 숍 진열장에서 핸드백을 들여다보는 팡틴을 포착한 사진이었다. 팡틴의 패션 감각은 어디서나 돋보였다.

"팡틴을 미행한 결과 뭘 알아냈죠?"

"사실은 어제 정오까지만 해도 별달리 알아낸 게 없었어요." 루텔리 형사가 그렇게 말하고 나서 사진 두 장을 가리켰다. 진 바지와 재킷 차림의 팡틴이 선글라스를 쓰고 골동품과 고서적을 주로 취급하는 어느 가게의 진열장을 들여다보고 있는 사진이었다.

"이스트 빌리지에 있는 〈더 라이터 숍〉입니다."

"나는 전혀 모르는 가게인데요."

"팡틴은 저 가게에 들어가 만년필을 구입했죠."

"그렇잖아도 팡틴이 어제 저녁에 나를 찾아와 다시 글을 쓰길 바란다면서 던힐 나미키 만년필을 선물로 주고 돌아갔어요."

"그 만년필을 좀 볼 수 있을까요?"

나는 루텔리 형사에게 만년필을 보여주었지만 간밤에 꾸었던 꿈 이야기는 비밀로 했다.

루텔리 형사가 다시 입을 열었다. "흥미로운 사연이 있는 만년필이더군요. 혹시 버지니아 울프가 이 만년필의 주인이었다는 걸 알고 있습니까?"

"아니, 전혀요. 팡틴은 이 만년필의 이력에 대해 아무 말도 해주지 않았어요."

"〈더 라이터 숍〉은 유명 작가들이 사용했던 물품들을 전문적으로 취급하는 가게입니다." 루텔리 형사가 태블릿PC로 접속한 〈더 라이터 숍〉의 홈페이지를 보여주면서 말을 이었다. "돈만 내면 조르주 심농이 애용하던 파이프나 어니스트 헤밍웨이가 자기 머리를 쏘았던 총을 구입할 수도 있죠. 물론 거금을 지불해야 하겠지만요."

나는 그런 얘기를 왜 하는지 몰라 그저 어깨를 으쓱해 보였다.

"요즘 독자들은 작품보다는 작가에게 관심이 많다고 해요. 한 시대를 풍미했던 작가들의 외모, SNS에 올리는 사생활, 소장품, 과거 행적, 연애사 따위에는 흥미를 보이면서 정작 책은 읽지 않는다는군요. 〈더 라이터 숍〉이 어떤 가게인지 궁금해 자세히 알아보았습니다. 빈티지 수집가인 척하면서 실제로 가게에 들어가 진열된 물품을 보기도 했고, 보유하고 있는 물품 목록을 보내달라는 이메일도 보내봤어요."

루텔리 형사가 태블릿PC로 메일함을 열더니 화면을 보여주었다.

"가게 주인이 보낸 답변이 제법 흥미를 자아내더군요."

5

발신 : 〈더 라이터 숍〉, 이스트 빌리지

수신 : 마크 루텔리

제목 : 카탈로그 요약본

친애하는 고객님께

고객님께서 요청하신 대로 매장 홈페이지에 소개되어 있지 않은 물품 목록을 보내드립니다. 일반 고객들에게는 유출하지 않은 정보인 만큼 보안에 각별히 유념해주기 바랍니다. 고객님께서 원하신다면 추가로 더 많은 정보를 제공해드릴 수도 있습니다.

감사합니다.

대표 쉐이탄 보가트

도나시앵 알퐁스 프랑수아 드 사드 (1740-1814)

이탈리아 풍경화 두 점. 장 바티스트 티에르스가 그린 그림들인데 원래는 사드 후작의 소유로 그의 소설 《쥘리에트 이야기 또는 패덕의 승리》에서 묘사된 외설스러운 연회 장면의 배경이 되었던 풍광을 담고 있다.

오노레 드 발자크 (1799-1850)

리모주 도자기로 만든 커피메이커. H. B.라는 머리글자가 새겨진 이 기물은 《인간 희극》의 작가 오노레 드 발자크가 애용했던 물품이다. 커피 애호가였던 그는 하루에 커피를 50잔씩 마셨고, 18시간 넘게 작업했다. 이른 나이인 51세에 생을 마치게 한 주범이 카페인 과다복용이라고 주장하는 사람들도 있다.

크누트 함순 (1859-1952)

작가가 아돌프 히틀러와 함께 찍은 사진. 1920년에 노벨문학상을 수상한 노르웨이 작가이다. 말년에 노르웨이를 침략한 나치를 지지해 큰 지탄을 받았다.

마르셀 프루스트 (1871-1922)

《스완네 집 쪽으로》. 파리, 베르나르 그라세, 1914년. 일본산 종이에 인쇄한 초판본으로 셀레스트 알바레 부인이 소장했던 책이다. 마르셀 프루스트가 말년에 대부분의 시간을 보낸 방의 침대보로 사용되었던 청색 새틴 천으로 표지를 만들었다.

버지니아 울프 (1882-1941)

던힐 나미키 자개 만년필. 1929년에 《댈러웨이 부인》의 작가 버지니아 울프의 친구이자 연인인 비타 색빌 웨스트가 선물한 만년필로 아래와 같은 문구를 첨부했다. '제발 부탁이니 이 뒤죽박죽이 된 세상에서 너만은 늘 같은 자리를 지키며 빛을 발하는 별이 되어줘.' 마술 잉크도 한 병 첨부되어 있다. 버지니아 울프가 장편소설 《올랜도》를 집필한 만년필이다.

제임스 조이스 (1882-1941)

《추잡한 연애편지들》의 초고. 1909년에 제임스 조이스가 부인 노라에게 보낸 편지들로 오래도록 금서로 남아 있다가 해금되었다.

알베르 코엔 (1895-1981)

실크 실내복. 빨간 바탕에 검정색 도트 무늬가 들어있는 가운으로 알베르 코엔이 《오 그대, 인간 형제들이여》를 집필할 무렵 입었던 옷으로 알려져 있다.

블라디미르 나보코프 (1899-1977)

3회 분량 모르핀. 나보코프가 처방 받은 약물이다. 주사기로 한 번에 20mg/ml씩 주입하도록 되어 있다.

장 폴 사르트르 (1905-1980)

메스칼린 분말과 주사기. 프랑스가 낳은 위대한 철학자 장 폴 사르트르는 희곡 《알토나의 유폐자들》을 쓰는 동안 상상력을 자극하기 위해 이 환각제를 복용했다.

시몬 드 보부아르 (1908-1986)
알파카 울로 만든 혼합 청색 터번. 시몬 드 보부아르가 사용했던 터번.

윌리엄 S. 버로스 (1914-1997)
38구경 리볼버. 버로스가 1951년 9월 6일에 자신의 아내인 조안 볼머 애덤스를 살해한 무기. 어느 날 저녁, 술에 거나하게 취한 버로스는 자신의 사격 솜씨를 과신한 나머지 윌리엄 텔의 일화를 재연하겠다며 부인의 머리 위에 샴페인 잔을 올려놓고 총을 쏘았고, 과녁을 빗나간 총알이 부인을 죽음에 이르게 했다.

대마초. 버로스가 1997년 8월 2일 심장마비로 사망했을 당시 그의 재킷 주머니에서 발견되었다.

로알드 달 (1916-1990)
캐드베리 초콜릿 바. 로알드 달이 《찰리와 초콜릿 공장》을 쓸 때 영감을 받았다는 초콜릿 바.

트루먼 커포티 (1924–1984)

《티파니에서의 아침을》을 쓴 작가의 유해가 담긴 *유골함.*

조지 R. R. 마틴 (1948–)

워드스타 워드 프로세서가 장착된 *오스본 컴퓨터.* 조지 마틴은 이 컴퓨터로 《왕좌의 게임》 1권을 집필했다.

네이선 파울스 (1964–)

베이크라이트로 제작된 *올리베티 상표의 녹색 타자기.* 1995년 퓰리처 상 수상자인 네이선 파울스가 《미국의 어떤 소도시》를 집필할 때 사용했던 타자기이다. 잉크 리본 두 개도 함께 제공.

로맹 오조르스키 (1965–)

파텍 필립 손목시계. 항구적으로 날짜가 표시되는 Ref. 3940G 모델이다. 로맹의 부인이 2005년 봄에 소설 《사라지는 남자》의 출간을 축하하기 위해 선물한 시계. 등판에 '당신은 한 순간에 내 심장을 고요하게 혹은 혼돈스럽게 만들죠.' 라는 문구가 새겨져 있다.

톰 보이드 (1970–)

노트북컴퓨터 파워북 540c. 여자 친구 캐롤 알바레즈가 선물한 컴퓨터이다. 톰 보이드는 이 컴퓨터로 《천사 3부작》 가운데 앞선 두 권을 집필했다.

플로라 콘웨이 (1971-)

술이 달린 *분홍색 벨벳 실내화*. 오른발 용. 2010년 4월 12일에 불가사의하게 실종된 작가의 딸 캐리가 신던 실내화.

6

나는 화면에서 눈을 떼면서 물었다.

"이 가게의 주인 이름이 뭐라고 했죠?"

"쉐이탄 보가트라는 사람인데 자세히 알아본 결과 사기 혐의로 여러 차례 수감되었던 인물이더군요."

"나 역시 사기꾼일 거라 짐작했어요. 이 목록에 적혀 있는 대부분의 물건들이 진품일 리 없으니까요. 캐리의 실내화를 보유하고 있다는 것만으로도 너무 황당하잖아요."

"FBI에서도 당신과 똑같이 말하더군요. 그래도 혹시 모르니까 쉐이탄 보가트에 대해 좀 더 조사해볼 생각입니다."

물품 목록을 보고 나서 잔뜩 부풀어 올랐던 기대감이 잦아들며 비에 젖은 폭죽 신세가 되었다. 내가 크게 실망한 표정을 짓자 루텔리 형사가 몹시 계면쩍어하며 자리에서 일어섰다.

"이제 그만 가봐야겠어요. 괜한 기대감을 갖게 해 죄송해요."

"아니, 괜찮으니까 신경 쓰지 말아요. 당신이 내 일처럼 나서주는 것만으로도 대단히 고마운 일이죠."

루텔리 형사는 돌아가기 직전에 분석을 의뢰해 보겠다며 버지니아 울프의 만년필을 며칠만 자기에게 맡겨달라고 했다.

아파트에 혼자 남게 된 나는 차라리 어딘가로 멀리 사라져 버리고 싶은 충동이 일었다. 형체도 없이 해체되어 버리거나 어느 누구도 찾아낼 수 없는 곳에 숨어 깊이 침잠해 버리고 싶었다.

나는 전날처럼 와인과 진정제를 섞어 마시는 셧다운 의식을 진행하며 학생용 공책을 다시 꺼냈다. 루텔리 형사에게 만년필을 맡긴 게 후회되었다. 비록 내 머릿속에서 똬리를 틀기 시작한 모든 생각들이 환상에 불과하고, 내 영혼이 만들어낸 기만에 지나지 않는다고 하더라도 아쉬움이 컸다. 만년필은 없지만 마술 잉크병은 남아 있었다. 나는 마술 잉크병을 열고 안에 들어있는 흑단 빛깔 잉크에 검지를 담갔다. 이내 손가락을 빼내고 나서 공책의 펼친 면에 큼지막한 글씨로 똑같은 문장을 반복해서 썼다.

나는 실종되기 한 시간 전의
캐리를 다시 보고 싶다.

나도 모르는 사이에 내가 주술적 사고에 사로잡히게 된 건 아닌지 심각한 의심이 들기 시작했다. 주문을 읊으면 누군가 나를 캐리가 사라진 날로 데려가주는 한편 과거로 돌아갈 수 있는 창을 활짝 열어 주리라는 기대감이 일었다. 와인과 진정제 칵테일이 서서히 수면제 효과를 내는 가운데 나는 아파트 안에서 서성거리다가 침대에 쓰러지듯 누웠다.

창밖에는 어느새 짙은 어둠이 깔려 있었고, 나는 머릿속이 혼미

한 가운데 어둠의 세계로 하염없이 빨려들었다. 눈앞의 이미지들이 배배 꼬이는 것 같더니 이내 괴상망측한 형상들이 연이어 튀어나왔다. 그중에는 과거 일급호텔에서 흔히 보았던 엘리베이터 맨도 있었다. 반짝이는 견장과 금색 단추가 달린 주홍색 정복 차림의 엘리베이터 맨은 얼굴이 지나치게 길쭉한 데다 토끼처럼 큰 귀와 앞으로 툭 튀어나온 앞 이빨의 부조화 탓에 대체로 이상한 형상을 하고 있었다.

엘리베이터 맨이 문이 열리자 경고했다.

"앞으로 당신이 무슨 짓을 해도 이야기의 결말은 바뀌지 않습니다."

나는 엘리베이터 안으로 들어서며 그가 내뱉은 말을 반박했다.

"나는 작가이고, 이야기를 어떻게 끝맺을지는 전적으로 내가 결정해요."

"당신이 쓰는 소설이라면 뭐든 마음대로 할 수 있겠지만 현실 세계에서는 불가능합니다. 작가들은 간혹 현실 세계도 자기 뜻대로 통제하려고 들지만 그리 호락호락하지 않을 겁니다."

"어서 아래로 내려가시죠."

엘리베이터 맨이 문을 닫으며 말했다.

"그럼 원하시는 대로 서른여섯 번째 지하로 내려가겠습니다."

4. 체호프의 총

인생의 모든 것에는 대가가 따르며, 공짜라고는 죽음밖에 없는데, 그 또한 삶과 맞바꾼 것이다.
-엘프리데 옐리네크

1

햇살이 맑은 오후였다. 봄을 맞은 뉴욕에서 흔히 대할 수 있는 날씨였다. 맥카렌 공원에 자리한 몬테소리학교 로비에도 햇살이 가득했다. 복도에서 아이가 나오길 기다리는 부모들 가운데 몇몇은 햇살 때문에 눈이 부신 듯 선글라스를 착용하고 있었다.

드디어 교실 문이 열리더니 스무 명 남짓한 아이들이 왁자지껄하게 웃고 떠들며 밖으로 나섰다. 나는 아이들 사이에서 금세 캐리를 찾아냈다. 캐리는 기분이 몹시 좋은 듯 연신 재잘거리면서도 유모

차에 타는 걸 한사코 거부하며 내 옆에서 걸어가겠다고 고집을 부렸다. 캐리가 세 발짝 걷고 나서 한 번씩 멈추기를 반복하는 바람에 브로드웨이의 마르첼로스까지 무려 30분이나 소요되었다. 마르첼로스에서 과일잼과 카놀리를 고른 캐리는 랭카스터 빌딩에 도착하기도 전에 다 먹어치웠다. 건물 로비에 들어서자 3주 전부터 일을 시작한 경비원 트레버 풀러 존스가 캐리에게 깨를 뿌린 막대 사탕 하나를 건네며 말했다.

"녹기 전에 먹어야 해." 그런 다음 한마디 덧붙였다. "넌 엄마가 작가라서 정말 좋겠구나. 매일 밤 꿈나라에 가기 전 엄마가 재미있는 이야기를 맘껏 들려줄 테니까."

내가 아이를 대신해 웃으며 말을 받았다. "아이에게 그런 말을 하는 걸 보니 아직 내가 쓴 소설을 한 줄도 읽어보지 않은 게 확실하군요."

트레버는 순순히 인정했다. "작가님이 쓴 소설을 아직 한 권도 읽지 않았습니다. 일이 바빠 책 읽을 시간이 있어야 말이죠."

"시간이 없었던 게 아니라 책 읽을 시간을 내지 않았겠죠."

내가 트레버와 이야기를 나누는 사이 엘리베이터가 도착했다.

내가 늘 하던 대로 캐리를 안아 올리자 아이가 7층, 그러니까 제일 꼭대기 층 단추를 눌렀다. 엘리베이터가 심하게 덜컹거리는 소리를 내며 움직이기 시작했다. 오랫동안 들어온 소리라서 우리는 전혀 놀라지 않았다.

아파트로 들어선 캐리는 농구화를 벗고 몽실몽실한 방울이 달린 분홍색 실내화를 신었다. 캐리가 턴테이블이 있는 곳으로 걸어가는 내 뒤를 졸졸 따라왔다. 내가 엘피판 한 장 – 라벨의 〈피아노 협주곡 G장조 2악장〉 – 을 턴테이블에 얹어놓는 모습을 지켜보던 캐리가 이제 곧 듣게 될 음악을 향해 미리 박수를 쳐주었다. 캐리는 몇 분쯤 더 빨래를 널고 있는 내 뒤를 졸졸 따라다니다가 마침내 숨바꼭질을 하자고 보채기 시작했다.

나는 지금 열에 들떠있는 상태였다. 이렇듯 시간이 한없이 늘어지다가 비눗방울처럼 터져버릴까 봐 두려웠다. 과거를 향해 열린 이 창이 내가 뭔가를 알아내기도 전에 닫혀 버리면 안 되니까.

"좋아, 내가 술래를 할게."

"그럼 엄마 방에 가서 스물까지 정확하게 세어야 해."

캐리는 내가 벽 쪽으로 돌아서 눈을 감고 스물까지 세는지 확인하려는 듯 나를 따라오며 다짐을 받았다.

"속이기 없기야."

나는 양손으로 두 눈을 가리고 큰 소리로 숫자를 세기 시작했다.

"하나, 둘, 셋……."

캐리가 살금살금 마룻바닥을 걷는 소리가 들려왔다. 아이가 이제 막 방을 벗어났다. 내 심장이 바짝 죄어왔다.

"… 넷, 다섯, 여섯……."

라벨의 〈피아노 협주곡 G장조 2악장〉 중에서 내가 각별히 좋아하는 아다지오 부분이 흘러나오고 있는 가운데 나는 아이가 거실을 가로지르며 베란다 앞에 놓아둔 라운지 의자를 살짝 치고 가는 소리를 들었다. 나른하고 몽환적인 음악 소리가 마치 최면술사처럼 나를 알 수 없는 곳으로 데려가고 있었다.

"…일곱, 여덟, 아홉……."

나는 비로소 눈을 떴다. 캐리가 거실에서 복도 쪽으로 몸을 돌리는 순간 나는 고개를 밖으로 내밀었다. 아이의 모습이 내 시야에서 완전히 사라지도록 내버려두면 안 되니까.

나는 캐리가 눈치 채지 못하도록 숫자 세기를 계속했다.

"…열, 열하나, 열둘, 열셋……."

나도 재빨리 거실을 가로질렀다. 오후의 태양이 고층건물 뒤에서 비현실적인 빛을 쏘아 보내고 있었다. 아파트 안이 온통 눈부신 빛의 베일 속에 잠겼다. 나는 아이에게 들키지 않도록 조심하며 복도 쪽을 살폈다.

"… 열넷, 열다섯, 열여섯……."

캐리가 앙증맞은 두 팔로 청소도구를 정리해두는 벽장문을 열었다. 나는 그 안으로 숨는 캐리의 모습을 지켜보았다.

말도 안 돼. 나는 스무 번도 넘게 저 빌어먹을 벽장 안을 들여다보았지만 끝내 캐리를 발견하지 못했어.

"… 열일곱, 열여덟, 열아홉……."

나는 복도를 걸었다. 그곳에도 빛이 넘실거렸다. 나는 눈이 부셔 눈을 가늘게 떴다. 심장이 쿵쾅거리며 뛰었다. 진실이 바로 저기,

손만 뻗으면 닿는 곳에 있었다.

가까이, 아주 가까이.

"스물."

벽장문을 열자 황금빛 먼지가 눈앞에서 회오리쳤다. 짙은 빛깔 용연향처럼 눈을 뜰 수 없게 만드는 강력한 먼지구름 속에서 일급 호텔 엘리베이터 맨처럼 차려 입은 남자의 윤곽이 모습을 드러냈다. 엘리베이터 맨의 이상하게 생긴 입에서 나를 향한 경고의 말이 쏟아져 나왔다.

"당신이 무슨 짓을 하든지 결코 이야기의 결말을 바꿀 수는 없어요."

그 말을 던진 엘리베이터 맨은 기묘한 웃음을 남기고 사라졌다.

2

나는 소스라치게 놀라 잠에서 깨어났다. 잠결에 몸싸움이라도 벌인 듯 몸이 침대 한가운데에서 비스듬한 자세로 누워 있었다. 나는 힘겹게 몸을 일으킨 다음 난방 보일러를 끄고 다시 침대에 누웠다. 목이 칼칼하고 눈두덩이 퉁퉁 부은 느낌이 들었다. 누군가가 내 관자놀이 부근을 나사로 꽉 조이고 있는 듯 머리가 아팠다. 현실보다 더 생생한 악몽을 꾸는 바람에 넋이 나간 나는 방금 전에 달리기를 한 사람처럼 숨이 가빴다. 15분쯤 침대에 가만히 누워있었지만 두통이 가라앉기는커녕 점점 더 심해져 도저히 참을 수 없는 지경이 되었다.

나는 다시 힘들게 몸을 일으킨 다음 욕실에 가서 디클로페낙(비스테로이드성 소염 진통제 : 옮긴이) 두 알을 삼키고 나서 찬물을 여러 잔 들이켰다. 목이 거의 마비된 상태인 데다 손가락 관절마디에서도 강한 통증이 느껴졌다. 뻣뻣해진 손가락들을 뺨에 대고 세게 문지르고 있을 때 인터폰이 귀청이 멍해지도록 큰 소리로 울렸다. 인터폰 화상통화 스위치를 누르자 경비원인 트레버의 얼굴이 화면에 나타났다.

　"기자들이 다시 왔습니다."

　골치 아픈 일들은 절대로 쉽게 끝나지 않는다.

　"어떤 기자들을 말하는 건데요?"

　"저야 잘 모르죠. 작가님이 더 잘 아시지 않나요?"

　나는 머리를 쿡쿡 쑤셔대는 두통을 조금이나마 누그러뜨릴 요량으로 정수리 부근을 지그시 눌렀다.

　"기자들이 말하길 작가님의 근황이 궁금하답니다. 뭐라고 말해줄까요?"

　"그냥 당장 꺼지라고 하세요."

　나는 화상통화 스위치를 눌러 꺼버린 다음 거실로 나가 안경을 착용하고 창밖을 내다보았다.

　스무 명이 넘는 기자들이 랭카스터 빌딩 아래에 옹기종기 모여서서 내 아파트 쪽을 바라보고 있었다. 기자들은 잊을 만하면 다시 나타나 상처를 헤집어놓았다. 누군가를 가학적으로 괴롭히며 쾌감을 누리는 부류들이 분명했다. 불쾌감을 유발하는 하이에나, 들쥐, 독수리, 찰거머리 같은 짐승들과 하등 다를 게 없는 작자들이었다.

나는 어쩌다가 저들의 삶이 이 지경에 이르게 되었는지 도무지 알수 없었다. 기자들은 캐리가 실종된 이후 매일이다시피 한숨과 더불어 살아가고 있는 나를 찾아와 밤낮없이 괴롭히고 있었다. 그런 짓들을 하면서도 양심에 저촉될 게 전혀 없다고 철석같이 믿는 저들의 심리 상태를 어떻게 이해해야 할지 알 수 없었다. 밤늦게 집으로 돌아가 자기 자식들에게 오늘 하루도 최선을 다해 살았다고 이야기하기 위해 저런 짓들을 벌이고 있지는 않을 것이다.

저들은 왜 하필이면 오늘 또 저렇게 떼거리로 몰려왔을까?

나는 혹시 문자메시지가 들어왔는지 보려고 휴대폰을 집어 들었다. 이제 보니 배터리가 방전되어 먹통이 된 상태였다. 휴대폰을 충전기에 연결하다가 루텔리 형사가 주방 조리대 위에 권총집을 놓아두고 갔다는 사실을 알게 되었다.

권총집에서 시선을 뗀 나는 텔레비전을 켜고 뉴스 채널을 틀었다.

캐리 콘웨이 실종사건의 후속 소식입니다. 오늘 저녁에 조사를 받은 50대 남성은 아무런 혐의점을 찾을 수 없어 풀려났습니다. 이스트 빌리지 구역에 위치한 골동품 상점 주인인 쉐이탄 보가트는 그가 운영하는 상점에서 캐리 콘웨이가 실종되던 날 신고 있던 실내화를 판매 물품으로 내놓았다가 가짜로 판명되자 천박한 장난이었다고 강변했습니다. 캐리 콘웨이 실종 사건 수사는 다시 원점으로 돌아가게 되었습니다.

나는 텔레비전을 껐다. 나는 처음부터 〈더 라이터 숍〉에서 판매하는 빈티지들이 진품일 거라고 믿지 않았다. 휴대폰을 다시 켜자 루텔리 형사가 보낸 문자메시지가 화면에 떠올랐다.

메시지를 보는 대로 전화해주시기 바랍니다.

"안녕하세요, 마크."

"경찰이 쉐이탄 보가트를 풀어줬습니다."

"나도 방금 전에 뉴스를 봐서 알아요." 나는 한숨을 푹 내쉬고 나서 말을 이었다. "그나저나 여기에 권총집을 두고 가셨던데요?"

루텔리 형사는 내 뒷말을 무시하고 넘어갔다.

"경찰은 큰 실수를 저지른 겁니다. 던힐 나미키 만년필도 수상하잖아요."

"그 만년필이 왜요?"

"내가 사설 실험실에 만년필에 대한 분석을 의뢰했어요."

"결과가 어떻게 나왔는데요?"

"만년필 자체에서는 아무런 문제점이 발견되지 않았습니다."

나는 그 뒤로 이어질 말을 짐작해보았다.

'오히려 잉크가 문제더군요.'

루텔리 형사가 내 짐작을 확인시켜주었다.

"문제는 잉크였습니다. 정확하게 말하자면 잉크의 성분이 문제였죠."

"잉크가 이상하던가요?"

나는 이제 그 어떤 말도 들을 준비가 되어 있었다.

"만년필 잉크에서 물과 안료, 에틸렌 글라이콜 성분이 나왔습니다. 그뿐만 아니라 피도 들어 있었습니다."

"잉크에서 사람의 피가 검출되었다고요?"

"실험실에서는 그 피가 당신 딸의 혈액과 일치한다는 결론을 내렸습니다."

3

나는 맞물려 돌아가는 톱니바퀴가 내 몸을 갈가리 찢는 느낌이 들며 아득한 현기증을 느꼈다. 온몸이 오그라들며 위축되었고, 숨이 가빠왔다. 창문을 활짝 열어젖히고 싶었지만 모든 창들이 단단하게 봉인되어 있는 상태였다.

이쯤에서 삶의 시계를 멈춰야 해.

머릿속에서 끊임없이 계속되는 반추, 방황, 믿기 힘든 반전, 감정의 롤러코스터를 감당해내기 힘겨웠다.

나는 루텔리 형사가 두고 간 가죽 권총집에서 총을 꺼내 일단 장전이 되어 있는지 확인해보았다. 소설가들의 대다수가 알고 있다시피 소설을 쓸 때 '체호프의 총'으로 회자되는 원칙이 작동된다. 1막에서 '벽에 총이 걸려있군요.'라는 대사가 등장할 경우 2막 또는 3막에서 반드시 그 총에서 총알이 발사되게 해야 한다는 게 러시아 작가 안톤 체호프가 강조한 원칙이었다.

루텔리 형사가 두고 간 글록 권총을 꺼내드는 바로 그 순간 나는 체호프가 강조했던 원칙을 뼈저리게 실감했다. 나는 누군가가 총을 두고 갔으니 그걸 사용하라는 암시를 받았다. 글록 권총을 손에 쥐고 옥상으로 향하는 계단을 올라갔다. 옥상에 다다르자 정신이 번쩍 들게 할 만큼 강한 바람이 온몸을 파고들었다. 도시의 온갖 소음도 꾸역꾸역 뒤따라왔다. 나는 옥상의 정원이 있는 쪽으로 몇 발자국 걸어갔다. 과거에 배드민턴 코트로 사용되었던 합성소재 바닥은 너무 오래 방치돼 쩍쩍 갈라져가고 있었다. 캐리와 내가 채소를 가꾸던 정원에는 잡초만이 무성했다. 그나마 시원한 공기를 마시자 머릿속에서 엉망으로 뒤엉켜있던 생각의 매듭들이 조금씩 풀리기 시작했다. 나는 비로소 순간적인 감정이나 기분에 휩싸이지 않고 정제된 사고를 할 수 있게 되었다. 첫 단추를 잘못 꿴 결과 전혀 아귀가 맞지 않는 이야기가 전개되고 있었다. 아파트 문이 안에서 굳게 잠겨있었던 게 틀림없다면 캐리는 집 안에 남아있어야 마땅했다. 다른 가설은 불필요했다.

나는 아서 코난 도일이 했던 말을 되새겨보았다.

'불가능한 가설들을 모두 제외시키고 남은 가설이 아무리 불합리해 보일지라도 그것이 진실이라고 내가 몇 번이나 말했나?'

그 말이 옳다면 내가 캐리를 집에서 찾아내지 못한 걸 어떻게 설명할 수 있을까? 내가 정신병을 앓고 있다고 봐야 하나? 아니면 약물 중독에 따른 섬망이나 혼수상태에 빠져 임사체험을 하고 있다고 봐야 하나? 이도저도 아니면 기억상실증에 걸렸거나 조기 치매를 앓고 있는 건가?

머릿속에서 떠오른 가설들을 서로 견주어 보았다. 어느 하나 진실에 근접한 가설은 없어보였다. 별안간 날씨가 흐려지는가 싶더니 거센 바람과 비구름이 몰려왔다. 허술하기 그지없는 갈대 울타리가 심하게 흔들렸다.

나는 핵심적인 뭔가를 놓치고 있다는 생각을 지울 수 없었다. 자잘한 디테일들이 아니라 훨씬 근본적인 뭔가를 보지 못하고 있다는 느낌이 들었다. 가령 처음부터 자욱한 안개가 장막처럼 둘러쳐져 있어 눈앞에서 펼쳐지는 현실을 제대로 바라보지 못하고 있는 게 틀림없었다. 그동안 누군가 나를 줄곧 감시하고 있었고, 내가 내려야 할 결정을 대신하고 있다는 느낌을 받아왔다. 너무 막연한 느낌이라 구체적으로 예시할 수는 없지만 분명한 사실이었다.

나는 비로소 사건의 심연 속으로 들어갈 미세한 틈새를 발견했다. 이제 막연한 느낌을 좀 더 명확하게 포착하고 싶었다.

현재 내 주변에서 펼쳐지고 있는 이야기들이 사전에 이미 쓰여 있었다는 느낌이 드는 이유는 무엇 때문일까? 나를 둘러싸고 있는 현실에 대해 내가 주체적으로 대처할 수 없는 이 불합리한 조건은 어디에서 비롯된 것일까?

누군가 막후에서 꼭두각시 인형을 조종하듯 줄을 잡아당겼다가 풀었다 하면서 나를 마음대로 제어하고 있다는 느낌을 지울 수 없었다.

나는 누구에게 조종당하고 있을까?

내 머릿속을 채우고 있는 강력한 느낌이 한 가지 더 있었다. 내가 집 안에 유폐 중인 포로라는 느낌이었다. 나는 몇 달째 아파트 밖으로 한 발짝도 벗어나지 못하고 있었다. 기자들의 취재를 피하기 위해, 혹시라도 캐리가 살아서 돌아온다면 이 아파트일 것이기에 집 안에서 기다려야 한다는 내 논리는 근거가 박약했다.

그럼 다른 이유는 뭘까? 내가 밖으로 나가지 못하는 근본적인 이유는?

머릿속에서 플라톤의 동굴 우화가 떠올랐다.

'동굴에 오래도록 갇혀 있어 왜곡된 관념의 포로가 된 인간은 촛불을 켰을 때 동굴 벽에 그려지는 그림자를 진실이라고 믿는다.'

플라톤이 묘사한 인간들, 즉 어두운 동굴 깊숙한 곳에 갇혀 사는 포로들처럼 나 역시 내 아파트에서 한 발짝도 벗어나지 못하고 있었고, 세상을 있는 그대로 보지 못하고 기만적인 햇빛이 집 안 곳곳에 그려놓은 그림자들을 보고 있을 뿐이었다. 전체가 아닌 일부, 편린, 메아리.

그래, 그거야. 나는 눈 뜬 장님이었어.

누군가 혹은 무언가가 의도적으로 나를 집 안에 가두고 왜곡된 시각으로 세상을 바라보도록 통제하고 있는 거야. 현실은 내가 늘 바라보고 있는 그림자와는 분명 다른데, 나는 지금껏 허상을 진실이라고 믿고 있었던 거야. 이제부터 그 어떤 대가를 치르더라도 허상의 베일을 벗기고 진실을 바라보아야만 해.

도시의 소음들이 점점 더 큰 소리로 귓전을 때렸다. 차에서 울리는 경적 소리, 경찰차의 사이렌 소리, 이웃 공사장에서 울려 퍼지는 요란한 기계 소리, 쇠가 맞부딪칠 때 울리는 금속성이 혼재되어 울렸고, 대기 중에는 흉흉한 위협의 기운이 감돌았다.

나는 앞으로 내가 알게 될 진실이 두려웠다. 동굴에 유폐되어 있다가 갑자기 밖으로 나가게 된 포로들이 밝은 빛을 대하는 순간 눈이 부실 수밖에 없는 상황을 나도 똑같이 맞게 될까 봐 두려웠다. 차라리 동굴의 어둠 속에 유폐되어 있을 때가 더 안락했다고 믿으며 밖으로 나가기를 꺼려하듯이.

나에게 확실하게 주어진 건 없었다.

'어느 누구도 세상이 상상에 불과한지 실제로 존재하는지 알 수 없고, 꿈과 현실의 차이가 무엇인지 알 수 없다.'

문득 보르헤스의 말이 떠오르면서 내가 지금 오감으로 느끼고 눈으로 마주하고 있는 이 모든 현상들이 과연 현실에서 벌어지는 일이라고 단언할 수 있는지 확신할 수 없었다.

여전히 내 주변에서 강력한 존재감이 느껴졌다. 현재 옥상에 나 혼자 있다는 사실을 알고 있었지만 그런 느낌이 드는 걸 어쩔 수 없었다. 나는 보이지 않는 힘, 타인이 가하는 영향력 아래에 있었다.

분명 꼭두각시 인형을 조종하는 누군가가 있었다.

적.

개자식.

소설가.

내 눈앞에 펼쳐져 있는 익숙한 풍경이 부르르 요동치기 시작하더니 이내 훨씬 또렷해진 풍경이 시야에 들어왔다. 조선소 작업장, 예전 제당 공장의 높다란 굴뚝, 이스트 강을 가로지르는 윌리엄스버그 철교.

애써 찾으려고 하지 않아도 명백한 진실이 저절로 드러났다. 나는 방금 어느 작가가 쓴 소설의 등장인물에 불과하다는 사실을 깨달았다. 전동타자기, 아니 컴퓨터라고 해야 훨씬 현실성이 있겠지만 아무튼 누군가가 나를 매단 줄을 잡고 제멋대로 조종하는 중이었다.

나는 비로소 나의 적이 누군지 알아냈다. 내 이야기를 쓰는 소설가의 교활한 술수에 대해서는 어느 누구보다 잘 알고 있었다. 나 역시 그와 똑같은 직업을 가진 소설가이니까. 지금 내가 확신할 수 있는 단 한 가지가 있다면 방금 전 그의 계획을 알아차렸다는 것이다. 나를 꼭두각시 인형처럼 마음대로 조종하는 그는 자신의 정체가 발각되리라고는 꿈에도 예상하지 못했기에 계속 인형을 매단 줄을 제멋대로 흐트러뜨려 놓고 있었다.

방금 전 미처 예상하지 못했던 가능성이 열렸다. 이야기의 결말을 바꿀 수 있는 가능성. 이제 나는 그의 책상을 뒤집어엎을 수 있는 수단을 찾아내야만 했다. 꼭두각시 인형을 조종하는 그의 굴레에서 벗어나려면 그를 픽션 세계로 끌어들이는 수밖에 없었다.

나는 점퍼에서 루텔리 형사가 두고 간 글록 권총을 꺼내들었다. 모처럼 나에게 주어진 자유의 영역이 조금이나마 확장되었다는 느낌이 들었다. 컴퓨터 화면 뒤에 앉아있는 작가는 내가 이렇게 나오리라는 걸 전혀 예측하지 못했을 것이다. 아무튼 이제 곧 그는 등장인물에게 제대로 한 방 먹었다는 걸 알게 될 것이다. 작가들은 당연히 자기들이 만들어낸 등장인물이 총구의 방향을 제멋대로 바꾸는 걸 반기지 않을 것이다.

나는 글록 권총의 총구를 내 관자놀이에 가져다 댔다.

또다시 눈앞의 이미지들이 배배 꼬이더니 이내 괴상망측한 형상들이 연달아 튀어나왔다. 형체를 알 수 없이 무너져 내린 이미지들이 내 눈앞에서 이상한 춤을 추었다. 혼란스러운 풍경이 눈앞에서 완전히 자취를 감추기 전에 손가락을 방아쇠에 올려놓고 컴퓨터 화면 앞에 앉아 있을 작가를 향해 소리쳤다.

"앞으로 3초를 줄 테니 어디 한번 나를 말려보시지. 하나, 둘, 셋……."

(로맹이라는)
소설(가)의 등장인물

5. 시제의 일치

소설 쓰기란 굉장히 어려운 일은 아니다. (…) 무엇보다 고된 건 소설을 한 편 쓰고, 두 편 쓰고,
계속 쓰는 것이다. (…) 그러기 위해서는 특별한 역량을 지니고 있어야 하는데,
그 역량이란 확실히 단순한 재능과는 조금 다르다.

– 무라카미 하루키

나는 글록 권총의 총구를 내 관자놀이에 가져다 댔다.

또다시 눈앞의 이미지들이 배배 꼬이더니 이내 괴상망측한 형상들이 연달아 튀어나왔다. 형체를 알 수 없이 무너져 내린 이미지들이 내 눈앞에서 이상한 춤을 추었다. 혼란스러운 풍경이 눈앞에서 완전히 자취를 감추기 전에 손가락을 방아쇠에 올려놓고 컴퓨터 화면 앞에 앉아 있을 작가를 향해 소리쳤다.

"앞으로 3초를 줄 테니 어디 한번 나를 말려보시지. 하나, 둘, 셋……."

1

파리, 2010년 10월 11일 월요일

갑자기 패닉 상태에 빠진 나는 요란한 소리가 나도록 컴퓨터 화면을 닫았다. 이마가 불덩이처럼 뜨거웠고, 의자에 앉은 나는 사시나무 떨 듯이 몸을 떨었다. 두 눈이 쿡쿡 쑤시고, 어깨와 목에서 바늘로 찌르는 것 같은 통증이 일었다.

빌어먹을!

소설을 쓰는 동안 등장인물들 가운데 하나가 다짜고짜 나를 불러 세운 건 처음이었다. 나는 로맹 오조르스키이고, 올해 나이 마흔다섯 살이다. 언제부터 글을 쓰기 시작했는지 정확하게 기억나지는 않지만 내 직업은 작가이다. 내가 의과대학 학생이던 스물한 살 때 첫 번째 소설《메신저》를 써서 세상에 첫선을 보였다. 그 후 열여덟 편의 소설을 더 썼고, 하나같이 베스트셀러가 되었다. 무려 20년이 넘도록 아침에 일어나자마자 컴퓨터를 켜고 현실 세계를 벗어나 픽션 세계로 탈출하는 일상을 반복해오고 있다.

글쓰기가 나에게는 단 한 번도 심심풀이로 하는 여가 활동이었던 적이 없었다. 글을 쓸 때마다 내가 가진 모든 능력을 동원했고, 열정과 노력을 쏟아 부었다. 귀스타브 플로베르는 글쓰기에 대해 말하길 '아주 특별한 삶의 방식'이라고 했다. 안토니우 로부 안투네스(Antonio Lobo Antunes 1942년 포르투갈 리스본에서 출생한 작가. 의학을 전공했으나 앙골라 내전의 참상을 목도한 후 작가로 변신했다 : 옮긴이)는 한 술 더 떠 '소설은 쾌감을 맛보기 위해 시작해 자신의 악습을 중심으로 삶을 재구성하는 것'이라고 했다.

나는 매일 아침 '영감'이 떠오르길 기다리지 않고 무조건 글쓰기에 착수했다. 글을 쓰다 보면 영감이 떠오를 거라 믿었기 때문이다. 내 방식대로의 규율, 뚝심, 단단한 태도로 글쓰기에 임했다. 사실 이 세상에서 쉬운 일은 없다. 그 무엇도 거저 주어지지 않는다. 글을 쓰다보면 머리가 복잡하고 괴로울 때도 있었다. 글쓰기가 나를 어디로 데려갈지 감을 잡을 수 없을 때도 많았다.

하루에 적게 잡아 여섯 시간 이상 글을 썼다. 내가 글쓰기에 할애한 시간을 따져 보니 무려 4만5천 시간이 넘었다. 내가 만들어낸 인물들과 무려 4만5천 시간 동안 부대끼며 살아온 셈이었다. 매일이다시피 글쓰기와 씨름하며 지내다보니 전 부인(미래의 전(前)부인)은 나를 '현실적인 삶에는 부적합한 사람'이라고 규정했다. 어쨌든 글쓰기에 내가 가진 모든 걸 쏟아부으며 살아오다 보니 어느새 세상에 널리 이름이 알려진 작가가 되었다.

작가가 되고 나서 수많은 일을 겪었지만 방금 전처럼 등장인물이 내게 말을 걸어온 경우는 처음이었다. 나는 언젠가 인터뷰를 할 때 말한 적이 있었다.

"글쓰기를 할 때 가장 흥분되고 짜릿한 순간이라면 아마도 작가인 내 의사와 무관하게 등장인물이 자신의 의지로 독자적인 행동에 나설 때입니다."

언젠가 정말 이런 일이 발생하게 되리라 예상하고 했던 말은 아니었다.

나는 절대로 머뭇거리는 스타일이 아니었기에 써나가던 소설에 계속 몰두했다.

혼란스러운 풍경이 눈앞에서 완전히 자취를 감추기 전에 손가락을 방아쇠에 올려놓고 컴퓨터 화면 앞에 앉아 있을 작가를 향해 소리쳤다.

"앞으로 3초를 줄 테니 어디 한번 나를 말려보시지. 하나, 둘, 셋……."

나는 잠시 중단했던 소설을 이어가보려고 했지만 화면에서 깜빡거리는 커서를 보고 있자니 마치 누군가 예리한 칼로 내 동공을 도려내는 듯 눈이 아팠다. 덜컥 겁이 나서 더 이상 이 황당한 상황을 그대로 방치해둘 수 없었다.

내가 소설을 쓸 때 택하는 방식은 크게 두 가지로 요약할 수 있었다. 정밀한 작업을 요하는 시계공처럼 우선 몇 달에 걸쳐 완벽에 가까운 집필 계획을 수립하고, 필요한 자료 준비를 했다. 내가 늘 주머니에 넣고 다니는 수첩에 사건, 발단, 전개, 위기, 반전, 결말에 이르는 이야기와 등장인물들의 외모, 성격, 특징, 소설의 배경으로 정한 도시의 관련 자료, 사건이나 등장인물에 따른 전문 지식을 적어두었다. 글을 쓰다가 막힐 경우 수첩을 꺼내 준비해둔 관련 자료를 꼼꼼하게 들여다보면 대부분의 문제를 해결할 수 있었다. 장 지오노(Jean Giono 프랑스의 소설가 : 옮긴이)도 글쓰기에 착수하기에 앞서 사전 준비가 얼마나 중요한지 언급한 적이 있었다.

'이제 책은 거의 완성되었다. 쓰기만 하면 되니까.'

해가 여러 번 바뀌고 내가 쓴 소설이 많아지다 보니 나도 모르게 더러 내용이 중복되는 부분이 있어 작업 방식에 변화를 줄 필요성을 절감했다. 사전에 결말에 이르는 이야기를 미리 정해둘 경우 의외성이 줄어들어 박진감이 떨어지는 느낌이 들기도 했다. 요즘은 작가인 나도 어떤 결론을 내릴지 미리 정해두지 않은 가운데 내 자신을 소설 속으로 던져 넣는 집필 방식을 선호하고 있다. 스티븐 킹이 즐겨 채택한 집필 방식이었다.

스티븐 킹은 '모든 이야기는 소설가가 소설로 쓰기 이전부터 존재해왔다. 이야기는 마치 퇴적암에 들어 있는 화석과 같다. 소설가는 그 화석이 공룡 뼈인지 너구리 뼈인지 알 수 없는 가운데 글을 쓰는 과정에서 그 진실을 발굴해내야 한다.'라고 했다.

나는 《거울의 세 번째 면》이라는 제목을 붙인 이번 소설을 쓰기 시작하면서 스티븐 킹의 작업 방식을 따라해 보기로 했다. 지극히 단순한 하나의 사건(어린아이의 실종)에 대한 이야기를 시작하면서 모든 등장인물들의 제안에 마음을 열어두었다. 내 소설의 등장인물들 중에는 둘째가라면 서러울 만큼 지독한 게으름뱅이도 있었다. 소설에 별반 도움을 주지 못하면서 주어진 대사를 그대로 읊조리는 인물들이었다. 그 반면 내가 정해준 역할에 만족하지 않고 주도적으로 이야기를 이끌어 나가려는 인물들도 있었다. 그런 인물들은 때로 작가가 주도하는 소설의 전개 과정에 대해 노골적인 반감을 드러내며 자주 궤도를 이탈하려고 했다. 가령 플로라 콘웨이 같은 인물은 내가 애초에 정해준 역할에 불만을 품고 자꾸만 앞서 나가려

고 들었다. 어떤 경우에는 제멋대로 이야기 방향을 틀어 버리려고도
했다.

빗방울이 요란한 소리를 내며 유리창을 두들겨 댔다. 사흘 전부
터 심한 감기를 앓기 시작했다. 수시로 고열에 시달렸고, 폐를 쏟아
낼 듯 기침이 터져 나와 온몸이 기진맥진했다. 알민이 남겨두고 간
라마 털 담요를 몸에 둘둘 감고 거실 소파와 컴퓨터 사이를 오갔다.
돌리프란(아스피린과 비슷한 두통약 : 옮긴이)과 비타민C가 내가 일용할
양식이었다.

15분 동안 의자에 앉아 컴퓨터 화면을 뚫어지게 바라보다가 수첩
으로 눈길을 옮겨 네 개의 챕터에 대해 적어놓은 자료를 들여다보
았다. 수첩에 적어둔 내용에 대해 집착을 보일수록 불안감이 증폭
되었다. 플로라 콘웨이가 손에 쥐고 있는 글록 권총의 이미지가 계
속 머릿속에서 아른거리는 바람에 나는 글쓰기를 단념하고 주방으
로 가 커피를 내렸다.

2

벽에 걸린 시계를 힐끗 쳐다보았다. 오후 4시, 테오의 하교 시간
이 다가오고 있었다. 커피메이커로 커피를 내리는 동안 창문을 통
해 정원 한 귀퉁이를 내다보았다. 하늘은 당장이라도 내려앉을 듯
어두웠고, 굵은 빗줄기가 줄기차게 쏟아지고 있었다. 설상가상으로
보일러가 고장 나 집 안이 온통 냉기와 습기로 가득 차 있었다. 게
다가 천장의 노후화된 배관 파이프에서 물이 새어나와 전기 퓨즈가

나가는 바람에 집 안이 온통 암흑천지가 되어 있었다. 마치 전기가 들어오지 않는 산속 오두막에서 홀로 지내는 느낌이 들었다. 얼마 전 이 집에서 60년을 살았다는 노부부로부터 큰돈을 주고 집을 구입했을 당시만 하더라도 이런 문제들이 산적해 있으리라고는 전혀 예상하지 못했다.

인터넷에서 이 집에 대한 부동산 정보를 발견했을 때만 하더라도 비로소 내가 오래도록 구하고자 했던 집을 발견했다고 확신했다. 뤽상부르공원 근처에 있는 2층 집으로 근사한 정원이 딸려 있었다. 막상 이사해 살아보니 오랜 시간 방치해 당장 손을 봐야 할 곳이 너무 많았다.

일 년 전, 그러니까 알민이 이혼을 선언하기 석 달 전에 이 집을 샀다. 알민은 집을 떠나면서 우리 부부가 공동으로 사용해온 계좌를 해지했다. 알민이 동의해주지 않는 한 나는 돈을 한 푼도 쓸 수 없게 되었고, 일상생활이 완전히 마비되다시피 했다.

알민은 오래전부터 나에게 고통을 가하는 행위를 일삼으며 쾌감을 느껴왔다. 점점 더 생활이 힘들어지고 있었지만 돈을 마련할 방법이 없었다. 영악하기 그지없는 알민은 가정법원에서 이혼이 결정되기 전까지 필요한 생활비를 자기 계좌로 옮겨두었기 때문에 나와는 달리 전혀 불편 없이 살고 있었다. 알민이 나에게 이혼을 통보하고 나서야 나를 파렴치한으로 몰기 위해 이미 오래전부터 치밀한 계획을 세웠다는 사실을 알게 되었다. 알민은 6개월 전부터 내 휴대폰을 몰래 가져가 악의적인 문자메시지를 스스로 작성한 다음 자기 휴대폰에 보내두었다. 어이없게도 문자메시지들 중에는 내가 알민은 물론 아들인 테오를 비방하고 협박하는 내용도 다수 들어 있었다.

'머저리 같은 년', '화냥년', '갈보', '난 절대로 이혼해주지 않을 거야.', '언젠가 너랑 테오에게 반드시 복수할 거야.', '널 죽여 버리고, 시체랑 씹할 테니 두고 봐.'

이혼 소송 과정에서 알민의 변호사들이 언론에 널리 유포한 가짜 문자메시지들은 대개 그런 수준이었다. 나는 휴대폰을 아무 데나 두고 다녔고, 10년째 비밀번호를 바꾸지 않았다. 알민이 내 휴대폰으로 문자메시지를 스스로 작성해 보내는 동안 전혀 눈치 채지 못했다. 매사에 용의주도한 알민이 그 천박한 문자메시지들을 보내고 나서 즉시 지워버렸기 때문이다. 알민은 스스로 작성한 문자메시지를 언론에 유포했고, 내가 얼마나 쓰레기 같은 인간인지 비난하는 근거로 활용했다.

알민은 문자메시지뿐만 아니라 악마의 편집을 동원한 동영상도 유포시켰다. 그 동영상이 내 명예를 실추시키는 데 결정적인 역할을 했다. 알민이 셀프 제작해 유포한 30초짜리 동영상은 한때 유튜브에도 올라와 수많은 억측과 구설수를 낳았다. 알민은 휴대폰을 해킹당하는 바람에 동영상이 유출되었다고 주장했지만 나를 망신 주기 위해 치밀한 계획 아래 직접 유포시킨 게 분명했다.

동영상에는 테오가 학교에 가기 전 아침 7시 30분에 주방에서 알민과 함께 아침 식사를 하는 장면이 나온다. 알민과 테오가 식사를 하는 도중 팬티 차림에 언제 세탁했는지 알 수 없을 만큼 꾀죄죄한

머틀리 크루(Mötley Crüe 미국 로스앤젤레스 출신의 헤비메탈 밴드이다 : 옮긴이) 셔츠를 걸친 내가 등장한다. 사흘쯤 면도를 하지 않은 턱수염, 눈 주위에 선연한 다크서클, 제멋대로 헝클어진 머리로 보아 연거푸 대마초를 석 대쯤 피운 사람처럼 정신이 나가 보인다. 맥주병을 손에 들고 있는 내가 냉장고를 열려다가 잘 열리지 않자 문이 고장 난 게 언제인데 아직 고치지 않았냐며 알민에게 짜증을 부린다. 한술 더 떠 냉장고를 발로 걷어차며 '다 꺼져 버려!' 라고 고함을 지르자 아침 식사를 하던 테오가 깜짝 놀라 쳐다보는 장면으로 동영상은 마무리 된다. 알민이 나를 폭력적인 아빠로 몰아가기 위해 악마적인 편집을 동원해 만든 동영상으로 유튜브 조회 수가 수십만 건이 넘었다.

나는 부득이 동영상에 대해 해명하는 글을 발표했다. 내가 지저분하기 그지없는 행색으로 영상에 등장한 이유는 마감 시간이 다가오고 있어 집필에 온통 정신을 쏟아붓느라 몸을 치장할 겨를이 없었기 때문이다. 마감 때만 되면 나는 집에서 두문불출하며 지냈고, 옷을 갈아입거나 몸을 제대로 씻지도 못하고 집필에 매달렸다. 내가 작업의 효율성을 높이기 위해 낮에 자고 밤에 일하는 생활을 반복하던 시기에 동영상이 촬영되었다. 이를테면 나는 저녁 8시부터 다음 날 오후 1시까지 글을 쓰고, 오후에 잠을 자는 생활을 이어가고 있었다. 내 입장에서 보자면 맥주를 손에 들고 있던 아침 7시 30분은 보통사람의 점심 식사 시간에 해당되었다.

내가 해명하기 위해 쓴 글은 도움이 되기는커녕 오히려 나에 대한 비난을 더욱 증폭시켰다. 요즘 젊은이들은 대부분 책보다는 영상매체를 가까이 하며 지낸다. 나는 평소 영상매체를 즐겨 보지 않았고, 알민과 달리 디지털 기기를 다루는 데 몹시 서툴렀다. 아무리 여유 시간이 많은 때에도 동영상을 보거나 메신저를 하는 일은 거의 없었다.

알민은 지난 4월에 공식적으로 이혼을 요구했고, 폭력 및 성추행 혐의로 나를 고소했다. 언론과의 인터뷰에서 알민은 나의 잦은 '부재'와 '걸핏하면 화를 내는 폭력적인 성격' 때문에 부득이 이혼을 결심하게 되었다고 주장했다. 거짓 증언과 나에 대한 의도적인 폄훼로 일관한 인터뷰였다. 동영상에 고스란히 나오듯이 내가 테오에게 수시로 위협을 가해 아이를 자주 겁에 질리게 한다는 주장을 펴기도 했다.

나는 초가을에 파리 6구 경찰서에서 48시간 동안 조사를 받았다. 알민과의 대질 심문이 이루어졌지만 그녀의 모든 주장이 허구이며 악의적으로 조작되었다는 사실을 입증하지 못했다. 다행히 불구속 기소 처분 되어 교도소에 가지는 않았지만 앞으로도 계속 나에게 극도로 불리한 소송들이 줄줄이 기다리고 있었다.

알민과는 어떤 형태의 접촉도 금지되었다. 가정법원은 내가 제기한 이의신청을 일축하고 알민의 주장을 그대로 받아들였다. 게다가 테오를 보호해야 한다며 접근금지 판결을 내렸다. 테오를 보려면 사회복지사의 입회 아래 지정된 장소에서 만나야 했고, 일주일에 단 한 번만 허용되었다. 나는 알민의 기만적인 행태와 가정법원의 편파적인 판결에 크게 분노했지만 이미 내려진 결정을 번복시킬 방법이 없었다.

나는 서둘러 커피를 마시고 나서 트렌치코트를 걸치고, 농구화를 신고, 야구 모자를 눌러쓴 다음 집을 나섰다. 여전히 굵은 비가 주룩주룩 내리고 있었다. 노트르담데샹 가는 수업을 마친 여러 학교에서 쏟아져 나온 아이들로 북적거렸다. 오늘은 비가 쏟아지는 데다 퇴직연금법 개혁 반대 시위까지 더해져 평소보다 훨씬 더 많은 사람들이 거리로 몰려나와 있었다.

테오가 다니는 학교는 노트르담데샹 가에서 1킬로미터쯤 떨어져 있었다. 그나마 해열제 효과가 조금씩 나타나면서 머리도 맑아지고, 몸도 제법 가벼워졌다. 나는 내 인생을 통틀어 가장 큰 위기에 직면해 있었다. 거의 무방비 상태로 알민이 파놓은 함정에 빠져들었다. 내 담당 변호사가 둘이나 있었지만 속수무책으로 당했다. 테오에 대한 양육권을 빼앗겼을 때 내 담당 변호사들은 상대 측에서 얼마나 치밀하게 작전을 세워두었는지 대처할 방법을 찾아내지 못했다고 변명을 늘어놓았다. 알민이 이미 오래전부터 치밀하게 계획해온 연출이었고, 하나같이 가증스러운 거짓말이었지만 내 담당 변호사들은 내게 덮어씌워진 온갖 혐의들이 죄다 허구라는 사실을 입증해내지 못했다. 결국 나는 알민과의 소송에서 참담한 패배를 맛보게 되었다.

3

나는 테오가 다니는 학교로 걸어가면서 알민과 함께 했던 결혼생활을 되새겨 보았다. 온통 다른 생각에 빠져 걷고 있었지만 용케 보행자들이나 유모차를 미는 엄마들, 스케이트보드를 타는 아이들과 충돌하지 않아 다행이었다.

2000년 연말에 알민을 처음 만났다. TV드라마 극본을 쓰느라 런던에서 6개월 일정으로 체류하고 있던 때였다. 내가 심혈을 기울여 극본을 쓴 드라마는 끝내 방영이 불발되었다. 그 당시 알민 알렉산더는 영국 로열발레단의 촉망받는 발레리나였으나 갑자기 몸을 다치는 바람에 모델로 전직한 상태였다. 알민에게 단단히 반한 내 눈에는 그녀의 심한 변덕도 매력으로 보였다. 사실 그 당시만 해도 알민의 변화무쌍한 기질은 톱니바퀴처럼 빈틈없이 맞물려 돌아가는 내 삶에 신선한 바람을 불어넣어주는 한편 톡 쏘는 양념이 되어주었다. 알민과 함께하는 동안 나는 잠시나마 다람쥐 쳇바퀴 돌 듯 반복되는 일상에서 벗어나 활기찬 날들을 보냈다.

시간이 지나면서 비로소 나는 '변덕스럽다.' 라는 말이 '정서적으로 불안정하다.' 는 말과 다르지 않다는 사실을 깨닫게 되었다. 날이 갈수록 충동적이고 즉흥적인 성격의 알민과 미래를 함께하고 싶은 마음이 사라져가고 있었지만 일방적으로 끝내기 쉽지 않았다. 알민은 이미 나와 미래를 함께하기로 결심한 상태였고, 결국 우리 사이는 결혼으로 이어졌다.

우려했던 대로 알민과의 결혼생활은 줄곧 롤러코스터에 올라탄 듯 불안하고 위태로웠다. 결혼 후 알민은 임신했고, 테오를 출산했다. 나는 테오를 얻어 너무나 기뻤고, 결혼생활에 대한 불만을 아이를 돌보며 사는 즐거움으로 상쇄할 수 있게 되었다. 테오를 단 하루라도 보지 못하고 살아간다는 건 나로서는 상상조차 할 수 없는 일이었다. 나는 테오를 애정이 넘치는 가정, 단란하고 화목한 가정, 부부 사이의 결속력이 강한 가정에서 자라게 하고 싶었지만 뜻대로 되지 않았다. 알민은 아이를 낳고 나서도 시도 때도 없이 불평불만을 늘어놓고, 종잡을 수 없을 만큼 변덕을 부렸다. 나는 테오를 돌보며 누리는 기쁨이 컸기에 모든 고통을 견뎌낼 수 있었다. 시간이 지나면 알민도 그간의 잘못을 깊이 뉘우치고 배우자와 엄마 역할에 충실하게 되리라 기대했지만 그야말로 순진한 생각이었다.

　알민은 결혼 초만 해도 나와 함께하는 생활, 내 소설의 첫 독자로서 새로운 세계를 만들어내는 메카노 블록놀이를 옆에서 조금이나마 도울 수 있는 것에 만족해했다. 해가 거듭 되면서 알민은 오로지 소설 쓰기에 매달리는 나에 대해 점차 흥미를 잃어갔다. 나는 대부분의 시간을 상상 속의 존재들이 살고 있는 픽션 세계에서 지냈다. 밤낮없이 이야기를 어떻게 끌어갈지 고민하느라 골머리를 앓았다. 소설을 쓸 때 경험은 큰 도움이 되지 않았다. 나는 이미 스무 권 가까이 소설을 쓴 작가였지만 누군가 글을 잘 쓸 수 있는 비결을 물으면 어떤 대답을 들려주어야 할지 막연했다. 왜 그런지 굳이 이유를 설명하자면 간단하다. 글을 잘 쓸 수 있는 비결은 없으니까. 스무 권 가까이 소설을 써 온 나 역시 매번 처음부터 다시 시작해야 한다. 이전에 했던 방식을 그대로 답습할 경우 여기저기서 진부하다는 소리가 쏟아지게 될 테고, 머지않아 이제 로맹 오조르스키는 작가적 생명이 끝났다는 평가를 듣게 될 테니까.

새로운 소설을 쓰기 시작할 때마다 나는 매번 눈 덮인 에베레스트 산 아래에서 맨발로 서있는 기분이 들었다. 내 안에서 이전에는 결코 들려준 적이 없는 이야기, 새롭고 독특하고 지루하지 않은 이야기를 끌어내 독자들에게 선보여야 한다는 압박감이 심장을 조여왔다.

나는 최근에 형식의 틀에 매몰되지 않는 글쓰기, 규칙에 얽매이지 않는 글쓰기를 추구해왔다. 독자들에게 페이지를 넘기다가 갑자기 예기치 않은 돌발 상황을 만나게 하려면 작가 역시 미리 정해진 프레임을 짜놓고 글을 시작해서는 안 된다. 소설에서의 극적 반전은 전체적인 이야기에 활력을 불어넣을뿐더러 짜릿하고 소름끼치는 긴장감을 불러일으킨다. 작가가 독자들이 놀랄 만한 이야기와 반전을 이끌어 내려면 현실 세계보다는 픽션 세계에서 주로 머무를 수밖에 없었다. 내가 글쓰기에 매달려 지내느라 배우자에게 충실한 결혼생활을 하지 못한 것에 대해서는 변명의 여지가 없었다. 다만 알민이 치밀한 계획을 세워 나를 함정에 빠뜨려도 할 말이 없을 만큼 무책임하거나 불성실하지 않았다. 알민이 온갖 거짓말을 동원해 나를 무너뜨리려는 행위는 결코 정당화될 수 없었다.

나는 옵세르바퇴르 대로에 면해 있는 학교 정문 앞에서 육아도우미 카디자 제바블리를 만났다. 카디자는 50대에 접어든 모로코계 여성으로 테오가 어렸을 때부터 아이를 돌봐왔다. 내가 처음 카디자를 만났을 때만 해도 그녀는 어느 청과물 가게에서 판매원으로 일하고 있었다.

채소가 필요할 때마다 카디자가 일하는 청과물 가게에 들러 이런 저런 대화를 나누다가 제법 친근한 사이가 되었다. 보면 볼수록 상냥하고 너그러운 성격이라는 생각이 들었다. 나는 카디자처럼 서글서글한 성격의 여성에게 테오를 맡기고 싶었다. 얼마 후 카디자에게 테오에 대해 이야기했더니 그녀 역시 아이를 돌볼 마음이 있다고 했다. 그 후 몇 번 테오를 잠깐씩 맡겨본 결과 카디자를 더욱 깊이 신뢰할 수 있게 되었다.

나는 청과물 가게로 카디자를 찾아가 정식으로 테오의 육아 도우미가 되어주길 부탁했다. 그 후 카디자는 줄곧 테오를 돌봐주게 되었고, 우리 부부 사이에서 벌어졌던 온갖 일들을 비교적 자세히 보아왔다. 카디자는 나를 깊이 신뢰했고, 내가 좋은 아빠라는 사실을 잘 알고 있었다. 알민이 여러 번 카디자가 있는 자리에서 이해할수 없는 행동과 엄마로서는 해서는 안 될 실수를 저지른 적이 있다. 카디자는 나를 모함하기 위해 꾸며낸 알민의 거짓말을 전혀 믿지 않았고, 가정법원에 출두해 유리한 증언을 해주겠다고 말했지만 나는 그럴 때마다 완곡하게 거절했다. 이혼 소송에서 육아 도우미의 증언은 단지 참고사항일 뿐이라는 걸 잘 알고 있었다. 카디자가 법정에 나가 나에게 유리한 증언을 할 경우 알민은 즉시 그녀를 해고시킬 게 뻔했다. 게다가 카디자의 증언만으로는 알민의 거짓말을 무력화시키기에 충분하지 않았다. 가정법원으로부터 접근금지 판결을 받게 된 나는 테오와 더는 살 수 없게 되었고, 신뢰할 수 있는 누군가가 아이 곁을 지켜주기를 바랐다. 그 일을 해내기에 적합한 사람은 오로지 카디자밖에 없었다.

"안녕하세요."

"안녕하세요."

나는 카디자를 보는 순간 뭔가 일이 안 좋게 꼬이고 있다는 인상을 받았다. 카디자의 배려 덕분에 나는 매일 오후 테오를 한 시간가량 만나볼 수 있는 기회를 얻게 되었다. 그야말로 내게는 마법 같은 한 시간이었다. 나를 세상에서 버틸 수 있게 해주고, 깊은 수렁에 빠지지 않게 지켜주는 시간이었다.

다른 날과 달리 카디자의 얼굴에 잔뜩 먹구름이 드리워져 있었다.

"무슨 일 있어요?"

"알민이 미국으로 이주하기로 했대요."

"테오를 데려가겠다고 하던가요?"

카디자는 깊은 한숨으로 대답을 대신하고 나서 휴대폰에 저장되어 있는 여러 장의 사진들을 보여주었다. 알민이 사용하는 컴퓨터에서 캡처한 사진들이라고 했다. 알민은 에어프랑스 사이트에 접속해 12월 21일에 출발하는 뉴욕행 항공권 석 장을 구입했다. 12월 21일은 테오가 다니는 학교가 방학에 들어가는 날이었고, 알민과 테오 그리고 조에 도몽이 뉴욕으로 출발하는 날이기도 했다.

알민이 미국으로 떠나려는 이유를 어렴풋이 짐작하고 있었다. 알민은 몇 달 전부터 엉뚱한 욕망에 사로잡혀 있었다. 생태 환경이 잘

보존되어 있는 펜실베이니아의 오두막에 가서 살고 싶다는 것이었다. 조에 도몽이 변덕이 심한 알민의 머릿속에 오두막에 대한 환상을 잔뜩 심어놓은 결과였다.

알민은 2년 전 제네바에서 열린 다보스 포럼 반대 시위 현장에 갔다가 로잔에서 학교 교사로 일하는 조에 도몽을 만났다. 알민이 펜실베이니아의 오두막에 가서 살겠다고 하면 나는 굳이 반대할 이유가 없었다. 다만 테오와 내가 무려 6천 킬로미터라는 거리와 대서양을 사이에 두고 떨어져 지내야 한다는 상상만으로도 온몸에 힘이 빠져 달아날 지경이었다. 나는 카디자의 말을 듣고 나서 오장육부가 뒤틀리는 느낌을 받았다.

테오가 학교에서 나와 우리 쪽으로 걸어오고 있었으므로 나는 애써 밝은 표정을 지었다.

"테오, 안녕!"

"아빠, 안녕!"

테오가 전속력으로 달려와 내 목을 덥석 끌어안았다. 나는 오래도록 아이를 끌어안고 머리와 목에서 나는 냄새를 맡았다. 아이의 머리에서 늦은 오후의 뿌연 햇살과 잘 어울리는 밀밭 냄새가 났다. 테오의 두 눈이 파란빛이 도는 동그란 안경 속에서 반짝였다. 알베르 카뮈의 표현을 빌리자면 테오는 내게 한겨울에 맞이하는 '무적의 여름'이었다. 활짝 웃는 테오의 얼굴은 내 마음 깊이 도사리고 있는 슬픔의 장벽을 단숨에 박살낼 만큼 신비로운 힘이 있었다.

"나, 배고파요!"

"아빠도."

우리가 찾아간 집은 옵세르바퇴르 대로와 미슐레 가가 교차하는 지점에 있는 카페 〈세 마녀〉였다. 이탈리아에서 온 젊은 남자 마르 첼로가 운영하는 카페로 과일 퓌레와 레몬 카놀리의 맛이 제대로인 집이었다. 나는 가끔 테오와 함께 〈세 마녀〉에 들러 식사를 했다.

카디자와 나는 음식을 먹고 나서 테오의 숙제를 도와주었다. 테 오의 책에 나오는 폴 포르, 클로드 루아, 자크 프레베르의 시를 보 자 문득 어린 시절로 되돌아간 듯 감회가 새로웠다. '나쁜 날씨에 발목 잡힌 망아지', ' 달팽이 두 마리가 나무에서 떨어진 잎의 장례 식에 참석하기 위해 집을 나선다.' 등의 시는 내 머릿속에 여전히 선명하게 각인되어 있었다.

테오는 요즘 학교에서 처음으로 글을 배우기 시작했고, 무척이나 재미있어 했다. 받아쓰기 시험 성적도 좋았다. 글이든 무엇이든 인 생에서의 첫 경험은 언제나 황홀한 법이었다.

숙제를 마친 테오는 카디자와 나에게 새로 익힌 마술 솜씨를 자 랑하고 싶어 했다. 마술은 최근 몇 달 동안 줄곧 테오를 사로잡아온 취미생활 가운데 하나였다. 테오가 심심할 때 카디자가 마술 전문 유튜브에서 가브리엘 케인이라는 마술사가 올린 영상을 찾아내 보 여준 게 마술에 빠져들게 된 계기였다.

테오는 우리에게 동전이 유리컵을 통과하는 마술과 마술사들이 가장 흔하게 하는 카드 마술을 선보였다. 카디자와 내가 큰 박수를 쳐주자 녀석은 세 번째 마술에 도전했다. 테오가 나에게 20유로짜리 지폐 한 장을 달라고 하더니 과감하게 두 조각으로 찢었다. 그 두 조각을 다시 찢어 네 조각을 만들고, 그걸 다시 찢어 여덟 조각을 만들었다.

테오가 지폐 조각을 가리키며 말했다. "이제 다 됐으니 지폐를 펼쳐 봐요. 깜짝 놀랄 일이 벌어질 테니까."

나는 반신반의하면서도 녀석이 시키는 대로 했지만 조각난 지폐는 원래대로 붙을 생각을 하지 않았다. 테오가 별안간 입술을 비죽거리다가 이내 발작적인 울음을 터뜨렸다. 녀석이 어찌나 큰 소리로 울어대는지 카페 안에 있는 손님들의 눈치를 살피지 않을 수 없었다. 내가 안아주며 달래는데도 테오는 여전히 눈물을 펑펑 흘리며 말했다.

"미국에 가고 싶지 않아요. 난 여기서 아빠랑 살고 싶어요."

테오는 미국으로 떠나게 되었다는 걸 이미 알고 있었다. 미국에 가려면 아직 두 달이나 남았는데 알민은 왜 테오에게 미리부터 그 사실을 말해주었는지 알다가도 모를 일이었다. 미국에 가야 한다는 사실이 테오의 심리를 몹시 불안정하게 만든 게 분명했다. 테오는 미국에 가게 되면 나와는 영원히 결별해야 하는 것으로 받아들이고 있는 듯했다. 알민은 나에게 고통을 가할 수만 있다면 무엇이든 닥치는 대로 밀어붙였다. 미국에 가기로 한 결정 역시 나에게 테오와 결별하는 고통을 겪게 하려는 의도가 다분히 포함되어 있는 것으로 해석할 수밖에 없었다.

"걱정하지 마. 아빠가 해결책을 찾아낼 테니까."

테오는 그 후로도 5분쯤 더 눈물을 흘리다가 겨우 그쳤다.

어둠이 거리를 물들이기 시작할 무렵 우리는 카페를 나왔다. 어느새 산책하는 사람들도 많이 줄어들었고, 뤽상부르공원에 있는 탐험가의 정원은 잔뜩 물기를 머금은 잿빛 어둠 속에 잠겨 있었다.

"아빠, 난 마술사가 되고 싶어요. 내가 마술을 부려 아빠랑 헤어져 살지 않아도 되게 하고 싶어요."

"우린 헤어지지 않아."

내 안의 작가가 나도 모르게 내뱉은 말이었다. 소설에서는 아무리 해결하기 힘든 난관에 봉착해도 초자연적인 인물이 출현해 도움을 주거나 기상천외한 사건이 발생해 꽉 막힌 현실을 타개해주기도 하니까. 데우스 엑스 마키나(Deus ex Machina 초자연적인 힘을 이용하여 극의 긴박한 국면을 타개하고, 이를 결말로 이끌어가는 수법이다. 문학 작품에서 해결이 불가한 갈등을 해소하기 위해 초자연적인 사건을 끌어들이는 플롯 장치를 가리킨다 : 옮긴이) 혹은 극적 반전 덕분에 해결 불가로 보이던 현실이 타개되어 원래 그래야만 했던 것처럼 암담한 현실을 환희의 순간으로 바꿔놓기도 하니까. 그런 기적을 통해 선한 사람들이 지독한 악당들을 물리치고 승리의 환호성을 지르기도 하니까.

"아빠가 반드시 해결책을 찾아낼게."

나는 멀어져가는 아이를 바라보면서 아까 했던 말을 반복했다.

테오는 한 손으로 카디자의 손을 잡고, 나머지 손을 흔들어 나에게 작별 인사를 했다. 나는 테오와 헤어져야 하는 이 순간이 진절머리 나게 싫었다.

잔뜩 풀이 죽은 나는 지친 발걸음으로 휘청대며 집으로 돌아왔다. 전등 스위치를 켰지만 또 전기가 나갔는지 푸르스름한 빛만이 부분적으로 거실을 밝혔다. 실내 온도가 어찌나 낮은지 온몸이 얼어 죽을 듯이 덜덜 떨려왔고, 덩달아 찾아온 극심한 두통 탓에 옴짝달싹하기 싫을 만큼 모든 기력을 상실했다. 몸이 축축 처지는 바람에 위층 방으로 올라갈 힘조차 남아 있지 않았다. 나는 사시나무 떨듯 몸을 덜덜 떨며 담요로 몸을 감싸고 나서 밤의 찬 기운 속으로 미끄러지듯 빠져들었다.

6. 주인공을 노리는 함정

그렇다면 소설이 주인공을 노리는 함정이 아닌 다른 무엇이란 말입니까?
-밀란 쿤데라

1

파리, 2010년 10월 12일 화요일

빛의 장막이 눈꺼풀 뒤에서 펄럭였다. 나는 담요 속에서 몸을 최대한 웅크리고 몸의 온기가 새나가지 않도록 미동조차 하지 않았다. 차라리 밤이 계속 이어졌으면 좋겠다는 생각이 들었다. 더 이상 삶의 의미를 찾을 수 없기를, 잔인한 세상과 다시는 마주하지 않아도 되기를 바랐다. 어디선가 들려오는 음악 소리가 계속 신경을 자극했다. 나는 음악을 듣지 않으려고 더욱 몸을 움츠렸다. 다시 깊은 잠 속으로 도피해 보려고 해보았지만 음악 소리는 점점 더 가까이 다가오며 귓전을 파고들었다.

나는 급기야 굳게 닫힌 눈꺼풀을 들어올렸다. 유리창 너머로 가을 햇살을 받은 단풍나무와 자작나무 잎사귀들이 살살 부는 바람에 서로 몸을 비비며 재잘거리고 있었다. 높고 푸른 가을 하늘은 다이아몬드처럼 빛나는 광채를 널리 흩뿌리고 있었다. 나는 어찌나 눈이 부신지 손으로 차양을 만들었다. 커다란 올빼미 한 마리가 유리창 너머로 날아가는 모습이 보였고, 소파에서 2미터쯤 떨어진 의자에 앉아 파이프 담배를 뻐끔거리며 발로 까딱까딱 박자를 맞추는 재스퍼 반 와이크의 모습이 시야에 들어왔다.

나는 힘겹게 몸을 일으키며 물었다. "빌어먹을! 지금 거기 앉아서 뭐하는 겁니까?"

재스퍼는 내 노트북컴퓨터를 무릎 위에 올려두고 작고 동그란 두 눈을 연신 깜빡거렸다. 나를 놀라게 만들어 매우 흡족한 눈치였다.

재스퍼가 변명 삼아 웅얼거렸다. "문이 잠겨 있지 않던데요."

재스퍼는 출판계의 살아있는 전설이었다. 프랑스를 좋아하는 미국인으로 과거에는 제롬 데이비드 샐린저, 노먼 메일러, 팻 콘로이와도 친분이 있었다. 현재는 네이선 파울스의 에이전트로 활발하게 활동하고 있었다. 대부분의 미국 출판사들은 네이선 파울스의 데뷔작 《로렐라이 스트레인지》를 거들떠보지도 않았는데 재스퍼의 눈에 들어 세상의 빛을 보게 되었고, 베스트셀러로 오랫동안 각광받고 있었다. 재스퍼는 현재 파리와 뉴욕을 오가며 살고 있었고, 3년 전부터 내 책과 관련된 제반 업무를 맡고 있었다.

"벌써 10월 중순이네요. 시간이 참 빠르죠?" 재스퍼가 새삼스럽게 날짜를 환기시켰다. "출판사에서는 당신 원고를 눈이 빠지게 기다리고 있습니다."

"아직은 보여줄 형편이 못됩니다."

밤새 난방이 되지 않는 거실 소파에 누워 덜덜 떨며 잠을 설쳐서인지 몸이 천근만근 무겁고 뻣뻣했다. 게다가 두통 기운이 아직 가시지 않은 데다 코까지 막혀 정신이 혼미할 지경이었다. 나는 여전히 담요를 몸에 두르고 소파에 기대앉아 머리가 맑아지길 기다렸다.

재스퍼가 컴퓨터 화면을 톡톡 두드리며 내 말을 수정했다. "이미 네 챕터를 썼으니 앞으로는 빠르게 진척될 수 있겠네요."

"설마 내 컴퓨터의 패스워드를 해킹한 건 아니죠?"

재스퍼가 어깨를 으쓱했다.

"그냥 간단하게 알아냈어요. 아들 이름과 출생 연도를 조합했더군요."

재스퍼가 자리에서 일어나 주방으로 가더니 그로그(Grog 럼주에 꿀, 레몬 등을 섞어 만든 일종의 칵테일 : 옮긴이)를 만드느라 부산을 떨었다. 벽시계를 보니 어느새 정오가 다 되어가고 있었다.

재스퍼가 테이블 위에 놓인 두꺼운 봉투 몇 개를 가리키며 말했다. "우편함에 들어있기에 가져왔어요."

나는 비즈니스 관계를 떠나 재스퍼를 좋아했다. 그는 항상 나를 호기심 어린 눈으로 바라보았다. 아마도 재스퍼의 눈으로 보자면

내가 흥미로운 연구 대상이자 매사 궁금증을 불러일으키는 존재로
보이는 듯했다. 재스퍼는 산전수전 다 겪은 괴짜였고, 살집이 붙은
몸에 댄디 스타일 정장을 즐겨 입고 다녔다. 그를 만나면 언제나 흥
미로운 대화를 이어갈 수 있었다. 평생을 출판계에 몸담아온 사람
이라 오래도록 친분을 맺고 있는 작가들이 많았고, 그들에 대해 알
려지지 않은 뒷이야기를 끊임없이 들려주곤 했다.

오늘 아침에는 그와 대화할 기운조차 남아있지 않았다.

재스퍼가 럼주에 레몬즙을 넣으며 말했다. "밀린 청구서가 많던
데, 경제 사정이 그렇게 어려워요?"

나는 내 계좌의 입출금 내역서가 담긴 봉투를 열었다. 요즘 내 경
제 사정은 그야말로 최악이었다. 집을 사기 위해 그동안 저축해 두
었던 돈과 선인세로 받은 돈을 모조리 털어 넣은 탓이었다. 게다가
알민이 현금이 들어있던 부부 계좌를 해지해버렸다.

나는 입출금 내역서가 든 봉투를 다시 테이블에 내려놓았다.

"이 집을 사기 전만 해도 사정이 괜찮았는데 지금은 보시다시피
알거지 신세가 되었어요."

재스퍼가 럼주에 꿀 한 스푼을 넣으며 물었다.

"이번 소설은 언제쯤 끝낼 수 있을 것 같습니까?"

나는 의자에 털썩 주저앉아 팔꿈치를 테이블 위에 얹고 두 손으
로 머리를 감싸 쥐었다.

"지금 쓰는 소설은 포기하고 새로 시작해야 할 것 같아요. 나조차
도 앞으로 이야기가 어떻게 전개될지 감을 잡을 수 없어요."

"50페이지 정도 읽어봤는데 나름 흥미진진하던데요."

재스퍼가 내 앞에 그로그 잔을 내려놓았다. 럼주에 섞인 레몬 향이 코끝으로 스며들었다.

나는 단호하게 잘라 말했다. "지금 쓰는 소설을 포기하고 다른 걸 써야겠어요. 시종 불길하고 우울한 느낌이 드는 소설이라 원고를 써나가는 내내 에너지 소모가 커요."

"지금까지 써놓은 분량이 제법 되던데 일단 두세 챕터만 더 써보는 게 어때요? 분명히 말하지만 포기하기에는 너무 아까운 소설입니다."

"이미 마음을 접었어요. 이대로 계속 써나가다가는 기력이 고갈되어버릴 것 같아요."

재스퍼가 어깨를 으쓱했다. 선인세도 다 받아 챙겨놓고 이제 와서 그런 말을 하면 어쩌라는 거냐고 항변하는 듯했다.

재스퍼가 명령조로 말했다. "자, 골치 아픈 얘긴 나중에 하고 우선 그로그를 들이켜요."

"당장 마시기에는 너무 뜨거워요."

"어린애처럼 구시렁대지 말고, 호호 불어가며 마셔 봐요. 아, 깜빡했는데 오늘 오후 2시에 의사와 진료 약속을 잡아두었으니까 꼭 만나보세요."

"이제는 내 건강 문제까지 챙기게요? 난 의사를 만나볼 만큼 아프지 않아요."

"앙리 드 몽테를랑(Henry de Montherlant 프랑스의 소설가 : 옮긴이)

은 배수구가 막히자 가스통 갈리마르(Gaston Gallimard 프랑스에서 가장 권위 있는 출판사인 갈리마르의 창업주 : 옮긴이)에게 전화해 배관공을 보내달라고 했대요. 그러니까 너무 부담스러워 할 필요 없어요."

"난 의사도 필요 없고, 배관공도 필요 없으니까 신경 쓰지 말아요. 건강관리는 내가 알아서 할 테니까."

"내가 의사는 아니지만 건강이 심상찮아 보여요. 일단 기침을 너무 심하게 해요. 지난주에 통화했을 때보다 증세가 더욱 악화돼 보여요."

재스퍼의 말대로 나는 보름 전부터 기침을 달고 살았고, 지금은 두통에 고열까지 더해져 정신을 차릴 수 없을 지경이었다. 재스퍼가 자리를 박차고 일어서며 말했다.

"의사를 만나러 가기 전에 일단 밖에 나가 뭘 좀 먹읍시다. 〈그랑 카페〉가 좋겠네요. 그 집, 음식 맛이 기가 막히니까."

나는 심신이 피곤해 잔뜩 위축되어 있는 반면 재스퍼는 오늘 따라 유난히 활기차보였다. 하긴 그가 음식을 먹으러 가기 전 몹시 즐거워하는 모습을 본 건 이번이 처음은 아니었다.

나는 그로그를 몇 모금 홀짝거리고 나서 말했다.

"난 아직 배고프지 않아요. 혼자 다녀와요."

"당신이 시킨 음식을 남기면 내가 다 먹어치울 테니까 걱정 말고 그냥 가요. 당신도 바깥공기를 쐬면 기분이 한결 나아질 거예요."

2

길거리로 나선 재스퍼가 그의 차에 주차 위반 딱지를 붙이고 있는 주차 단속원을 발견하고 소리를 버럭 질러 제지했다. 파란색 제복을 입은 여성 주차 단속원이 화들짝 놀라 쳐다보더니 말없이 다른 차량 쪽으로 사라졌다.

재스퍼는 골동품이라고 해도 과언이 아닌 1970년 산 재규어 E3 시리즈를 몰고 다녔다. 지나치게 오래된 차라 엔진 성능이 좋지 않은 데다 과도한 온실가스 배출로 대기 오염을 가중시키는 애물단지였다.

재스퍼가 덜덜거리는 차를 운전해 들랑브르 가와 몽파르나스 대로가 교차하는 사거리 근처에 차를 세웠다. 〈그랑 카페〉는 그 지역에서 가장 손님들이 많이 찾는 식당이었다. 목재를 곱게 다듬어 만든 바우만 의자, 선술집 분위기가 나는 테이블, 체크무늬 테이블보, 칠판에 적어놓은 메뉴판 등 전통적인 실내장식이 특징인 집으로 파리의 명소로 자리 잡은 지 오래였다.

눈코 뜰 새 없이 바쁜 시간이었지만 지배인이 직접 우리를 빈 테이블로 안내했다. 재스퍼는 자리에 앉기 무섭게 식전주로 마실 샤르도네 와인 한 병을 주문했고, 나는 샤텔동 탄산수 한 병을 시켰다.

재스퍼가 음료가 나오길 기다리는 동안 물었다. "요즘 무슨 걱정거리라도 있어요?"

"아시다시피 되는 일이 없어요. 알민이 나를 모함하기 위해 거짓말을 지어냈는데 다들 그 말을 철석같이 믿고 있어요. 나만 사람들로부터 몹쓸 놈 취급을 받고 있죠. 가정법원 판사는 내 아들을 볼 수 없게 접근금지 판결을 내렸어요. 엎친 데 덮친 격으로 알민이 아들 녀석을 데리고 미국으로 떠나겠다고 하네요."

"엄마 덕분에 미국에 가게 됐으니 당신 아들이 정말 좋아하겠네요."

"지금 농담할 기분이 아니라니까요."

"당신은 아들에 대해 지나치게 걱정이 많아요. 이왕 이렇게 됐으니 당분간 아들이 엄마와 살게 내버려둬요. 당신은 아들보다는 소설에 전념하는 게 좋아요. 당신이 작가로서 의미 있는 작품을 남기면 아들이 자라 어른이 되었을 때 아빠를 무척이나 자랑스러워 할 거예요."

"당신은 아빠가 되어본 적이 없어 그런 말을 너무 쉽게 하는 겁니다."

재스퍼가 내 말에 심통이 난 듯 장황한 반격을 가했다.

"난 차라리 아빠가 되지 않은 걸 다행이라 생각합니다. 요즘 많은 부모들이 아이를 지나치게 떠받들다시피 키우고 있는데, 정말이지 심각한 문제가 아닐 수 없어요. 그런 사회 풍조가 아이들을 나약하기 그지없는 마마보이 파파보이로 키우는 겁니다. 그 아이들이 자라 어른이 되면 인류는 멸망하게 될지도 몰라요."

재스퍼가 송아지 가슴살 파이와 석화 요리를 주문하고 나서 내 소설 이야기를 다시 꺼냈다.

"어찌되었든 당신 소설의 주인공이 자기 머리에 총을 겨눈 상태로 내버려둘 수는 없잖아요?"

"그거야 소설을 쓰는 내 마음이니까 신경 쓰지 말아요. 내가 원하는 대로 결정이 나겠죠."

"그다음에 무슨 일이 일어날지 궁금해서 그래요. 그나저나 캐리는 어떻게 되었죠? 도대체 캐리에게 무슨 일이 벌어진 겁니까?"

"그건 나도 모릅니다."

"당신이 작가잖아요?"

"내 말을 믿을지 말지는 당신이 알아서 선택하세요. 나도 정말 모르는 일인 걸 어쩌겠습니까?"

재스퍼가 생각에 잠긴 표정으로 갈고리처럼 생긴 콧수염을 쓰다듬었다.

"그 소설을 놓은 지 제법 오래 되었죠?"

"네, 제법 됐네요."

"소설 주인공 이름이 플로라 콘웨이죠? 정말이지 그런 인물은 하늘이 내려준 선물입니다. 아마 당신은 내가 왜 이런 말을 하는지 잘 알 거예요."

"아니, 전혀 모르겠는데요. 플로라 콘웨이가 하늘이 내려준 선물이라니요?"

"플로라 콘웨이는 자신을 창조한 작가를 만나고자 하잖아요. 이를테면 피조물이 창조자를 만나고 싶어 하는 건데 정말이지 기발한 발상입니다. 당신은 이미 현대 버전의 프랑켄슈타인을 창조해낸 겁니다."

"그런 이야기는 내 취향이 아닙니다. 빅토르 프랑켄슈타인은 가는 곳마다 공포를 불러일으키다가 결국 마지막에는 죽음을 맞이하게 되죠."

"제발 모든 걸 부정적으로 보지 말아요. 어차피 인간은 누구나 다 죽기 마련이니까요. 나는 지금 그런 디테일한 부분을 이야기하는 게 아닙니다." 송아지 가슴살 파이를 먹느라 잠시 이야기를 중단했던 재스퍼가 다시 말을 이었다. "당신은 지금부터 무엇을 해야 하는지 알고 계십니까?"

"글쎄요. 잘 모르겠는데요."

"당신이 쓴 소설에 직접 등장해 플로라를 만나야 합니다."

"아니, 결코 그런 일이 벌어져서는 안 되겠죠."

"아니, 반드시 그렇게 해야 합니다. 내가 당신 소설을 읽을 때 어떤 부분에서 가장 큰 묘미를 느끼는지 알아요?"

"글쎄요."

"당신은 등장인물들과 매우 돈독하고 끈끈한 관계를 맺고 있는 작가입니다. 아마도 나만 그렇게 생각하지는 않을 거라고 확신합니다."

"당신의 충고는 언제나 새겨들을 만한 가치가 있는데 이번에는 너무 앞서간다는 느낌이 드네요."

재스퍼는 미심쩍은 표정으로 나를 바라보면서 물었다.

"혹시 두려워서 그러는 겁니까? 당신이 등장인물들 가운데 누군가를 두려워한다는 느낌이 드는데, 아닌가요?"

"작가가 소설을 더는 쓰지 못하겠다고 하면 당연히 뭔가 이유가 있겠죠."

"그 이유가 뭔지 나에게도 귀띔해 줘요. 꼭 알고 싶습니다."

"두려움이라기보다는 욕망의 문제라고 하는 게 옳겠네요."

"자, 마음을 차분하게 가라앉히고 그랑 마르니에로 맛을 낸 밀푀유 한잔 하시겠어요? 이 집 밀푀유 맛이 정말 끝내주는데……."

나는 재스퍼의 제안을 못들은 척하며 계속 말을 이었다.

"당신은 작가들을 많이 만나봤으니까 내 말이 무슨 뜻인지 금세 이해할 수 있을 겁니다. 작가에게 글을 쓰고 싶은 욕망이 없으면 성공적인 소설이 나올 수 없습니다."

"듣고 보니 대단히 모호한 이야기인데 몹시 강조해 마지않는군요. 당신이 입안에서 배양하는 미생물들이 밖으로 우수수 튀어나오니까 조심하시고요. 그건 그렇고 당신이 말한 성공적인 소설이란 도대체 뭔지 궁금하군요."

"독자들을 행복하게 만들어주는 소설이죠."

"언뜻 이해하기 쉽지 않네요. 행복이란 개념은 너무 막연해서요."

"성공적인 소설이란 성공적인 연애담과도 맥이 닿아 있죠."

"성공적인 연애담은 또 뭔데요?"

"당신이 원하는 순간에 원하는 사람을 만날 수 있다면 성공적인 연애담이라고 할 수 있습니다."

"난 도무지 그런 게 성공적인 소설과 어떤 연관성이 있다는 건지 모르겠네요."

"아무리 기발한 이야깃거리와 매력적인 등장인물들이 줄줄이 준비되어 있다고 하더라도 그것만으로는 성공적인 소설이 될 수 없습니다. 작가가 준비된 이야기와 주인공으로부터 뭔가를 끄집어내려면 인생의 결정적인 순간에 그들이 서로 만날 수 있게 해야죠."

"무슨 말인지 도무지 알아듣기 어렵군요. 설마 소설을 쓰기 싫어 말도 안 되는 궤변을 늘어놓고 있는 건 아니죠?"

3

영국산 골동품 차가 라스파유 대로로 접어들었다. 재스퍼는 화이트 와인을 콧잔등이 빨개지도록 마시고 나서 핸들을 잡고 있었다. 그는 지금 대단히 위험한 상태였고, 공공의 적이었다. 재스퍼가 불안하게 차를 운전하는 동안 라디오에서는 바흐의 첼로 조곡이 흘러나오고 있었다. 교통량이 제법 많았지만 재스퍼는 가속페달에 발을 올려두고 계속 속도를 높이고 있었다.

재스퍼가 그르넬 가에서 좌회전을 할 때 내가 물었다.

"내가 만나볼 의사 이름이 뭐죠?"

"디안 라파엘인데, 여의사죠."

"몇 살인데요?"

"나이는 몰라요."

벨샤스 가에 도착했을 때 재스퍼가 뭔가 기억난 듯 뒷좌석에 놓여 있는 상자를 가리켰다.

"당신에게 주려고 선물을 하나 가져왔습니다."

나는 상자를 집어 들고 뚜껑을 열었다. 책을 읽은 독자들이 출판사를 통해 보내온 편지들과 이메일을 인쇄한 종이가 들어있었다. 나는 그 가운데 몇 장을 꺼내 읽어보았다. 대부분이 호의적인 내용을 담고 있었다. 나는 지금 글을 한 줄도 쓰지 못하고 있었고, 독자들의 기대에 부응하지 못하고 있는 형편이라 마음 편히 읽을 수가 없었다. 그야말로 현 시점에서는 나를 몹시 힘들게 하는 선물이었다.

재스퍼가 운전하는 재규어는 라카즈 가를 돌아 카지미르 페리에 가 12번지 앞에서 멈춰 섰다. 생트 클로틸드 대성당에서 그리 멀지 않은 곳이었다.

재스퍼가 말했다. "이제 다 왔어요. 내가 같이 가줄까요?"

나는 차에서 내리며 충고 삼아 한마디 해주었다. "고맙지만 괜찮습니다. 콧잔등이 벌겋게 물들었는데 웬만하면 집에 가서 한숨 푹 주무시는 게 좋겠네요."

"그럼 다녀와서 연락주세요."

병원 건물 아래 인도에 선 나는 간판에 있는 의사의 명패를 보았다.

"디안 라파엘이 정신과 의사였어요?"

내가 놀란 듯 소리치자 재스퍼가 차창을 내렸다. 불과 몇 초 사이에 표정이 사뭇 진지해져 있었다. 그가 나에게 심각한 경고의 말을 던지고 나서 빌빌거리는 엔진 소리를 남기고 사라졌다.

"혼자 힘으로 문제를 극복할 수 없으면 정신과 의사의 도움을 받아야겠죠."

4

지금껏 살아오면서 정신과 의사 진료실에 발을 들여놓은 적은 없었다. 글쓰기가 나의 신경증과 강박관념을 떨쳐버리는 데 큰 도움을 주었기 때문이다.

"어서 오세요. 기다리고 있었습니다."

나는 지그문트 프로이트 스타일의 정신과 의사를 상상했는데 디안 라파엘의 생김새는 내 예상과 전혀 딴판이었다. 내 나이 또래 여자로 밝은 눈동자에 울리트(Woolite 울 세탁용 세제 : 옮긴이) 광고 또는 국립 시청각 연구원에서 보관하고 있는 안 생클레르(Anne Sinclair 기자, 방송인으로 프랑스 민영 TV에서 앵커로 활약했고, 《허프포스트(HuffPost)》 편집장으로도 일했다 : 옮긴이) 서류철에서 방금 빠져나온 듯 라벤더 빛깔 모헤어 스웨터 차림을 하고 있었다.

"이리 앉으세요."

건물 꼭대기 층에 위치한 진료실은 길쭉한 형태의 방으로 창밖으로 눈길을 돌리면 생 쉴피스 성당 건물뿐만 아니라 멀리 몽마르트르까지 환상적인 전망을 감상할 수 있었다.

"이 진료실에서 밖을 내다보면 마치 해적선 전망대에 올라 사방을 살피는 느낌이 들기도 해요. 위치상 태풍이나 비바람이 몰려오는지 살피기에 제격이죠."

디안 라파엘의 비유는 적절했다. 아마도 처음 방문하는 환자들에게 늘 똑같은 비유로 말문을 여는 게 분명했다. 나는 의사를 마주볼 수 있는 자리에 놓인 하얀색 가죽의자에 앉았다.

디안 라파엘은 20분가량 나와 대화를 나눈 끝에 내 문제가 뭔지 대충 파악한 듯했다. 하루의 대부분을 픽션 세계 속에서 헤매다 보면 종종 현실 세계로 나가는 길을 잃게 된다. 두 세계 사이의 경계가 희미해지게 되면 현기증이 나기 마련이니까. 그런 일상이 반복되다보니 가정생활에 심각한 문제가 발생할 수밖에 없었다.

"현실과 픽션의 경계가 모호해질 때까지 수동적으로 당하고 있어야 할 이유는 없습니다. 적극적으로 상황을 통제할 필요가 있다는 뜻입니다."

디안 라파엘의 분석과 대처 방법에 공감했지만 어떻게 해야 그런 상황을 통제할 수 있을지 알 수 없었다. 내가 쓰고 있는 소설에 대해서도 이야기해 주었다.

"재스퍼는 내가 글쓰기를 통해 소설의 주인공 플로라 콘웨이를 만나 그녀의 도전을 받아들이길 바라죠."

"좋은 아이디어라고 생각해요. 연습 삼아 그렇게 한번 해보세요. 픽션 세계보다는 현실 세계의 삶이 우선한다는 사실을 강력하게 증명할 수 있는 상징적인 시도가 될 수 있을 거예요. 작가의 영역을 함축하는 자유로운 상상의 권리를 방어할 수도 있을 테고요."

디안 라파엘의 말이 일리 있게 들렸지만 과연 그런 시도만으로 성공적인 효과를 거둘 수 있을지 회의적이었다.

"플로라 콘웨이라는 등장인물이 두려워요?"

내가 장담했다. "그럴 리 없잖아요."

"그 여자의 면전에 대고도 그렇게 자신할 수 있겠어요?"

"당연하죠."

디안 라파엘은 나와의 면담을 사전에 치밀하게 준비해두고 있었던 듯 스티븐 킹의 인터뷰 내용까지 동원해가며 집요하게 나를 설득했다.

"스티븐 킹은 소설 쓰기를 통해 자신의 내면 깊숙이 깃들어있는 어두운 감정들을 표면으로 끄집어낼 수 있게 되었죠. 백지 위에 분노, 증오, 좌절 따위의 감정들을 모두 쏟아낸 거예요. 스티븐 킹에게 소설 쓰기는 일종의 심리치료이자 어두운 그림자를 쫓아버리는 퇴마의식이기도 했어요. 게다가 책을 팔아 어마어마한 부를 누리게 되었으니 작가가 된 건 스티븐 킹에게 여러 모로 큰 축복이었던 셈이죠. 세상의 수많은 정신병원에는 그런 행운을 누리지 못하고 어둠에 갇혀 고통 받는 사람들이 정말 많아요."

5

테오의 학교로 걸어가던 도중 카디자가 보낸 문자메시지를 받았다. "조심하세요. 오늘은 알민이 테오를 데리러 가겠다고 했어요."

한 달에 두세 번 정도 그럴 때가 있었다. 알민은 별안간 육아도우미가 필요 없다며 변덕을 부렸다. 카디자에게 앞으로는 자기가 테오를 하루 종일 돌볼 테니 올 필요 없다고 대놓고 말하기도 했다. 대체로 알민의 결심은 이틀을 넘기지 못했다. 어쨌거나 알민이 변덕을 부리는 동안에는 테오를 만나러 갈 수 없었다.

울화가 치민 나는 약국에 가서 돌리프란을 잔뜩 구입해 집으로 돌아왔다. 가스레인지에 물을 끓여 부족한 습기를 보충하고, 소파에 앉아 두 눈을 감고 재스퍼와 정신과 의사가 한 말에 대해 곰곰이 생각해보다가 설핏 잠이 들었다. 다시 눈을 떴을 때는 시곗바늘이 자정을 가리키고 있었다. 아마도 견디기 힘든 냉기 때문에 눈이 떠진 듯했다. 빌어먹을 보일러는 아직도 작동되지 않고 있었다.

나는 장작을 가져와 벽난로에 불을 붙이고 서재에서 어슬렁거리다가 고교 시절에 읽은 《프랑켄슈타인》을 찾아내 펼쳐보았다.

11월의 어느 음산한 밤에 나는 마침내 나의 오랜 작업으로 빚어낸 결과물을 관조할 수 있었다. 벌써 새벽 1시였다. 빗줄기가 불길하게 유리창을 두드려대고 있었고, 촛불마저 다 타버리기 직전이었다.

갑자기 가물거리는 불빛 속에서 나의 피조물이 활기라고는 느껴지지 않는 누르스름한 눈을 반쯤 뜨는 광경이 눈에 들어왔다. 피조물이 깊게 숨을 들이마시자 그의 팔다리가 경련을 일으킨 것처럼 마구 움직였다.

나는 커피메이커로 아라비카 커피를 내리고 두통 완화제 돌리프란, 막힌 코를 뚫어주는 데리녹스, 목의 통증을 완화시켜주는 알약을 한꺼번에 복용하고 나서 담요로 몸을 감싸고 책상 앞에 앉았다.

컴퓨터를 켜고 빈 문서를 열었다. 화면에서 깜빡거리는 커서가 처량한 내 신세를 비웃는 듯했다. 지난 몇 달 사이 나는 내 삶에 대한 통제력을 완전히 상실했다. 내가 다시 내 삶을 통제하기 위해서는 내 의지를 담은 시도가 절실히 필요했다. 컴퓨터 화면 앞에 앉아있는 것만으로 그런 시도가 가능할지 알 수 없었다.

나는 키보드를 두드릴 때 나는 소리를 좋아했다. 키보드 소리가 내게는 어디로 흘러가는지 알 수 없지만 왠지 따라가 보고 싶은 마음이 들게 하는 강물 소리를 연상케 하기 때문이었다.

1

윌리엄스버그 사우스, 마시 대로 역

잔뜩 밀집해 걷는 사람들 사이에 끼여 질식할 것 같은 느낌을 받으면서도 휘청거리는 내 두 다리는 가까스로 나를 지하철역 출구로 데려갔다. 지하에서 역류한 인파는 인도로 올라서자마자 사방으로 흩어져갔다. 비로소 숨통이 트이는 느낌도 잠시 이번에는 도로에서 울리는 자동차들의 경적 소리와 도시의 온갖 소음들이 나를······.

7. 작가를 만나려는 등장인물

글쓰기는, 한 가지 이상의 이유로, 내가 옳다고 하는 행위, 타인을 내 방식대로 불러 세우고 지배하는
행위라고 할 수 있다. 글쓰기는 결국 '나의 말을 좀 들어보십시오.', '내 방식으로 세상을 바라보십시오.',
'당장 의견을 바꾸십시오.'라고 종용하는 행위에 다름없기 때문이다.
이는 공격적인, 심지어 적대적이라고 할 수도 있는 행위이다.

-존 디디온

1

윌리엄스버그 사우스, 마시 대로 역

잔뜩 밀집해 걷는 사람들 사이에 끼여 질식할 것 같은 느낌을 받
으면서도 휘청거리는 내 두 다리는 가까스로 나를 지하철역 출구로
데려갔다. 지하에서 역류한 인파는 인도로 올라서자마자 사방으로
흩어져갔다. 비로소 숨통이 트이는 느낌도 잠시 이번에는 도로에서
울리는 자동차들의 경적 소리와 도시의 온갖 소음들이 나를 어리둥
절하게 만들었다.

나는 기진맥진한 상태로 몇 걸음을 떼어놓았다. 내가 쓴 소설 속으로 들어가는 건 처음이었다. 또 다른 나는 파리의 집 컴퓨터 화면 앞에 앉아 있었고, 나는 지금 여기 낯선 곳에 와 있었다. 파리에 있는 또 다른 내가 컴퓨터 키보드를 두드려 활기 넘치는 뉴욕에 나를 오게 한 것이다.

나는 주변을 둘러보며 숨을 크게 들이마셨다. 정말이지 눈에 보이는 모든 풍경이 낯설기만 했다. 근육이 쑤시고 온몸 구석구석에 묵직한 통증이 느껴졌다. 현실 세계에서 픽션 세계로 건너뛸 때는 통증을 느낄 수밖에 없었다. 마치 현실 세계에서 픽션 세계로 내동댕이쳐진 이물질이 된 느낌이 들었다. 그나마 크게 놀라울 게 없는 건 내가 이미 오래전부터 픽션 세계에는 나름 고유의 법칙이 존재한다는 걸 알고 있었기 때문이다. 그렇긴 해도 그 위력에 대해 과소평가하고 있었던 게 분명했다.

나는 다시 눈을 들어 주변을 둘러보았다. 하늘에서 선선한 바람이 불어오자 너도밤나무 잎사귀들이 파르르 몸을 떨었다. 내가 서 있는 주변의 길 양편에서 댄스 공연이 벌어지고 있었다. 어두운 톤 연미복을 입고 검정색 모자와 번쩍거리는 금장식으로 치장한 남자들이 나를 힐끔힐끔 쳐다보며 인도를 누비고 다녔다. 여자들은 긴 치마에 여러 옷을 겹쳐 입고, 장식이 전혀 없는 터번으로 머리카락을 싸매고 있는 행색이었다. 나는 거리를 채우고 있는 히브리어 간판들과 이디시어로 이루어지는 대화를 듣고 지금 내가 어디에 와있는지 짐작할 수 있었다. 내가 지금 있는 곳은 윌리엄스버그의 유대인 구역이었다. 윌리엄스버그는 전혀 이질적인 두 집단이 양분하고 있었다. 북쪽은 보보족이 사는 지역, 남쪽은 유대교 공동체 지역이었다. 북쪽에는 몸에 문신을 새기고, 퀴노아와 수제 맥주를 즐겨 먹는 예술가들이 살고 있었고, 남쪽에는 현대 도시의 첨단을 걷고 있는 맨해튼에서 얼마 떨어져 있지 않은 곳인데도 유대교 근본주의자들이 사회의 진화와 완전히 동떨어진 전통적인 생활 방식을 고수하며 살고 있었다.

나는 점차 머리가 맑아지면서 내가 왜 지금 여기에 와있는지 깨달았다. 《거울의 세 번째 면》을 쓰기 시작하면서 나는 플로라 콘웨이가 사는 동네를 결정하기 위해 자료를 두루 찾아보고 나서 윌리엄스버그로 낙점했다. 그 이유는 바로 유대교 근본주의자들과의 인접성 때문이었다. 19세기 슈테틀(Shtetl 홀로코스트 이전 동부와 중부 유럽에 산재해있던 유대인 마을이다 :옮긴이)의 삶을 고수하는 이 지역 주민들이 시간의 흐름 속에서 하나의 틈새를 연 것으로 보았으니까. 그러니까 현실 세계로부터 도피를 꿈꾸는 사람이 나만은 아니었던 것이다. 나는 상상력을 동원해 뜻을 이루지만 이곳 사람들은 강력한 통제 수단으로 뜻을 이루고 있었다. 이 마을 사람들은 현대사회에 잠식되는 걸 완강히 거부했다. 교육, 의료, 사법 체계 모두가 유대교 공동체의 관리 감독을 받도록 되어 있었다. 이 마을에서 디지털 문화는 아예 존재하지도 않았다.

나는 허기가 심해 유대인 식료품점 문을 밀고 들어갔다. 노르스름한 벽돌 건물 상점인데 대나무로 짠 가리개로 남자와 여자 구역을 따로 분리해놓은 게 이색적이었다. 나는 팔라펠로 속을 채운 피타빵, 오믈렛과 파스트라미를 넣은 샌드위치를 주문했다. 유대인들이 즐겨 먹는 음식으로 허기를 채운 나는 비로소 내가 소설 안으로 들어서 주변 환경에 적응하고 있다는 걸 실감했다.

나는 윌리엄스버그 노스를 향해 걸었다. 인디언 서머가 만들어내는 온화한 날씨 속에서 황금빛으로 물든 플라타너스와 베드포드 로의 브라운스톤 건물들을 경유해 1.5킬로미터쯤 걸은 나는 비로소 베리 가와 브로드웨이가 교차하는 지점에 도착했다. 랭카스터 빌딩의 모습이 시야에 들어왔다. 실제로 보니 내가 소설에서 묘사한 것보다 훨씬 웅장해 보였다. 사이비 언론사의 사진기자들이 랭카스터 빌딩 맨 아래층에 있는 동전 빨래방 앞을 왔다 갔다 하며 따분해 미칠 것 같은 표정을 짓고 있었다. 밤낮없이 플로라 콘웨이를 지키고 있으려니 지루할 수밖에 없을 것이다. 저급한 클릭을 노리는 기사를 쓰기 위해 고생을 사서 하는 황색 저널리즘의 용병들이 랭카스터 빌딩 안으로 들어서는 나를 흥미롭다는 듯이 쳐다보면서 잠시나마 지루했던 하루의 권태에서 벗어나 보려고 했다.

나는 이제 완벽하게 새 단장을 한 랭카스터 빌딩 로비에 서있었다. 대리석 바닥, 은은한 조명, 가공하지 않은 원목 그대로의 질감을 살려 마무리한 벽면, 높은 천장 등이 인상적인 로비는 내가 픽션 세계에서 봤을 때보다 훨씬 우아했다.

"무엇을 도와드릴까요?"

빌딩 경비원인 트레버 풀러 존스가 컴퓨터 화면에서 눈을 떼며 내게 물었다. 내가 머릿속으로 그렸던 모습 그대로였다. 그는 나를 캐리 콘웨이 실종사건이 발생한 직후부터 지겹도록 상대해 오고 있는 기자 나부랭이들 가운데 하나로 여기는 눈치였다. 나는 몇 초쯤 주춤거리는 태도를 보이다가 마침내 마음을 다잡았다.

"빌딩 옥상에 올라가 볼 수 있을까요?"

트레버가 말도 안 되는 소리라는 듯 눈썹을 씰룩거리며 물었다.

"옥상에 올라가 보려는 이유를 말해 주시겠습니까?"

자주 그랬듯이 나는 정면 돌파를 시도했다.

"플로라 콘웨이가 현재 옥상에 올라가 있는데, 매우 위험한 상황입니다. 자살할 수도 있어요."

트레버는 완강하게 고개를 저었다.

"느닷없이 자살이라니요? 도무지 믿을 수 없는 말이군요."

"제발 부탁입니다. 당장 나를 옥상으로 올려 보내주세요. 당신은 내 말을 듣지 않을 경우 평생 플로라 콘웨이의 자살을 말리지 못했다는 자책감에 시달리며 살아가게 될 수도 있습니다."

트레버는 기가 막힌다는 듯 한숨을 푹 쉬더니 안내 데스크를 벗어났다. 밖으로 나온 그가 눈 깜짝할 사이에 내 팔을 인정사정없이 움켜쥐더니 야멸치게 밖으로 끌어냈다.

"무슨 짓입니까? 어서 팔을 놓아줘요."

나는 큰 소리로 항의하며 몸을 버둥거려 보았지만 트레버는 190센티미터나 되는 장신에 체중이 적어도 100킬로그램이 넘어 보이는 거구였다. 트레버가 건물 밖으로 끌어낸 나를 인도에 패대기치려는 순간 내 머릿속에서 문득 그럴싸한 생각이 떠올랐다.

트레버는 픽션 세계에 있는 인물이야. 나는 트레버에 대한 모든 걸 알고 있어. 내가 만들어낸 인물이니까.

트레버를 제압할 수 있는 무기가 무엇일지 떠올려 보다가 마침내 찾아냈다.

"나를 당장 놓아주지 않으면 비앙카에게 모두 말해버릴 거야."

트레버는 그제야 멈칫했다. 나도 사실은 그가 방금 들은 말이 정확하게 무슨 뜻인지 몰랐다.

"당신이 나를 놓아주지 않을 경우 비앙카와 심각한 문제가 발생할 수도 있을 테니까 두고 봐."

잠시 머뭇거리던 트레버가 다시 내 팔을 잡은 손에 힘을 가했다.

"내 마누라가 당신과 무슨 상관인데?"

나는 회심의 미소를 지은 다음 트레버를 노려보았다. 트레버가 아무리 힘이 세 봐야 내가 만들어낸 피조물 가운데 하나일 뿐이었다. 무엇보다 나는 그의 인생 이력을 훤히 꿰고 있었다.

"당신이 잭슨 가의 스위트 픽시 헤어살롱에서 일하는 미용사 리타에게 음흉한 문자메시지와 사진들을 보낸다는 걸 알고 있어. 비앙카는 자기 남편이 이제 겨우 열아홉 살밖에 안 된 리타에게 음흉한 수작을 부린다는 사실을 알게 되면 절대로 가만있지 않을 텐데?"

내가 가진 작가적 습관들 가운데 하나였다. 나는 소설 집필을 시작하기에 앞서 항상 노트에 모든 등장인물들의 인생 이력과 정보를 상세하게 기록해 두었다. 노트에 적어둔 대부분의 자료들이 소설에서 실제로 쓰이는 경우는 많지 않다고 하더라도 등장인물들의 캐릭터를 입체적으로 이해하기 위해 반드시 선행하는 작업이었다.

"비앙카가 '리타, 나야. 난 하루 종일 너의 엉덩이만 생각해.' 혹은 '너의 젖꼭지에 내 정액을 뿌려 거기서 싹이 나는 걸 보고 싶어.' 따위의 너절한 메시지를 보낸다는 사실을 알게 될 경우 아마도 몹시 흥미로운 장면이 연출될 텐데?"

트레버의 얼굴이 보기 흉할 정도로 일그러졌다. 내가 급소를 제대로 공략했다는 뜻이었다. 앙드레 말로가 '그가 감추는 것, 가엾은 비밀 덩어리'라고 했던 말이 문득 떠올랐다.

트레버가 구시렁거렸다. "당신이 그걸 어떻게 알았지?"

나는 그를 창조한 사람으로서 계속 은총을 베풀었다.

"당신이 지난 밸런타인데이 때 칠보 브로치를 850달러를 주고 구입해 리타에게 선물한 사실을 알게 된다면 더욱 재미있는 일이 벌어지겠네요. 하긴 비앙카에게도 20달러를 주고 산 꽃다발을 선물로 주긴 했었죠."

트레버는 다시 한번 화들짝 놀라 눈을 동그랗게 뜨더니 슬그머니 나를 놓아주었다. 이제 트레버는 무력해졌고, 내 앞에서 아무런 위력을 행사할 수 없게 되었다. 사는 동안 많은 잘못을 저지른 사람은 언제나 뒤가 켕기기 마련이었다.

2

다시 건물 안으로 들어온 나는 로비 구석에 있는 엘리베이터를 향해 걸어갔다. 엘리베이터에 올라 루프탑이라고 적힌 단추를 눌렀다. 엘리베이터가 덜커덩거리는 소리를 내며 위로 올라가기 시작했다. 엘리베이터 문이 열렸을 때 옥상으로 올라가려면 철제 계단을 한 층 더 올라가야 한다는 사실을 깨달았다.

나는 옥상으로 올라서자마자 세차게 불어오는 돌풍의 기습 공격을 받았다. 햇살이 뜨겁게 내리쬐고 있어 눈을 보호하기 위해 손을 차양처럼 만들어 이마에 얹고 나서 배드민턴 코트로 걸어갔다. 눈앞에 펼쳐진 전망이 숨이 멎을 정도로 멋졌다. 내 소설 속에서보다 훨씬 더 매혹적이었다.

불과 몇 분 전까지만 해도 한껏 푸르렀던 하늘이 별안간 먹물을 칠해놓은 듯 검게 변했다. 나도 모르게 순간적으로 걸음을 멈추고 현기증 나는 전망을 감상했다. 뉴욕의 전설적인 건축물들이 눈앞에 즐비하게 늘어서 위용을 자랑하고 있었다. 윌리엄스버그 다리의 철탑, 엠파이어 스테이트 빌딩, 크라이슬러 빌딩의 첨탑, 메트라이프 빌딩…….

"앞으로 3초를 줄 테니 어디 한번 나를 말려보시지. 하나, 둘, 셋……."

뉴욕의 화려한 경치를 구경하느라 잠시 넋이 빠져 있던 나는 소스라치게 놀라며 뒤를 돌아보았다. 플로라 콘웨이가 배드민턴 코트의 맞은편에 있는 물탱크 가까이에 서 있었다. 그녀는 루텔리 형사가 두고 간 글록 권총의 총구를 관자놀이에 대고 즉시 방아쇠를 당길 기세였다.

나는 깜짝 놀라며 크게 소리쳤다.

"멈춰요."

플로라가 나를 보면 경계심을 풀 거라고 생각했는데 잔뜩 긴장한 눈빛으로 나를 노려보았다.

"자, 그러지 말고 일단 총을 내려놓아요."

플로라가 천천히 글록 권총을 든 손을 아래로 내리다가 별안간 나에게 총구를 겨누었다.

"진정하고 이제부터 차분하게 대화를 나눠봅시다."

플로라는 언제라도 권총을 발사할 수 있도록 손가락을 방아쇠에 걸고 내가 서있는 쪽으로 다가왔다. 경비원과 달리 플로라는 어떻게 공략해야 할지 좋은 방안이 떠오르지 않았다. 내가 유리한 고지를 점하고 있다고 믿었는데, 이제 보니 전혀 그렇지 않았다. 그 순간 나는 재스퍼와 디안 라파엘의 조언을 받아들인 걸 몹시 후회했다. 그들은 당사자가 아니니까 쉽게 말을 던져 보았겠지만 내가 맞닥뜨린 픽션 세계는 그리 녹록하지 않았다.

나는 픽션 세계가 얼마나 위험한지 깨달았다. 내가 상상력을 발휘해 창조해낸 인물이 쏜 총알을 맞고 인생을 마감하게 될 수도 있었다. 어린 시절부터 내 인생에는 언제나 적이 있어왔다. 바로 나 자신이었다.

"흥분을 가라앉히고 이성적으로 생각해 봐요. 총을 내리고 진지하게 이야기를 나누어 보는 게 서로에게 좋지 않을까요?"

"당신은 누구죠?"

"로맹 오조르스키."

"처음 듣는 이름이에요."

"그럴 리가요? 내가 누군지 정말 모르겠어요? 소설에서 당신을 만든 사람이 바로 나라고요."

플로라가 총구를 나에게 겨눈 자세 그대로 가까이 다가왔다. 나는 두려움을 감추기 위해 내심 안간힘을 쓰고 있었고, 플로라는 여전히 미심쩍은 표정으로 방어적인 태도를 취했다.

"당신은 어디에 있다가 갑자기 나타났죠?"

"파리에서 왔어요. 픽션 세계가 아닌 현실 세계의 파리에서요."

내 말을 들은 플로라가 눈살을 찌푸렸다. 이제 그녀와 나의 거리는 불과 몇 미터밖에 되지 않았다. 먹구름이 땅으로 내려앉을 듯 낮게 깔려 있었지만 그나마 하늘 한 귀퉁이가 개이면서 이스트 강의 수면 위로 햇빛을 뿌리고 있었다.

플로라가 글록 권총의 총구를 내 이마에 들이댔다. 나는 어찌나 섬뜩한지 침을 꿀꺽 삼키고는 한 번 더 플로라를 진정시키려고 애썼다.

"당신이 나를 여기로 불렀으면서 왜 죽이려고 하죠?"

플로라의 끊일 듯 말 듯 불규칙한 숨소리가 가까이에서 들려왔다. 우리를 둘러싸고 있는 주변 풍경이 전율하듯 흔들렸다. 내가 전혀 예상하지 못했던 순간에 플로라가 총을 내려놓더니 나를 향해 말했다.

"나에게 제대로 된 설명을 해줘요."

3
브루클린 부두

나는 한 시간 전에 플로라 콘웨이가 있는 픽션 세계 안으로 들어왔지만 사실 그녀는 이미 오래전부터 내 삶의 일부였다. 랭카스터 빌딩 옥상에서 나에게 총을 겨누는 플로라를 가까스로 설득해 대화를 나누기로 합의했다.

플로라는 옥상에서 무례한 행위를 저지른 것에 대해 사과했다. 그녀의 내면에 자그마한 틈새가 벌어진 듯했다. 이를테면 진실을 보지 못하는 동굴 안에 갇혀 있다가 비로소 바깥세상으로 나온 게 아닐까 하는 생각이 들었다. 플로라는 꾸물거리며 시간을 낭비하지 않고 자신이 소설 속 등장인물이라는 사실을 알고 있다고 순순히 인정했다.

내가 더 이상 소설을 쓰지 않겠다고 하자 플로라는 단호하게 거부 의사를 표명했다. 우리는 그 문제로 오랫동안 논쟁을 벌였지만 끝내 속 시원한 결론을 내리지 못했다. 플로라는 아파트에만 있자니 숨이 막혀 질식할 것 같다며 나를 윌리엄스버그에 있는 브라질 바로 데려갔다.

부둣가에 위치한 브라질 바 〈더 파벨라〉는 주차장으로 사용하던 공간을 술집으로 개조한 가게였다. 바의 뒤편으로 그늘진 안뜰이 붙어 있어 점심시간이면 손님들로 북적거렸다. 이 동네 사람들은 〈더 파벨라〉라는 상호 대신 흔히 '비어 가든'으로 불렀다.

나는 주어진 시간이 얼마나 남았는지 알 수 없어 서둘러 본론으로 들어갔다.

"당신이 등장인물로 나오는 소설을 중단할 생각입니다. 내가 여기에 온 이유는 바로 그 말을 전하기 위해서입니다."

"당신이 작가라고 해서 소설을 마음대로 끝내서는 안 되겠죠."

"사실 누가 뭐라고 하든지 나는 얼마든지 내 마음대로 소설을 중단할 수 있습니다. 당신도 비록 소설 속에서이지만 작가이니까 잘 알고 있을 텐데요? 당신도 현재 쓰고 있는 소설이 마음에 들지 않을 경우 언제든지 그만둘 수 있잖아요? 작가의 의지에 따라 결정하면 그만이지 굳이 누군가의 허락을 받을 문제는 아니죠."

"그러니까 하드디스크에 저장되어 있는 소설 파일을 모두 날려 버리겠다는 건가요? 클릭 한 번으로 내 존재를 끝장내 버리겠다고요?"

"그렇게 말씀하시니까 내가 대단히 잔인한 행동을 하는 것처럼 들리는군요. 결과적으로 컴퓨터에서 삭제해 버리겠다는 의미이긴 하니까 굳이 부인하지는 않겠습니다."

플로라는 분노가 가득 찬 눈으로 나를 노려보았다. 플로라를 실제로 보니 내가 소설에서 그려냈던 인물보다 훨씬 더 강해보였다. 크림색 울 원피스에 몸에 꼭 맞는 진 점퍼, 캐러멜 색 앵클부츠 차림도 그녀를 강하게 보이게 하는 데 일조하고 있었다. 그녀의 강한 면모는 얼굴에서뿐만 아니라 눈빛과 목소리 톤에서도 배어 나왔다.

플로라가 단호하게 말했다. "난 당신이 마음대로 집필을 중단하도록 내버려두지 않을 거예요."

"자, 너무 흥분하지 말고 이성적으로 생각해 봐요. 당신은 실제로 존재하는 사람이 아니라 소설에 나오는 등장인물일 뿐입니다."

"내가 실제로 존재하는 사람이 아니라면서 당신은 왜 여기에 나타나 나를 도발하고 있죠?"

"솔직히 말하자면 내 에이전트와 정신과 의사가 스티븐 킹까지 팔아가며 부추겼기 때문입니다. 이제야 얼마나 멍청한 짓인지 깨달았습니다. 당신이 방금 전에 한 말에 기꺼이 동의합니다. 내가 굳이 여기에 올 필요는 없었죠."

팔뚝 전체에 문신을 한 티셔츠 차림의 종업원이 우리가 주문한 카이피리냐를 가져다 주었다. 플로라가 단숨에 칵테일을 절반쯤 마시고 나서 속마음을 털어놓았다.

"내가 당신에게 바라는 건 딱 한 가지밖에 없어요. 내 딸 캐리를 돌려줘요."

"내가 캐리를 데려간 건 아니잖습니까?"

"그런 황당한 말이 어디 있어요? 작가인 당신이 모른다고 시치미를 떼면 도대체 누가 알죠? 일을 벌였으면 책임을 지세요."

"작가는 등장인물에 대해 책임질 일이 없습니다. 오로지 독자들과 관련해서만 책임을 질 뿐이죠."

"계속 무책임한 궤변으로 일관하는군요."

나는 물러서지 않고 말을 이어갔다.

"독자들에 대한 책임도 내가 쓴 소설이 책으로 출판되었을 경우에만 해당됩니다. 책으로 출판하지 않는 이상 독자들은 당신의 존재에 대해 전혀 알 수 없으니까요."

"중도에서 포기할 소설을 왜 쓰기 시작했죠?"

"당신도 작가니까 잘 알 텐데요? 당신이 쓴 모든 글이 출판되어 나옵니까? 그렇지는 않잖아요."

나는 알코올이 첨가된 칵테일을 한 모금 마신 다음 주위를 둘러보았다. 믿을 수 없을 만큼 포근한 날씨였다. 포도 넝쿨이 드리워진 아연 지붕과 타코를 파는 낡은 푸드 트럭이 눈에 들어왔다. 당장이라도 살사 음악이 울려 퍼질 것 같은 분위기였다.

"문학과 예술의 본질은 일단 시도해보는 것에 있다고 생각합니다. 반드시 결과물을 내야 하는 건 아니죠. 시도한 흔적을 모두 남겨두어야 하는 것도 아니고요. 피에르 술라주(Pierre Soulages 프랑스의 화가이자 판화가, 조각가로 검은색을 주조로 추상회화 작품을 선보였다 : 옮긴이)는 만족스럽지 않은 그림 수백 장을 태워버렸고, 피에르 보나르(Pierre Bonnard 프랑스의 화가 : 옮긴이)는 이미 박물관에 걸려있는 그림을 다시 내려 거듭 수정을 가했다고 하더군요. 카임 수틴(Chaïm Soutine 리투아니아 출신의 프랑스 화가 : 옮긴이)은 화상들에게 판매했던 작품들을 다시 사들여 수정을 했고요. 누가 뭐래도 작품의 주인은 작가라고 할 수 있죠."

"그러니까 아무런 가책 없이 내 존재를 끝장내 버리겠다고요? 당신은 내 입장은 조금도 고려하지 않고 줄곧 본인 주장만 내세우는

군요.”

“작가도 피아니스트처럼 꾸준히 연습을 해야 합니다. 나는 거의 매일이다시피 글을 쓰죠. 심지어 일요일이나 크리스마스 휴가 때도 좋은 영감이 머릿속에 떠오르면 컴퓨터를 켜고 글을 씁니다. 영감이 계속 떠오르면 멈추지 않고 써나갑니다.”

“내 이야기는 전혀 영감을 주지 않던가요?”

“당신 이야기는 나를 불길하고 우울하게 만들어요. 글을 쓰면서 전혀 즐겁지 않다보니 에너지 소모가 너무 크기도 해요.”

플로라는 하늘을 향해 두 눈을 치켜떴다. 그런 다음 손을 번쩍 들어 종업원에게 칵테일 한 잔을 더 달라는 신호를 보냈다.

나는 한숨을 내쉬며 블라디미르 나보코프를 떠올렸다. 그는 자기 소설의 등장인물들을 ‘노예’로 규정했다. 그 자신은 노예들 앞에서 ‘절대 독재자’로 군림했다. 그는 등장인물들에게 절대로 끌려 다니지 않았고, 뛰어난 작품으로 자신의 선택이 옳았음을 증명했다. 그 반면 나는 내 자신이 만들어낸 허구의 존재와 시시한 논쟁을 벌이고 있는 중이었다.

“이봐요, 난 작가가 문학을 대하는 입장이 어떠해야 하는지 당신과 토론하려고 여기에 온 게 아닙니다.”

“당신은 내가 쓴 소설들을 좋아하지 않나요?”

“솔직히 별로입니다.”

“왜죠?”

“지나치게 어려운 비유를 빈번하게 사용하고, 늘 뜬구름 잡는 이야기에, 지적 오만이 드러나는 내용 일색이니까요."

"왜 그렇게 생각하죠? 내 소설을 정말 그렇게 생각해요? 난해한 편이라는 말은 충분히 받아들일 수 있지만 뜬구름 잡는 이야기라니, 지나치네요."

"아무튼 나는 당신 소설을 좋아하지 않아요. 취향에 맞지 않는다고 해두죠."

"밤을 새워도 괜찮으니까 뭐가 마음에 안 드는지 계속해 봐요."

"당신이 쓴 소설은 독자들에 대한 배려심이 없어요. 이를테면 비평가들이나 잘난 체하는 지식인들의 구미에 딱 맞는 소설이죠. 엘리트 지향적이라고 할까요."

손님들의 눈에 잘 띄는 벽면에 엄연히 금연 표시를 붙여놓은 집이었지만 플로라는 재빨리 담배 한 개비를 꺼내 불을 붙이더니 길게 빨아들였다.

"당신 말대로라면 내 소설을 읽은 독자들이 없어야 하는데 베스트셀러가 되었단 말이죠. 그 부분은 어떻게 설명할 건데요?"

"당신이 쓴 소설보다는 당신이라는 작가에 대해 관심이 많아서겠죠. 출판사의 신비주의 마케팅이 제대로 먹힌 셈이죠. 당신 소설은 독자들이 느끼는 독서의 즐거움, 이를테면 책을 읽고 싶은 마음에 한시라도 빨리 집으로 돌아가려고 발걸음을 재촉할 만큼 즐거움을 주지는 않아요. 당신 소설은 추상적이고, 지나치게 비현실적이고, 너무 건조해요."

"혹시 내 소설에 대해 질투해요?"

"더 험한 말이 나오기 전에 소설 이야기는 그만합시다."

"당신은 자기가 하고 싶은 말을 다하면 이야기를 끝내자고 하는군요."

"우리가 지금 내 소설 속에 있기 때문에 그렇습니다. 당신이 나를 싫어해도 개의치 않아요. 어차피 결정은 내가 내릴 테니까요. 나는 당신의 생사여탈권을 쥐고 있는 작가니까요. 내가 작가가 되고 싶었던 중요한 이유 가운데 하나이기도 하죠."

플로라가 어깨를 으쓱했다.

"당신은 등장인물들을 마음대로 쥐락펴락 할 수 있는 독재자가 되고 싶어 작가가 되었다는 건가요?"

나는 또다시 깊은 한숨을 내쉬었다. 플로라가 그런 말로 내 생각을 바꿀 수 있을 거라 생각한다면 오산이었다. 한편으로 플로라의 말이 나를 화나게 해 결정을 수월하게 내리게 해주는 측면도 있었다.

"내가 솔직하게 털어놓을 테니까 잘 들어봐요. 나는 일주일 내내 밤낮없이 여러 사람들에게 잔소리를 들어가며 살고 있습니다. 이혼한 와이프, 편집자, 에이전트에게도 시달리고, 국세청, 법원, 기자들까지 나를 못 잡아먹어 안달하죠. 배관 파이프에 누수가 생겨 벌써 세 번이나 수리를 부탁했는데 코빼기도 안 보이는 배관공도 골칫거리고요. 어디 그뿐인가요. '제발 고기는 그만 먹어라.', '가급적 어디 갈 때 비행기는 타지 마라.', '몸에 해로운 담배 좀 그만 피워라.', '와인은 하루에 한 잔 이상 마시지 마라.', '매일 과일과 채소를 다섯 가지 이상 섭취해라.' 라고 잔소리를 늘어놓는 사람들은 또 어찌

고요. 간혹 어떤 사람은 나에게 좋은 소설을 쓰려면 여자나 청소년, 노인 또는 중국 사람 마음속에 들어가 봐야 한다고 진지하게 충고하기도 해요. 게다가 원고를 쓰면 이 사람 저 사람에게 읽어 보게 해 혹시 어딘가에서 누구에겐가 모욕감을 주는 문장을 구사하지는 않았는지 확인해 봐야 한다고 말하는 사람도 있어요. 나는 그런 사람들이 나를 위한답시고 해주는 말에 신물이 날 지경입니다. 게다가……."

"이제 그만하시죠. 당신이 무슨 말을 하고 싶은지 알 것 같으니까요."

"요컨대 나는 이제 다른 누군가 때문에 골치를 썩이고 싶지 않아요. 하물며 내 소설의 등장인물 때문에 속을 끓이고 싶은 마음은 추호도 없습니다."

"정신과 의사를 만나러 갔었다고 했죠? 당신이 하는 말을 들어보니 정말 잘한 일 같네요."

"나보다는 당신이 정신과 의사가 절실히 필요해 보이는데요. 이제 우리가 서로에게 전하고자 했던 말은 다한 것 같군요."

"당신은 끝내 캐리를 돌려주지 않겠다는 건가요?"

"나로서도 방법이 없어요. 내가 그 아이를 데려간 게 아니니까요."

"보아하니 당신은 자식이 없군요."

"나에게 자식이 없었다면 그런 이야기를 쓸 생각을 했을까요?"

"내가 한마디만 더 할게요. 당신은 컴퓨터에서 내 이야기가 들어 있는 파일을 지워버릴 수는 있어요. 다만 당신 머릿속에서는 영원히 지워버릴 수 없을 거예요."

"나는 그저 내 생각대로 하면 그만입니다. 당신은 내가 내릴 그 어떤 결정에도 영향력을 행사할 수 없어요."

"생각은 자유지만 과연 당신 뜻대로 될 수 있을까요?"

"될 수 있다마다요. 자, 이제 나는 이만 돌아가겠습니다."

"어떻게 돌아갈 건데요?"

나는 접혀있던 손가락을 하나씩 펴며 말했다. "그거야 아주 간단하죠. 하나, 둘, 셋!"

"당신은 아직 여기에 그대로 있네요?"

나는 엄지와 검지를 접고 나서 중지로 플로라를 가리켰다. 플로라가 어이없어 하는 표정을 지으며 고개를 절레절레 젓는 동안 나는 그녀의 눈앞에서 증발했다.

8. 알민

사람들을 이해하는 것이 인생사의 본질은 아니다. 인생사란 사람들에 대해 오해하고, 계속 잘못 알고, 언제까지고 집요하게 그릇된 판단을 하고, 신중하게 다시 생각해보고 나서 또다시 오해하는 것이다.
-필립 로스

"당신은 아직 여기에 그대로 있네요?"

나는 엄지와 검지를 접고 나서 중지로 플로라를 가리켰다. 플로라가 어이없어 하는 표정을 지으며 고개를 절레절레 젓는 동안 나는 그녀의 눈앞에서 증발했다.

컴퓨터 화면을 닫자 브루클린의 빛이 순식간에 꺼져버렸다. 브루클린에서 증발하던 내 모습이 플로라에게는 유치하고 황당하게 보였을 수도 있겠지만 나는 개의치 않았다. 파리는 새벽 3시였다. 거실은 어슴푸레한 어둠 속에 잠겨있었고, 벽난로에서 타다 남은 불씨가 희미한 빛을 발하고 있었다. 뉴욕으로 여행을 다녀오느라 기진맥진한 상태였지만 골치를 썩이던 일을 무난하게 해결한 것 같아 마음이 놓였다. 나는 한 알 남은 돌리프란을 입안에 털어 넣고 나서 의자에서 일어나 소파를 향해 가까스로 몇 걸음 걸어간 다음 땅이 꺼지듯 널브러졌다.

1

2010년 10월 13일 수요일

느지막이 잠에서 깨어났다. 모처럼 숙면을 취한 덕분에 머리가 맑았다. 몇 주일 만에 처음으로 악몽에 시달리지 않고 단잠을 잤다. 건강도 호전되어 가는 중이었다. 전보다 훨씬 호흡이 편안해졌고, 오랜만에 압착기에 머리가 짓눌리는 것 같은 기분도 사라졌다.

자, 이제부터 일어서야지!

나는 좋아진 몸 상태를 하나의 신호, 이전과는 뭔가 확실하게 좋아졌으니 다시 활기차게 글을 쓸 수 있는 계기로 만들고 싶었다. 에스프레소 더블 샷과 토스트를 준비해 테라스로 나갔다. 가을의 정취를 물씬 풍기는 정원 풍경을 감상하며 늦은 아침을 먹었다. 정원의 나무들은 겨울이 오기 전 마지막으로 아름다운 자취를 한껏 뽐내고 있었다. 관상용 나무들은 단풍이 들어 타오를 듯했고, 시클라멘은 찬란했다. 무화과나무 옆의 호랑가시나무는 전지해줄 날을 묵묵히 기다리고 있었다.

픽션 세계로의 짧은 여행은 나에게 그나마 약간의 기운을 내게 해 주었다. 골치를 썩이던 문제를 일단락 지었고, 플로라 콘웨이의 도전으로부터 벗어났다. 나는 작가로서의 위치를 다시 찾았다. 다만 나는 이 정도의 성과로는 만족할 수 없었다. 이번 일을 기점으로 지속적인 변화를 이끌어내기 위해서는 현실의 삶에서도 공격적인 시도를 할 필요가 있다고 생각했다. 아직은 알민과 담판을 지을 카드가 남아있었다. 알민이 이성을 되찾을 수 있게 해줄 시도가 필요했다.

나는 몸을 씻으려고 2층 욕실로 올라갔다. 욕실의 라디오를 켜고 샤워를 시작했다. 샤워기에서 물이 쏟아지는 소리와 머리에 온통 샴푸의 거품을 뒤집어쓰고 있어 잘 들리지 않았지만《프랑스 앵테르 방송》에서 흘러나오는 뉴스를 어느 정도는 알아들을 수 있었다.

정부의 퇴직연금 개혁안에 반대하는 대대적인 시위가 오늘도 계속 됩니다. CGT(프랑스 노동 총연맹 : 옮긴이)는 오늘도 프랑스 전국에서 3백만 명 이상의 노동자들이 파업에 참가할 것으로 기대하고 있습니다.

나는 알민에 대해 품고 있는 부정적인 생각 - 사실 이 정도는 대단히 완곡한 표현이다 - 을 떨쳐버리고 긍정적인 이미지를 떠올려보려고 애썼다.

포스 우브리에르의 대표 장 클로드 마이이는 정부의 개혁안이 금융시장에만 청신호를 주도록 설계되었다며 반대 의사를 분명히 했습니다. *CGT는 퇴직연금 수령 나이를 62세로 연장하려는 정부의 이번 개혁안은 부자들만 챙기는 불공정하고 편파적인 정책이라고 비난했습니다.*

아무런 경계심 없이 휴대폰을 방치했던 내 자신의 경솔한 처사를 후회했다. 알민이 얼마나 충동적이고 변덕스러운 성격인지 뻔히 알면서 조심하지 않은 건 나의 명백한 실수였다. 사실 알민이 남편인 나를 파멸시키기 위해 그런 짓까지 획책하리라고는 미처 예상하지 못했다.

경제 장관 크리스틴 라가르드는 파업이 진행될 경우 하루에 약 4억 유로의 손실이 발생하게 되고, 정부의 경제 회복을 위한 노력에 큰 부담을 주게 될 거라고 밝혔습니다.

전갈이 맹독성 절지동물인 건 타고난 성질이 그렇기 때문이다. 나는 지나치게 순진해 알민을 경계하지 않았고, 결과적으로 나 자신과 테오를 위험한 상황에 빠뜨리게 되었다.

장 루이 보를로 에너지 장관의 말이 프랑스 국민을 안심시키는 시그널을 주었지만 여전히 연료 부족에 대한 우려가 수그러들지 않고

있습니다.

내가 만일 부당한 음해를 당하거나 거짓을 바탕으로 한 공격의
대상이 될 경우 법과 제도가 나를 보호해줄 거라고 생각해왔다. 막
상 문제가 발생하고 보니 법원이나 경찰은 진실을 밝혀내는 일에
관심이 없었고, 나의 권리를 전혀 지켜주지 않았다.

1995년 CGT가 알랭 마리 쥐페(프랑스의 우익 정치인으로, 자크 시라크
대통령 재임 당시 총리를 지냈다 : 옮긴이)의 계획에 반기를 들어 총파업
으로 맞섰던 이래 가장 큰 규모의 파업 사태가 계속되고 있습니다.

나를 적대적인 눈길로 바라보는 사람들이 내 주변을 첩첩이 에워
싸고 있는 형국이었지만 언젠가는 진실이 밝혀질 거라 믿고 싶었
다. 결혼 초기만 해도 나는 알민과 나름 행복한 시간을 보냈다. 우
리는 어쨌든 테오를 건강하고 반듯한 청년으로 자라게 해줄 책임이
있는 부모였다.

여론조사에 따르면 파업 중인 노동자들은 여론의 절대적인 지지
를 받고 있고, 65퍼센트나 되는 프랑스 국민이 파업을 일으킨 노조
를 대하는 니콜라 사르코지 대통령의 단호한 태도에 반대하는 입장
을 보였습니다.

이제껏 알민과 내가 위기를 겪을 때마다 이성적인 판단으로 감정적이고 충동적인 갈등을 극복한 적이 많았다. 알민은 항상 오늘과 내일의 진실이 달랐다.

고교생들의 예상치 못한 파업 동조와 언제라도 반복 가능한 정유 회사들의 파업 참가는…….

나는 샤워를 마치고 향수를 뿌리고 나서 깨끗한 진 바지와 흰 셔츠, 몸에 딱 맞는 재킷을 입었다. 거울을 보며 짐짓 여유 있는 미소를 지어보기도 했다. 쿠에 요법(Coueism 자기암시, 자기최면에 토대를 둔 치료 요법으로 프랑스의 약사이자 심리학자인 에밀 쿠에가 창시했다. 긍정적인 생각을 유지하기 위해 반복적으로 '나는 좋아지고 있다. 하루하루 좋아지고 있다.'라고 암시하면 심리적, 신체적으로 긍정적인 힘을 되찾게 해준다는 치료 요법이다 : 옮긴이)에 기대서라도 자신감을 찾고 싶은 나름의 의지였다.

프랑수아 피용 총리는 모든 타협 가능성을 배제하면서 극좌파와 사회당의 파업을 비난했습니다.

나는 집을 나와 햇빛 속을 걸었다. 머릿속에서 차근차근 계획을 수립해갔다. 쉐르쉐미디 가에서는 파업 참가자들이 모여 있어 떠들썩했다. 평소였다면 생플라시드 역에서 지하철을 이용했겠지만 기관사들의 파업 참가로 열차가 운행되지 않았다. 그나마 동작 빠른 사람들이 택시를 죄다 차지해버려 나는 하는 수 없이 가장 가까운 벨리브 역까지 걸어가기로 했다. 벨리브 역에서 자전거를 빌려 타려던 내 계획은 수포로 돌아갔다. 자전거들이 죄다 전사자들처럼 바닥에 널브러져 있었다. 펑크가 났거나 휠이 부러졌거나 브레이크가 망가져 도저히 이용이 불가한 상태였다. 파업 참가자들의 소행이 분명했다. 어쩔 수 없이 다음 지하철역까지 걸어갔지만 사정은 마찬가지였다. 어떤 남자가 공구를 들고 나와 고장 난 자전거를 손보는 중이었다.

웰컴 투 파리.

어쩔 수 없이 걸어서 센 강을 가로지르기로 했다. 보지라르 가에서는 CGT 깃발과 빨간 단체복을 입은 시위대가 라스파유 대로를 향해 거슬러 올라가고 있었다. 라스파유 대로에서는 더욱 많은 시위대가 시가행진 신호가 떨어지기를 기다리며 운집해 있었다. 시가행진은 오후 2시로 예정되어 있었지만 예행연습을 하느라 소란스러웠다. 뿔 나팔을 부는 사람, 확성기와 앰프의 기능을 점검해보는 사람, 행진 때 부를 노래를 연습하는 사람 등 저마다 시가행진을 준비하느라 분주했다. 시가행진 때 다함께 소리칠 구호를 연습하는 부류도 있었다.

'사르코지는 부자들에게 세금을 더 걷어라.'

'키 높이 구두가 위인을 만드는 게 아니다.'

'손목에 찬 롤렉스 시계를 들여다봐라. 지금은 투쟁의 시간이다!'

남부 철도 노동자들이 모여 있는 곳에서는 요리를 만들어 파느라 법석이었다. 해당 조합의 자원봉사자들이 천막 아래에서 메르게즈 소시지, 치폴라타 소시지를 구워 넣고 양파까지 곁들인 바게트 빵을 조합원들에 한해 2유로에 팔고 있었다. 1유로만 더 내면 맥주와 뱅쇼를 한 잔 마실 수 있었다. 머리에 페루 산 손뜨개 모자를 쓰고 '남부 교육'이라고 적힌 갈색 가방을 둘러맨 여성 시위대원이 자원봉사자에게 비건 샌드위치도 있는지 묻기도 했다.

나는 머릿속으로 계속 사진을 찍으며 시위 참가자들의 일거수일투족에 집중했다. 그들이 주고받는 농담, 다양한 소음, 음식 냄새, 스피커를 통해 울려 퍼지는 노래 등을 머릿속에 입력한 다음 머리 한쪽에 정리해둔 서류철에 집어넣고 세부적으로 분류했다가 늘 휴대하고 다니는 수첩에 기록했다. 나는 어디를 가든지 사람들이나 사물들을 유심히 관찰하고 특징을 수첩에 기록해두는 게 습관처럼 되어 있었다. 일 년 후, 혹은 몇 년 후가 될지 모르지만 내 소설에서 시위대가 등장하는 장면을 묘사할 때 수첩에 기록해둔 자료들이 얼마나 긴요하게 쓰일지 잘 알고 있었다. 소설을 쓰려면 사소해 보일 수도 있는 이런 준비들이 필요했다. 물론 무척이나 힘들고 성가신 일이었지만 나에게는 두 번째 천성이 되다시피 해 어디를 가든 무심히 지나칠 수 없었다. 언제 어디서나 눈과 귀를 열고 주변을 살피고 기록하려면 극심한 에너지가 소진되지만 나의 관심을 멈추게 만드는 단추가 어디에 있는지 찾을 수가 없었다.

2

시위대에서 벗어난 나는 뤽상부르공원을 우회해 오데옹극장까지 걸어갔다. 거리를 걷는 동안 머릿속에서 알민과 함께했던 기록 영화가 펼쳐졌다. 나는 우리가 함께했던 시간들 속에서 동질성을 찾아내 보려고 애썼다.

알민은 영국의 맨체스터에서 잉글랜드 출신 아버지와 아일랜드 출신 어머니 사이에서 태어났다. 어렸을 때부터 발레에 재능을 보여 지속적인 레슨을 받고, 최고 권위의 로열발레단에 입단했지만 열아홉 살 때 당시 남자친구였던 기타 연주자 ― 깁슨 기타 줄보다는 기네스 맥주잔을 부딪치는 데 더 열을 올리던 인물 ― 가 몰던 오토바이 뒷자리에 타고 있다가 심각한 사고를 당했다. 알민은 6개월 넘게 병원에 입원해 치료를 받아야 했고, 일상생활은 가능하게 되었지만 최고의 발레리나가 되고 싶었던 꿈은 포기할 수밖에 없었다. 알민은 사고 후유증으로 생긴 척추통증이 만성질환이 되어 늘 진통제에 매달려 살았다. 오토바이 사고는 알민의 삶에서 발생한 최대 비극이었고, 그 일을 떠올릴 때마다 눈물을 흘렸다. 알민이 더러 과도한 행동을 해도 내가 그럴 수도 있겠다고 이해하고 넘어간 이유도 그런 아픔이 있는 과거사 때문이었다. 알민은 스물두 살이었던 1990년대 중반에 모델업계에 진출해 독보적인 입지를 굳혔다.

라신 가, 생제르맹 대로.

알민은 174센티미터의 키에 가슴 허리 히프가 85-60-88인 빼어난 신체 조건을 갖추고 있었고, 은발 기운이 도는 금발을 짧게 잘라 부스스하게 흐트러뜨린 헤어스타일에 아일랜드 출신 특유의 자잘한 주근깨가 매력 포인트로 작용해 경쟁이 치열한 모델업계에서 단숨에 자신의 가치를 입증할 수 있게 되었다. 알민은 모델이라면 다들 선망하는 유명 패션쇼에 반복적으로 출연해 입지를 공고히 다지며 업계의 셀럽이 되었다. 패션 잡지의 화보 촬영 때마다 알민은 얼굴에 매력 만점 미소를 장착하고, 줄무늬가 있는 선원 티셔츠와 찢어진 데님 바지, 닥터 마틴스 구두를 착용한 터프한 모습을 선보여 큰 주목을 받았다. 헤비메탈 열혈 팬이라는 이미지를 구축하는 한편 텔레비전 토크쇼에 나가 오토바이를 타고 미 대륙을 횡단한 경험이 있다는 주장을 펴기도 했다. 알민의 이미지 메이킹은 성공적인 효과를 거두었다. 핫한 모델로 정점을 찍었던 1998년과 1999년에는 일 년에 세 번이나 《보그》지의 표지를 장식했고, 랑콤 향수의 전속모델로 활동했고, 버버리의 가을 겨울 시즌 광고 모델로 발탁되기도 했다.

나는 알민을 2000년에 만났고, 그때는 이미 패션쇼 무대를 떠난 이후였다. 그 당시에도 알민은 간간이 광고와 영화에 출연하고 있었지만 이전에 비해 주목도가 많이 떨어진 상태였다. 대중적인 인기는 시들해 졌지만 알민은 여전히 아름다운 여성이었다. 알민에게 매료된 나는 그녀가 원하는 것이라면 뭐든 다 들어주었다. 그 무렵 나는 하루 종일 컴퓨터 앞에 앉아 소설 쓰기에 전념하는 일상을 지속하고 있었기에 사회생활이나 대인관계 면에서 여러모로 부족한 점이 많았다. 몇 년 동안 소설에 열중해온 나는 정작 내 삶에도 상상력이 가미되어야 할 필요성을 느꼈다. 나는 소설의 등장인물들을 통해 무수히 많은 대리 경험을 쌓았지만 이제는 내 자신이 로맹 오조르스키의 소설에 나오는 등장인물이 되어보고 싶었다.

나도 매력적인 여성을 만나 사랑의 열정을 느껴보고 싶었고, 소설의 등장인물들처럼 즐거운 경험을 하며 살아보고 싶었고, 여행을 떠나고 싶었고, 로맨틱한 감정에 휩싸여보고 싶었다. 아울러 내 막연한 계획에 동참해줄 상대가 알민이었으면 더 바랄 나위 없을 것 같다는 생각을 했다.

알민을 만날 때마다 내 머릿속에서는 지진에 가까운 파열음이 일어났다. 알민은 내가 가진 상식이나 경험으로 이해하기에는 지나치게 충동적이고 즉흥적인 성격이었다. 알민에게는 오직 지금 이 순간만이 모든 것에 우선했다. 알민의 사전에 내일은 없었다. 처음에는 알민의 매력에 걷잡을 수 없이 푹 빠져들었지만 이내 내 머릿속은 혼돈의 아수라장이 되었다. 규칙적인 리듬에 따라 하루하루 조용히 살아왔던 로맹 오조르스키의 삶과 화려한 무대에서 스포트라이트를 받으며 살아왔던 알민의 삶은 일치하는 게 거의 없었다. 우리는 어느 누가 보더라도 전혀 어울리지 않는 사이였는데 나의 허영심이 우리의 관계를 자꾸만 연장하도록 만들었다. 테오가 태어난 후로는 육아에 전념하느라 우리의 결혼생활에 어떤 문제가 있는지 따져 볼 겨를이 없었다.

아랍 세계 연구소, 쉴리 다리, 프랑스 국립도서관.

우리가 함께 타고 있던 기차는 어느 날 별안간 궤도 이탈을 했다. 2008년 금융 위기 당시 알민이 갑자기 일종의 계시를 받은 듯 정치 문제에 뛰어들어 강경한 발언을 쏟아내기 시작했다. 알민은 사르코지 대통령은 독재자이고, 프랑스 국민들은 현재 독재 정권 치하에서 살고 있다는 주장을 폈다. 8년 동안 한집에서 살아왔지만 알민이 특별히 정치의식을 갖고 있다거나 정치적 사안에 대해 관심을 보인 적은 드물었다. 정치에 그토록 무관심했던 알민이 사진작가를 만나면서 하루아침에 무정부주의자들과 교류하기 시작했다. 알민은 그 전까지만 해도 옷을 사들이고 몸을 치장하느라 대부분의 시간을 보냈는데 그토록 애지중지하던 옷들을 엠마우스 공동체에 모두 기부했다. 게다가 머리를 삭발하고 양 팔뚝과 목에 문신까지 새겼다. 무정부주의자를 의미하는 원에 둘러싸인 A자, 단말마의 비명을 지르는 검은고양이, 불량배들이나 폭주족들이 새기고 다니는 ACAB(**All Cops Are Bastards** 모든 경찰관은 개자식들이다 : 옮긴이) 따위 문신이었다.

알민의 새 친구들 ― 그들은 가끔 우리 집에서 혁명에 대한 토론을 했다 ― 은 지금껏 자유주의자로 살아온 그녀를 성토해 죄책감을 갖게 만든 다음 그들의 정치적인 목적을 위해 이용했다. 알민은 아침부터 저녁까지 하루 종일 자본주의의 노예로 살아온 자기 자신을 책망하고 가진 돈 ― 사실은 내가 번 돈 ― 을 무정부주의자 조직에 기부해 지난날의 과오를 만회하고자 했다.

알민은 새로운 친구들과 어울려 다니는 동안 테오를 전혀 돌보지 않았다. 카디자와 내가 엄마의 빈자리를 채워주어야 했기에 더욱 세심하게 테오를 돌봤다. 내가 당장 무정부주의자들과 관계를 끊어야 한다고 충고하자 알민은 오히려 나야말로 구시대 가부장적 사회의 가치관을 버려야 한다고 역공을 가했다. 아무리 남편이라고 해도 배우자가 가진 정치적 이념에 대해 이러쿵저러쿵 비판을 가하지 말아야 한다는 게 알민의 주장이었다.

몇 달 후, 알민은 무정부주의자들과 거리를 두기 시작했다. 그 대신 생태 환경 문제에 관심이 많은 로잔의 초등학교 교사 조에 도몽이 속닥거리는 소리에 홀딱 빠져들었다. 알민이 비로소 정신을 차렸다고 여기고 잠시나마 반색했던 나는 무정부주의자 때와 딱히 달라진 게 없는 그녀의 행태를 무기력하게 지켜볼 수밖에 없었다. 알민은 자칭 사회운동가라 자부하고 다녔고, 투쟁의 대상이 바뀌었을 뿐 본질적으로 달라진 건 아무것도 없었다. 알민은 경제를 좌지우지하는 큰손들과 한판 전쟁을 벌이고 싶다던 생각을 버리는 대신 지구 온난화와 핵전쟁 위기, 생태 환경을 파괴하는 화석 연료 사용 문제를 수수방관하는 각국 정부와 기업들을 성토하는 데 앞장섰다.

무정부주의자에서 돌연 생태 환경 전문가가 된 알민은 나를 볼 때마다 툭하면 짜증을 부리기 일쑤였고, 갑자기 의기소침한 모습을 보이다가 생태 환경 문제에 대해 일장연설을 늘어놓기도 했다. 생태 환경이 최악으로 치닫고 있고, 지구 온난화에 따른 기상 이변으로 우리의 미래가 암담해져 가고 있다는 주장이었다. 모든 인류가 조만간 공멸할 운명인 만큼 더 이상 미래를 기대할 수 없고, 그어떤 희망이나 계획도 부질없다는 주장을 펴기도 했다. 부르주아를 증오하던 알민은 이제 서구 문명 전체를 부정하고 혐오하기 시작했다. (그때나 지금이나 나는 왜 알민이 중국과 러시아 정부에는 생태계를 오염시킬 권리를 부여했는지 납득이 되지 않는다.)

알민이 생태 환경 문제에 집착을 보이기 시작한 이후 우리 가정의 일상은 지옥으로 바뀌었다. 알민은 일상의 사소한 행위들 - 택시 타기, 샤워할 때 온수 사용하기, 전등 켜기, 등심스테이크 먹기, 옷 구입 등 - 을 싸잡아 환경오염을 일으키는 원인이라고 주장하면서 삼가주길 강요하다시피 해 자주 논쟁을 촉발시켰다. 알민은 나와 논쟁할 때마다 내가 심각한 사회 문제들을 도외시하고, 소설에 빠져 귀중한 시간을 허비하고 있다고 비난을 퍼부었다. 무관심은 곧 방조 행위나 다름없다며 나를 환경파괴에 일조하는 사람으로 매도하기도 했다.

알민은 '괜히 테오를 낳아 전쟁과 대량 학살이라는 비극이 초래될 수도 있는 위기의 시대에 살게 했다.'며 자책하기도 했다. 테오가 옆에서 버젓이 듣고 있는데도 알민은 자신의 말이 아이에게 어떤 불안감을 주게 될지 전혀 고려하지 않았다. 내 시각으로 보자면 아이의 잠자리 머리맡에서 들려주는 이야기도 끔찍하기 그지없었다. 알민은 테오의 잠자리에서 빙하가 녹고, 바다의 수온이 올라가고, 땅과 바다가 심하게 오염되어 수많은 생명체가 멸종되어 가고 있는 현실을 진지하게 설명해 주느라 여념이 없었다. 밍크고래의 사체가 해변으로 몰려오는 끔찍한 일이 발생하지 않도록 하기 위해서는 환경운동으로 지구의 생태 환경을 되살려야 한다는 게 잠자리 훈시의 주요 내용이었다. 아이가 과연 그 어려운 문제를 어떻게 이해하고 받아들일지에 대해서는 전혀 고려하지 않고, 일방적으로 자기주장을 주입시키는 식이었다.

이제 겨우 다섯 살인 테오는 밤마다 해변에 밀려든 밍크고래의 사체, 수천 마리나 되는 새들의 떼죽음, 빵 한 조각을 차지하기 위해 서로를 죽이는 사람들이 등장하는 악몽에 시달려야 했다. 물론 나에게도 알민의 행태를 가볍게 보고 적극적으로 제지하지 않은 책임이 있었다. 나는 분명 알민이 지나치다는 생각을 하면서도 제지하지 않고 계속 머뭇거리다가 문제를 더욱 심각하게 만들었다. 내가 선제적으로 이혼을 요구하지 않은 것도 결과적으로 큰 불찰이었다.

3

청명한 날씨라 바스티유 광장에 세워져있는 7월 기념비가 멀리서도 시야에 들어왔다. 나는 모를랑 대로에서 프랑스 국립도서관 건물을 지나 모르네 가로 접어들었다가 아르스날 항구를 향해 걸어가기 시작했다. 센 강과 생마르탱 운하를 연결하는 작은 유람선들이 수시로 드나드는 항구로 파리에서 가장 이색적인 지역에 속했다. 나에게 이혼을 통보한 알민은 우리가 함께 살던 아파트를 나와 아르스날 항구에 정박해 있는 선박으로 거처를 옮겼다. 강둑을 따라가며 각양각색의 배 수십 척이 정박해 있었다. 나는 항구를 굽어보는 철제 다리 위에 서서 반대편 부두, 바스티유 대로로 이어지는 돌계단을 건너다보다가 그리 멀지 않은 곳에서 자취를 드러낸 알민을 발견했다. 나는 알민을 크게 소리쳐 부른 다음 그녀가 있는 곳을 향해 달려갔다.

"그동안 잘 지냈어?"

알민은 내 인사를 무시하고 분노에 찬 얼굴로 나를 바라보았다.

"도대체 지금 뭐하는 거야? 가정법원에서 나에 대해 접근금지 판결을 내린 사실을 모르는 건 아니지?"

알민은 내가 법을 어긴 사실을 동영상에 담아두기 위해 휴대폰을 꺼내들었다. 앞으로 있을 소송에서 나에게 불리하게 작용할 수 있는 또 하나의 증거가 될 수도 있었다. 알민이 내 모습을 휴대폰 카메라에 담고 있었지만 나는 그러거나 말거나 신경 쓰지 않는다는 듯 그녀의 얼굴을 주시했다.

알민은 최근에 새로운 스타일로 변신을 꾀하고 있는 듯했다. 위장 전투복을 걸친 깡마른 몸 여기저기에 이전에는 없었던 피어싱이 보였다. 선원들이 즐겨 메고 다니는 가방을 들고 있었고, 목에는 못 보던 문신 하나가 더 추가되어 있었다.

알민이 동영상 촬영을 마치고 나에게 경고했다. "당신은 법을 어긴 대가를 치르게 될 거야."

알민은 방금 촬영한 동영상을 프랑스와 미국의 합작 로펌인 〈웩슬러 앤 델라미코〉 법률사무소에 보낸 게 확실했다.

내가 가방을 가리키며 물었다. "혹시 파리 리옹 역에 가는 길이야?"

"로잔에서 조에를 만나기로 했어. 당신과는 상관없는 일인데 신경 쓸 필요 없잖아."

그제야 나는 알민이 목에 새긴 문신 내용을 자세히 볼 수 있었다. 무정부주의자들이 가장 좋아한다는 빅토르 위고의 말이었다.

경찰은 도처에 있는데, 정의는 어디에도 없다.

"당신과 이야기를 나누려고 왔어."

"난 당신과 이야기를 나눌 생각이 없어."

"우리가 굳이 이렇게까지 서로를 적대시할 필요는 없잖아."

"난 관심 없으니까 당장 꺼져."

계단 꼭대기에 올라선 알민은 베르시 가로 접어들기 위해 대로를 가로질렀다.

"그러지 말고 우리 모두에게 좋은 해결책을 찾아보는 게 어때? 당신이 언제까지 나에게서 테오를 빼앗아갈 수 있을 거라고 생각해?"

"이미 현실화되었는데 아직 몰랐어? 이제 당신도 인정하고 받아들일 수밖에 없을 거야. 아직 모르는 것 같아서 알려 주겠는데 난 테오를 데리고 펜실베이니아에 있는 생태 오두막으로 떠나기로 했어."

"당신이나 나, 테오 어느 누구에게도 도움이 되지 않는 결정이야."

알민은 나를 외면하고 빠른 걸음으로 걸었고, 나는 부지런히 뒤따라 붙었다.

"당신, 정말로 펜실베이니아에 가서 살 작정이야?"

"이미 조에와 떠나기로 합의를 보았어."

"당신이 떠나는 거야 어쩔 수 없지만 테오는 두고 가."

"아직 현실 파악이 제대로 안되나 보네."

"내가 어떻게 해주면 될까? 돈이 필요해?"

알민이 느닷없이 웃음을 터뜨렸다.

"당신은 이제 돈 한 푼 없는 알거지 신세잖아. 내가 당신보다는 돈이 더 많은 것으로 알고 있는데?"

적어도 그 말은 틀림없는 사실이었다. 알민은 나를 따돌리려는 듯 행군하는 군인들보다 더 빠른 속도로 걸었다.

"테오는 당신 혼자만의 아들이 아니야. 내 아들이기도 해."

"당신이 내 안에 자지를 집어넣었을 뿐이지."

"난 테오를 키우는 동안 한시도 소홀한 적이 없어."

"테오는 내 아들이야. 열 달 동안 내 배 속에 넣고 먹여 키웠으니까."

"내가 당신보다 테오를 더 많이 돌봤어. 적어도 당신보다는 내가 아이의 미래에 대해 더 많이 고민하고 있을 거야. 당신은 고작 테오가 잠들기 전 머리맡에서 죽은 고래와 떼죽음을 당한 조류 이야기를 해주는 바람에 아이가 밤마다 악몽을 꾸게 만들었을 뿐이지. 게다가 테오가 듣는 자리에서 아이를 낳은 걸 후회한다는 말을 서슴지 않고 내뱉기도 했어."

"난 실제로 그렇게 생각하니까. 요즘처럼 험한 세상에 아이를 낳는 건 무책임한 짓이지."

"이제야 실토하네. 그러니까 테오는 나와 함께 살도록 내버려두고 떠나. 나는 테오를 낳은 걸 인생에서 가장 잘한 일이라고 생각하니까."

"당신은 언제나 자기 자신만 생각하잖아. 마치 혼자 세상 모든 고통을 짊어지고 있는 사람처럼 엄살을 떨어대지. 당신의 그 알량한 부성애를 지켜주기 위해 테오를 두고 떠날 생각은 없으니까 그만 포기하는 게 좋을 거야."

"내 말 잘 들어. 나는 적어도 당신이 테오를 사랑하는 마음에 대해서는 의심하지 않아. 당신이 나에 대해서도 그렇게 생각해 주었으면 좋겠어. 테오를 두고 떠나라는 건 나를 위해서가 아니라 아이를 위해서야."

"그래, 난 테오를 사랑해. 내 방식대로이긴 하지만……."

"당신 방식대로 사랑하는 건 테오에게 최선이 아니야. 테오가 바라는 사랑을 해주는 게 최선이지. 테오는 파리에 남고 싶어 해. 다니던 학교와 친구들을 좋아해. 테오는 파리에 남아야 만족스러운 생활을 해나갈 수 있어."

"모르는 소리 하지 마. 그런 만족은 한순간에 산산조각날 수 있어. 앞으로 환경 재난이 밀어닥칠 거야. 내가 생태 오두막에 가서 살려는 이유야."

나는 평정심을 유지하기 위해 마음을 다잡으려고 했지만 자꾸만 흥분이 되는 걸 어쩌지 못했다.

"당신이 환경 문제에 대해 깊이 우려하는 건 알지만 도대체 테오를 생태 오두막에 데려가서 뭘 어쩌자는 거야? 거긴 교육시스템이나 의료시스템이 전혀 갖추어지지 않은 곳이야. 테오는 도시에서 학교를 다녀야 하고, 아프면 병원에 가야 해. 오지나 다름없는 곳에서 아이를 키운다는 건 말도 안 돼."

"그깟 교육은 안 받아도 상관없어. 난 환경 재난이 밀어닥쳐도 테오가 안전하게 살아남을 수 있게 해줄 거야. 도시의 삶은 위험해. 도시는 환경 문제뿐만 아니라 각종 테러, 인종 문제, 신종 바이러스의 공격에 노출되어 있어. 나는 한순간에 밀어닥칠 수도 있는 재앙으로부터 테오를 지키려는 거야."

그것으로 우리의 협상은 끝났고, 나는 패배했다. 우리는 어느새 파리 리옹 역에 도착했다. 높은 탑의 사면을 장식하고 있는 네 개의 거대한 시계가 눈에 들어왔다. 역의 망루가 루이 아르망 광장을 위엄 있게 내려다보고 있었다. 크게 기대하지는 않았지만 나는 마지막 호소를 해볼 요량으로 알민에게 다시 한번 내 진심을 고백했다.

"당신도 잘 알다시피 테오는 나의 전부야. 당신이 테오를 데리고 떠나면 난 아마 죽을지도 몰라."

알민은 손에 들고 있던 가방을 등에 메고 파리 리옹 역으로 들어서기 전에 말했다.

"로맹, 난 차라리 당신이 죽어 버렸으면 좋겠어."

4

그 후 몇 시간에 걸쳐 걷다가 쉬다가를 반복하며 몽파르나스로 돌아왔다. 내가 이제껏 꾸었던 모든 악몽보다 더 고약한 현실이 나를 망연자실하게 만들었다. 걸어오는 도중에 얼마나 속이 타는지 카페에 들어가 맥주를 시켜 벌컥벌컥 마시기도 했다. 알민이 항상 충동과 변덕 사이를 오가며 사는 사람이라는 건 알고 있었지만 차마 이 정도로 앞뒤가 꽉 막혀 있을 줄은 미처 몰랐다. 알민의 편향적인 생각을 그대로 방치할 경우 테오가 힘들어질 수도 있었다. 알민이 얼마나 한쪽으로 치우친 생각을 갖고 있는지 아는 사람이라고는 나밖에 없었다. 나는 곧 알민과 법정 공방을 벌일 당사자였기에 다른 누군가에게 그런 이야기를 털어놓는다고 해도 곧이곧대로 믿어줄지 의문이었다.

알민이 나를 향해 자주 칼을 휘둘렀지만 지금껏 한 번도 증오하거나 적대시한 적은 없었다. 내 아들의 엄마이니까. 우리가 함께하지 않았더라면 테오는 세상의 빛을 볼 수 없었을 테니까. 나는 처음으로 알민이 내 인생에서 영원히 사라져 주었으면 좋겠다는 생각이 들었다. 한편으로는 내가 그런 생각을 품게 되었다는 사실이 충격으로 받아들여지기도 했다.

라스파유 대로 근처에서 아침에 보았던 소규모 시위대와 다시 대면했다. 그들은 시위대 본진에 합류하지 않고, 뱅쇼를 마시며 세상을 어떻게 바꾸어나갈지 토론에 열중하고 있었다. 바닥에 나뒹굴고 있는 플래카드가 보였다.

프랑스의 저 높은 곳에는 황금 불알을 찬 놈들, 프랑스의 저 낮은 곳에는 여전한 얼간이들이 있다!

알민은 내가 사회 문제에 무관심하다고 자주 비난했다. 곰곰이 생각해볼 필요도 없이 알민의 지적은 일견 타당했다. 나는 모든 사회운동을 다 부질없는 행위로 치부해왔다. 그런 일들과는 체질적으로 익숙해지기 힘들었다. 집단이니 조직이니 하는 말들조차 거부감이 일었다. 나를 굳이 어떤 사람인지 분류하자면 '넷만 모이면 한심한 패거리가 된다.'라고 노래한 조르주 브라상(Georges Brassens 프랑스의 싱어송라이터로 날카로운 풍자와 유머가 있는 노래 가사와 시로 유명하다 : 옮긴이)의 생각에 동의하는 편이었다. 네 명 이상 모인 자리에 가고 싶지 않았고, 여러 사람이 우르르 몰려다니며 똑같은 구호를 외치는 걸 보면 나도 모르게 저절로 눈살이 찌푸려졌다.

오후 4시 20분이었고, 나는 옵세르바퇴르 대로에 이르렀다. 카디자가 학교 앞에서 나를 기다리고 있었다. 나는 알민과 나누었던 대화 내용을 요약해서 들려주었다. 그런 다음 오늘 테오와 우리 집에 가서 함께 저녁 시간을 보내자고 제안했다.

카디자가 순순히 응하며 말했다.

"알민이 내일 저녁에나 돌아올 예정이라니까 테오가 모처럼 아빠와 함께 잘 수 있겠네요."

테오가 교문을 나와 우리가 서있는 곳으로 달려왔다. 녀석을 보자 내 안에서 즉시 도파민이 솟구치며 황폐한 마음을 촉촉하게 적셔주었다. 우리는 집으로 돌아오는 길에 저녁 식사를 만들 식재료를 구입하기 위해 식료품점에 들렀다. 대파 묶음과 제철 호박들이 진열된 판매대 앞에서 카디자가 갑자기 펜실베이니아로 떠나게 된 테오가 걱정된다며 눈물을 흘렸다.

"집에 가서 테오가 미국으로 떠나는 걸 막을 방법이 없는지 이야기를 나누어보는 게 어때요?"

카디자의 제의에 기꺼이 동의했다. 테오가 우리가 있는 곳으로 다가오자 카디자는 얼른 눈물을 훔쳤다.

나는 집에 도착하자마자 벽난로에 불을 지피고 나서 테오의 숙제를 도왔다. 그런 다음 테오와 플라스틱 대롱 구슬로 만들기 놀이를 했다. 카디자가 아이를 욕실로 데려가 씻기는 동안 나는 주방에서 감자 양파 오믈렛과 오렌지를 얇게 저민 모로코식 샐러드를 만들었다.

저녁 식사를 마치고 테오가 우리를 위해 준비한 마술 공연을 보며 즐겁게 웃었다. 테오는 잠자리에 들기 전 아마 천 번은 족히 보았을 모리스 센닥의 《괴물들이 사는 나라》를 읽는 것으로 일과를 마무리했다. 그림책이 어찌나 심하게 닳았는지 책장을 넘길 때마다 손 안에서 바스러질 것 같은 느낌이 들었다.

거실로 돌아와 보니 카디자가 어느새 식탁을 정리하고, 박하차를 끓이고 있었다. 우리는 벽난로 앞에 앉아 박하차를 마셨다. 카디자가 먼저 침묵을 깼다.

"이제는 신세 한탄만 하고 있을 게 아니라 실질적인 대책이 필요

해요."

"가령 어떤 대책이 있을까요?"

카디자는 천천히 차를 한 모금 마시고 나서 나에게 되물었다.

"만약 당신의 아버지였다면 이런 경우 어떻게 대처했을까요?"

전혀 예상하지 못했던 질문이었다. 나는 우리의 대화에 내 아버지 크리스토프 오조르스키가 등장하게 될 줄은 미처 몰랐다.

"솔직히 말해 아버지가 어떤 사람인지 몰라요. 버밍햄에 살 때 엄마와 나를 남겨두고 집을 떠났으니까요. 엄마가 그러는데 성격이 대단히 급하고 폭력적이었다고 하더군요."

카디자는 탁구공을 받아 넘기듯 내 말을 받았다.

"올네수부아에 내가 아는 마피아들이 있어요. 그들을 시켜 알민에게 겁을 주면 당장 효과를 볼 수 있을 거예요."

"아무리 절박한 상황이라고 해도 마피아를 끌어들일 수는 없어요."

카디자가 내 앞에서 처음으로 발끈하며 의자를 박차고 일어났다.

"이봐요, 당신은 남자잖아요. 이리저리 재기만 하면 누가 대신해서 일을 해결해 준대요? 그렇게 벌벌 떨고 있지만 말고 사태를 장악할 수 있는 방법을 찾아봐야죠."

"마피아에게 일을 맡겼다가는 문제가 더욱 복잡해질 수 있어요."

"이렇게 손 놓고 있다가 테오가 미국으로 떠나고 나서 후회한들 무슨 소용이 있죠? 당신은 정말 답답한 사람이군요. 이제 더는 할 얘기도 없으니 내 방으로 올라갈래요."

카디자의 눈에 실망감이 드러나 있었다.

"방에 전기난로를 켜줄게요."

"그냥 내가 켤게요. 당신의 도움 따위는 필요 없어요."

카디자가 계단을 올라가다가 몸을 돌리더니 한마디 더 쏘아붙였다.

"이제 보니 당신은 그런 일을 당해도 싸네요."

카디자도 크게 실망해 등을 돌렸다. 이제 내 편을 들어줄 사람은 아무도 없었다.

5

나는 이제 의지할 사람이 전혀 없었다. 내 소설이 한창 명성을 높이던 때만 해도 출판사 사람들, 친구들, 가족들이 내 주변에 항상 넘쳐났는데 이제는 아무도 남아 있지 않았다. 내 이름을 베스트셀러 목록 최상단에 올려주었던 독자들도 하나둘씩 관심을 거두어들이고 있었다. 내가 냉장고에 발길질을 해대며 배우자와 아들에게 폭력적인 언사를 쏟아내는 장면이 담긴 동영상 하나가 나를 하루아침에 쓰레기 작가로 만들어 버렸다. 배우자의 휴대폰에 저질 문자 메시지를 남긴 것도 내 영예를 시궁창으로 던져버리는 데 크게 공헌했다.

상식과 이성을 가진 사람이 오히려 피해를 보는 세상이었다. 나는 늘 문제 해결 능력이 내 안에 존재한다고 믿어왔는데 이제 보니 빈 쭉정이만 남아 있었다. 해결의 실마리가 되어줄 작은 불씨조차 찾아내지 못하고 있었다. 내 가슴은 이제 텅 비어버렸고, 그 자리에 분노, 증오, 자괴감이 들어찼다.

모든 의욕을 상실한 나는 기계적으로 컴퓨터 앞에 앉아 화면을 켰다. 푸르스름한 빛에 눈이 시렸지만 글을 쓰는 순간만큼은 언제나 화면에 몰입했다. 내가 확고하게 믿었던 통념과 기준들이 모호해지고 있었다. 부재와 해체로 가는 전주곡, 미지의 세계를 향해 열리는 문, 하나의 다른 세계, 또 다른 삶, 아니, 여러 개의 새로운 세계와 삶이 나를 기다리고 있었다.

내가 불행하다고 느낄 때, 주변에 대화를 나눌 사람이 아무도 없을 때 언제나 소설의 등장인물들이 내 가까이에 있어주었다. 그들 가운데 더러는 나보다 더 불행한 사람들도 있었다. 내 소설의 등장인물들은 어떻게 보면 어느 누구보다도 나와 가까운 존재들이었다.

나는 플로라 콘웨이를 생각했다.

지금 뉴욕은 몇 시쯤일까?

시차를 계산하기 위해 손가락을 하나씩 꼽아가며 세어보았다. 오후 5시, 나는 컴퓨터 화면에 그렇게 적었다.

뉴욕, 오후 5시

밤의 고요 속에서 나는 마치 피아노곡의 도입부를 연주할 때처럼 부드럽게 자판을 두드렸다. 미처 글자가 보이기도 전에 나는 자판이 만들어내는 소리를 먼저 들었다. 자판이 모음과 자음의 음영을

만들어내는 소리, 고양이 울음소리처럼 높낮이가 있는 소리, 노래
의 멜로디처럼 박자가 있는 소리, 자유의 소리.

뉴욕, 오후 5시

눈꺼풀 뒤에서 빛이 고요히 떨렸다. 내 주변 어딘가에서 윙윙거리는 소
리가 들려왔다. 나는 눈을 떴고, 오렌지 빛 후광에 뒤덮여 사프란으로 물
든 하늘을 둥둥 떠가고 있었다. 햇빛이 홍수를 이루는 가운데…….

9. 이야기의 줄거리

벌써 오래전에 그는 자신의 상상력이 만들어낸 세계 속에서 행복을 찾았다.
-존 어빙

1

뉴욕, 오후 5시

눈꺼풀 뒤에서 빛이 고요히 떨렸다. 내 주변 어딘가에서 윙윙거리는 소리가 들려왔다. 나는 눈을 떴고, 오렌지 빛 후광에 뒤덮여 사프란으로 물든 하늘을 둥둥 떠가고 있었다. 햇빛이 홍수를 이루는 가운데 나는 미드타운 빌딩과 이스트 강 위에서 대롱거리는 케이블카에 몸을 싣고 있었다. 관광객과 일을 마치고 퇴근하는 뉴욕 시민 몇 사람을 태운 케이블카는 드디어 루스벨트 섬을 향해 하강을 시작했다.

머리는 안개 속을 헤매는 듯 흐릿하고, 다리는 당장이라도 주저앉아 버릴 듯 힘이 빠진 상태에서 나는 지금 여기서 무얼 하고 있는지 도무지 알 수 없었다. 다만 지난번에 뉴욕에 왔을 때처럼 호흡이 원활하지 않아 질식할 것 같은 느낌이 들었다. 픽션 세계에서는 공기의 압력이 현실 세계에서보다 훨씬 더 강했다. 오랫동안 아무것도 먹지 못해 저혈당에 시달리는 사람이 된 듯 갑자기 배가 몹시 고팠다.

케이블카가 종점에 도착했다. 루스벨트 섬에 대해서라면 나도 잘 알았다. 맨해튼과 퀸즈 사이에 위치한 섬으로 특별한 매력은 없었다. 섬의 형태를 위에서 내려다보면 리본처럼 가늘고 길게 보였다. 나는 플로라 콘웨이와 이야기를 나누고 싶었지만 그녀가 지금 어디에 있는지 짐작조차 할 수 없었다.

그렇지만 우리 사이에서 결정권자는 바로 나야.

내 머릿속에서 작은 목소리가 울려 퍼졌다.

그래, 그건 너무나 분명한 사실이지.

머릿속에 떠오른 생각들이 나를 픽션 세계로 오게 만든 현실 세계의 나, 담요를 둘둘 두르고 컴퓨터 앞에 앉아 뜨거운 차를 마시고 있는 나에게 도달하는 동안 소설의 문장들이 저절로 써지는 걸 느낄 수 있었다.

나는 단서 ― 그게 아니라면 영감 ― 를 찾기 위해 주변을 두리번거렸다. 케이블카에서 멀어지는 사람들 가운데 손에 전문가용 영사기를 들고 어깨에 묵직한 장비가 든 가방을 둘러맨 젊은 남자가 눈에 들어왔다. 그는 붉은 빛깔이 도는 턱수염에 나무꾼 셔츠 그리고 챙이 좁은 트릴비 모자를 쓰고 있었다. 그런 차림새라면 기자가 분명했다. 나는 무턱대고 그 남자를 뒤따라갔다.

남자는 미처 10분도 되지 않아 섬의 남쪽 끝에 다다랐다. 다섯 개의 면으로 이루어진 특이한 형태 때문에 모두들 펜타곤이라고 부르는 블랙웰병원이 자리한 곳이었다. 남자를 뒤따라 병원 안으로 들어서려는 순간 견디기 힘들 만큼 배가 고팠다. 걸음을 멈추고 그 자리에 우뚝 선 나는 잠깐 사이에 기자를 시야에서 놓쳐버렸다.

당장 모든 걸 포기하고 싶은 충동이 일었다. 생살을 칼로 저미는 듯 심한 통증이 복부를 강타했고, 혈관이 불에 덴 듯 심하게 뛰었다. 콘크리트를 들이부은 듯 사지가 온통 뻣뻣했다. 일단 무엇이 되었든 배를 채워야 픽션 세계에서 자유롭게 활동할 수 있을 듯했다. 나는 발길을 돌려 병원 입구에 붙여놓은 안내도를 살폈다. 지도에는 분명 알베르토 체인점이 나와 있었다. 병원 내에 있는 식당치고는 이름만 들어도 콜레스테롤 수치가 치솟을 것 같은 식당이라 생뚱맞은 느낌이 들었다.

알베르토 체인점은 대형 열차 칸을 식당으로 개조한 곳이었다. 나는 카운터 앞쪽 빨간 합성피혁 의자에 앉아 '가장 빨리 나오는 메뉴'를 주문했다. 주문하자마자 계란 두 개를 얹은 토스트가 나왔고, 나는 열흘쯤 굶은 사람처럼 게걸스럽게 먹어치웠다.

코카콜라와 커피를 한 잔씩 마시자 비로소 기운이 났다. 배를 채우고 정신이 명료해진 나는 커피숍 안을 두리번거리며 살폈다. 바로 옆자리 테이블 위에 《뉴욕 포스트》지 한 부가 놓여 있었다. 신문 일면에 실린 기사 제목이 내 눈길을 끌었다. 나는 얼른 신문을 집어 들고 기사를 읽어내려 갔다.

소설가 플로라 콘웨이
자살 시도 후 병원에서 입원 치료 중

10월 12일 화요일 밤 10시 경 브루클린의 경찰과 응급 구조대는 플로라 콘웨이의 자택으로 출동했다. 플로라 콘웨이는 왼쪽 손목의 혈관이 끊어진 가운데 의식이 없는 상태로 발견되었고, 즉시 루스벨트 섬에 위치한 블랙웰병원으로 이송되었다. 이송 당시 플로라 콘웨이는 매우 위중한 상태였다.

경찰과 응급 구조대의 긴급 출동이 가능했던 건 플로라 콘웨이가 전화를 받지 않자 불안감을 느낀 출판사 대표 팡틴 드 빌라트가 윌리엄스버그의 주상복합 건물인 랭카스터 빌딩 경비원에게 연락을 취한 덕분이었다. 병원 측에 알아본 결과 플로라 콘웨이는 현재 의식을 되찾았고, 생명에는 지장이 없는 것으로 알려졌다.

인터뷰에 응한 팡틴 드 빌라트가 플로라 콘웨이의 현재 상태를 전했다.

"플로라는 순간적으로 목숨을 끊고 싶을 만큼 절망감을 느꼈지만 현재 기력을 회복해가고 있습니다. 모두들 잘 알고 있다시피 플로라는 딸 캐리가 실종되면서 몇 달 동안 극도로 힘든 시간을 보내왔습니다. 아무쪼록 나는 플로라가 시련을 극복할 수 있도록 옆에서 최선을 다해 도울 생각입니다."

참고로 플로라 콘웨이의 딸 캐리가 실종된 지 6개월이 지났다.

2

나는 신문에서 눈을 뗐다. 마침내 플로라가 지금 병원에 입원해 있고, 왜 그런지 이유를 알게 되었다. 알베르토를 나서려는 순간 식당 한구석에서 눈에 익은 실루엣을 본 느낌이 들었다. 고개를 돌려 확인해보니 루텔리 형사가 칸막이를 쳐놓은 구석자리에 앉아 있었다. 후추를 섞은 소금 빛깔 콧수염, 탈모가 시작된 머리, 불룩 튀어나온 배를 보아하니 루텔리 형사가 틀림없었다. 그는 인조가죽을 씌운 장의자에 후줄근해 보이는 모습으로 앉아 있었다.

나는 그가 앉아있는 자리로 다가갔다. 그는 생각에 골몰하느라 음식을 먹어야 한다는 걸 잊어버린 듯 손도 대지 않은 햄버거와 감자튀김이 그대로 식어가고 있었다.

내가 맞은편 자리에 앉자 루텔리 형사가 의심이 가득한 눈초리로 물었다. "우리가 아는 사이던가요?"

"네, 그렇다고 볼 수 있죠."

당신을 만든 사람이 나지만 그렇다고 나를 창조자라고 부를 필요는 없어요.

루텔리 형사는 직업적인 감으로 나를 꿰뚫어보고 나서 말했다.

"당신은 뉴욕 사람이 아니군요."

"네, 맞습니다. 다만 우리는 같은 편입니다."

"같은 편이라니요?"

"나도 당신처럼 플로라 콘웨이의 친구니까요."

루텔리 형사가 내 머릿속에 무슨 생각이 들어있는지 들여다보기라도 하듯 나를 유심히 쳐다보았다. 나는 이 소설을 쓰기에 앞서 작성해 두었던 등장인물 관련 메모를 떠올렸다. 마크 루텔리는 선량하고 직업의식이 투철한 형사였다. 그는 평생을 가정, 사랑, 일을 엉망으로 만들어버린 만성 우울증과 알코올 중독의 마수에서 벗어나기 위해 발버둥 쳤다. 예민하고 극단적인 감수성이 그를 망가뜨린 주범이었다. 그는 상냥하고 정 많은 사람들에게 내리는 저주에서 벗어나지 못했고, 결국 냉엄한 생존 법칙의 희생자 명단에 이름을 올렸다. 잔인하고 냉소적인 세상과 맞서기에는 지나치게 선한 인물이었다.

내가 종업원을 부르기 위해 손을 들어 올리며 물었다.

"맥주 한 잔 더 하시겠습니까?"

"당연히 한 잔 더 마셔야지요. 당신은 적어도 메스꺼운 놈들처럼 보이지는 않는군요."

"메스꺼운 놈들이라면?"

루텔리 형사가 고갯짓으로 창문을 가리켰다. 나는 그가 가리키는 창문 너머를 보기 위해 실눈을 떴다. 남자 몇 사람과 여자 하나가 계단 위에서 어슬렁거리고 있었다. 윌리엄스버그의 랭카스터 빌딩

앞에서 마주친 적이 있는 기자들이었다. 그들은 이제 루스벨트 섬으로 우르르 몰려와 있었다.

루텔리 형사는 주문한 맥주가 나오자 삼분의 일을 곧장 비우더니 나에게 대답하기 곤란한 질문을 던졌다.

"저 재수 없는 놈들이 뭘 기다리는지 알아요?"

"플로라가 퇴원해 병원 문을 나서길 기다리겠지요."

"저놈들은 플로라가 죽길 바라고 있어요. 병실에서 뛰어내리길 바란다니까요."

"비약이 심하네요. 아무리 특종에 목마른 기자들이라고 하더라도 그렇게까지 비열하지는 않겠죠."

루텔리 형사가 콧수염에 묻은 맥주 거품을 쓱 문질러 닦았다.

"기자들이 가져온 카메라 렌즈가 어디로 향해 있는지 잘 봐요. 하나같이 플로라가 입원한 8층 병실 창문을 향해 있잖습니까?"

루텔리 형사는 자신이 한 말을 증명이라도 하듯 자리에서 벌떡 일어나더니 잠시 창문을 붙잡고 씨름을 했다. 그가 힘을 쓰자 가까스로 창문 윗부분이 반쯤 열렸다. 창이 열리자 기자들이 자기들끼리 쑥덕거리는 소리가 들려왔다. 듣고 있기 힘들 만큼 비열한 말들 일색이었다.

주걱턱에 당나귀 귀를 가진 꺽다리 기자가 주절댔다. "어차피 자살할 생각이라면 창밖으로 몸을 던져버리면 간단하게 끝날 텐데 뭘 그리 주저하지?"

검정색 외투를 망토처럼 휘감고 있는 그의 얼굴에서 야비한 느낌이 묻어났다.

내가 케이블카 역에서부터 병원까지 따라온 기자는 한 수 더 떴다. "빌어먹을! 이 정도면 구도가 완벽하잖아. 서쪽 하늘로 넘어가는 해를 배경으로 뛰어내리는 장면을 찍으면 죽여주겠네. 마틴 스코세이지 감독 영화에 나오는 명장면이 따로 없겠어."

유일한 여성 기자도 잠자코 있지 않았다. "날씨는 왜 이리 추운 거야. 불알이 얼어붙어 버리겠어." 여기자는 자신이 던진 농담이 마음에 든다는 듯 깔깔댔다.

기자 가운데 누군가 뜬금없이 구호를 외쳐대기 시작했다.

"뛰어내려! 뛰어내려!"

이번에는 기자들이 합창하듯 구호를 외쳤다.

"뛰어내려! 뛰어내려!"

인간이라면 도저히 할 수 없는 말을 내뱉고도 부끄러운 줄 모르고 시시덕거리는 기자들의 한심한 작태에 구토가 일 지경이었다.

루텔리 형사가 한탄하듯 말했다.

"저들이 랭카스터 빌딩에서 죽치고 있었던 이유는 처음부터 플로라의 자살을 기대했기 때문입니다. 자살 장면을 생중계 카메라에 담아내면 그야말로 캐리 실종 사건의 대미를 장식하는 특종이 될 테니까요. 추락 장면을 담은 30초짜리 동영상을 GIF파일로 만들어 인터넷 판에 올리면 조회 수가 폭발하겠죠."

"혹시 플로라가 입원한 병실이 몇 호인지 아십니까?"

"712호인데 아마 병원 직원이 출입을 통제하고 있을 겁니다."

맥주를 마저 마신 루텔리 형사가 눈두덩을 문질렀다. 극도로 피곤한 모습이었지만 꺼져가는 불씨를 아직 몇 번은 되살릴 수 있을 것 같은 눈빛이 여전히 살아서 반짝였다.

"자, 그럼 가실까요? 병원 직원이 아마도 나는 들여보내줄 것 같네요."

3

우리는 엘리베이터를 타고 8층으로 올라갔고, 아무런 제지도 받지 않고 병원 로비를 가로질렀다. 모두들 우리를 병원 직원으로 여기는 듯 무슨 볼일이 있어 왔는지 묻지 않았다.

루텔리 형사가 의문과 감탄 사이를 오가는 말을 했다.

"혹시 마술이라도 부렸습니까? 왜 아무도 우리를 제지하지 않죠?"

"마술은 내 아들이 선수죠. 난 좀 다른 존재일 뿐입니다."

"빌어먹을! 도무지 무슨 말인지 알아들을 수가 없네요."

"사람들이 나를 창조자로 보는 것 같지 않습니까?"

"창조자라니? 당신이 뭘 창조했다는 거요?"

"내가 바로 이 세계를 만든 창조자죠."

루텔리 형사가 수상쩍다는 듯 눈썹을 잔뜩 찌푸리며 나를 노려보았다.

"당신 혹시 자신을 신이라고 믿는 거요?"

"실제로 나는 일종의 신이라고 할 수 있죠."

"도무지 무슨 말을 하는지 모르겠네. 당신 미친 거 아니오?"

"당신이 이해하기 쉽지는 않겠지만 나를 미친 사람 취급하지는 말아주세요."

루텔리 형사가 고개를 절레절레 저었다. 나를 미친놈으로 여기는 게 분명했다. 내가 좀 더 알아듣기 쉽게 설명을 덧붙이려고 할 때 마침 엘리베이터 문이 열리더니 이상하게 생긴 남자 간호사가 감시하고 있는 복도의 모습이 눈에 들어왔다. 보디빌더처럼 떡 벌어진 체구의 남자 간호사는 전에 끔찍한 화상을 입은 듯 얼굴 절반이 뭉그러져 있는 상태였다.

"712호실에 입원 중인 플로라 콘웨이를 만나러 왔는데 상태가 어떤가요?"

화상 입은 얼굴의 남자가 철제 배식판을 가리키며 짧게 대답했다.

"712호실 환자는 음식을 전혀 입에 대지 않았어요. 그냥 말없이 누워 계세요."

정체를 알 수 없는 국물 안에 잠겨있는 오이, 복도 전체에 비린내를 풍기는 생선구이, 고무줄처럼 질겨 보이는 버섯, 시들시들한 감자 요리를 보니 나라도 식욕이 생길 것 같지 않았다.

루텔리 형사가 거구의 간호사를 옆으로 밀치며 병실 안으로 들어갔고, 나도 바짝 붙어 뒤따랐다.

병실에는 비좁은 병상 하나, 베르토이아 상표의 철제 의자 하나, 합판으로 제작한 책상 하나, 벽에 걸린 빨간 베크라이트 긴급구호용 전화기 한 대가 놓여 있었다.

플로라 콘웨이는 베개 두 개를 포개 등을 받치고, 상체를 반쯤 일으킨 자세로 누워 있었다.

"안녕, 플로라."

플로라는 불쑥 나타난 우리를 보고도 그다지 놀란 기색이 아니었다. 마치 우리가 방문하리라는 걸 진작부터 예상하고 있었던 눈치였다. 그 반면 루텔리 형사는 수줍음을 많이 타는 성격이라 좁은 병실 안에 있는 게 몹시 답답한 듯 살집이 두둑한 몸을 어디 두어야 할지 몰라 쩔쩔매고 있었다.

"배가 많이 고프시겠어요." 루텔리 형사가 겨우 입을 열었다. "밖에서 이 병원에서 제공하는 식사를 봤는데 나라도 식욕이 일지 않겠더군요."

"마크, 당신이 먹을거리를 들고 나타나주길 기다리고 있었어요. 언제나 치즈 블린츠를 사오더니 오늘은 빈손으로 온 거예요?"

루텔리 형사는 나쁜 짓을 하다가 들킨 사람처럼 얼굴이 벌게지더니 말했다. "당장 알베르토 체인점으로 내려가 먹을거리를 사올게요. 샐러드 종류가 다양하던데 뭘 좋아하세요?"

"샐러드보다는 바삭한 빵에 육즙이 뚝뚝 떨어지는 치즈버거를 먹고 싶어요."

"알겠습니다."

"양파도 듬뿍 들어있어야 해요."

"오케이."

"피클도요."

"좋아요."

"음, 그리고 감자튀김도요."

"머릿속에 완벽하게 입력했습니다."

루텔리 형사가 그렇게 장담하고 나서 부리나케 병실을 나갔다.

플로라와 단둘이 남게 된 나는 무슨 말부터 꺼내야 할지 몰라 잠시 침묵하다가 붕대를 동여맨 그녀의 손목을 가리키며 볼멘소리를 했다.

"그렇게까지 할 필요는 없었잖아요."

"당신을 여기에 오게 하려고 자해 소동을 벌였어요."

나는 내 얼굴을 뚫어지게 바라보고 있는 플로라의 병상 가까이에 비치된 의자에 앉았다.

"당신도 안색이 좋아 보이지는 않네요."

"내 인생을 통틀어 지금보다 더 힘든 적은 없었던 것 같아요."

"혹시 내 이야기는 당신이 실제로 겪은 인생의 한 토막을 그대로 옮겨 놓은 거 아닌가요?"

"내 이야기가 훨씬 덜 비극적이긴 하지만 나 역시 아들을 만나기 힘든 날들이 지속되고 있어요. 아내가 아이의 양육권을 빼앗아 가려고 나를 모함했죠. 지금은 아이를 펜실베이니아에 있는 생태 공동체의 오두막으로 데려가려 하고 있어요."

"아이가 몇 살이죠?"

"여섯 살."

나는 휴대폰을 꺼내 후디니 망토 차림에 중절모를 쓰고 화장용

펜으로 가느다란 콧수염까지 그려넣고 요술 방망이를 들고 있는 테오의 사진을 보여주었다.

플로라도 행복했던 시절의 사진들을 보여주었다. 돌차기를 하는 캐리, 코니아일랜드에서 목마를 타는 캐리, 장난기를 머금은 미소를 짓는 캐리……. 얼굴이 온통 초콜릿 범벅이 된 캐리의 모습과 자지러지게 웃는 소리가 담긴 짧은 동영상도 보여주었다. 지난 시간들에 대한 향수와 애잔함이 깃들어 있는 추억의 사진들이었다.

"지난번에 당신이 나에게 했던 말에 대해 곰곰이 생각해 봤어요." 플로라가 잠시 감정을 추스르고 나서 다시 말을 이었다. "나 역시 글을 쓸 때면 등장인물들을 벼랑 끝으로 몰아간 다음 그들이 어떻게 기지를 발휘해 살아 돌아오는지 지켜보곤 하죠."

내가 플로라의 말을 받았다. "정말이지 게임과 다름없는 순간이죠. 내 소설의 등장인물들이 어떠한 출구도 보이지 않는 위기에 처했을 때 나는 마음을 졸이며 그들이 무사히 빠져나오기를 간절히 응원하죠. 등장인물들이 절망적인 상황에 처할 때마다 나는 항상 그들이 탈출구를 찾아낼 수 있기를 바랍니다. 그들이 영웅적인 사투를 벌이고 탈출하는지 아니면 안타까운 최후를 맞는지 결정하는 게 바로 작가의 몫이죠. 그 어떤 순간에도 작가는 등장인물들에게 결정권자의 지위를 양도할 수는 없어요."

병실은 이내 뜨거운 열기로 가득 찼다. 라디에이터 안을 부지런히 돌아다니는 물소리가 요란했다. 마치 음식을 잔뜩 먹은 난방장치가 소화를 시키기 위해 연신 가스를 만들어내는 소리 같았다.

플로라가 내 말에 대해 반박했다. "아무리 작가가 결정권자의 지위를 갖고 있다고 하더라도 소설 속에서 오롯이 모든 결정을 내릴 수 없다는 걸 당신도 잘 알잖아요? 등장인물들에게도 고유의 권한이 주어지니까요. 작가는 등장인물들의 본성과 정체성, 은밀한 삶의 이력에 위배되지 않는 결정을 내려야만 하죠. 개연성 없는 소설은 가치를 잃게 될 수밖에 없으니까요."

나는 플로라의 주장을 이해할 수 있었지만 무턱대고 그녀를 따라서 그곳에 발을 들이밀고 싶지는 않았다.

"작가는 등장인물들에게 빚을 지고 있어요. 그게 바로 등장인물들에게 부여된 고유의 몫이죠. 당신은 내게 부여된 몫을 인정해줘야 해요."

나는 의자에서 일어나 서쪽 하늘로 지는 해를 바라보았다. 해가 우아한 자태를 뽐내는 아스토리아 빌딩 뒤편에서 마지막 열기를 발산하고 있었다. 나는 실내가 너무 더워 창문을 열었다. 건물 입구에서 울려 퍼지는 고함 소리가 들려왔다. 루텔리 형사가 기자들을 상대로 주먹질을 하고 있는 모습이 눈에 들어왔다. 그가 잠시 전 마틴 스코세이지 감독 운운하던 기자에게 강력한 훅을 한 방 먹이고 있었다. 몇몇 기자들이 동료를 도우려고 루텔리 형사에게 달려들었지만 전직형사는 조금도 당황하지 않고 파리를 잡듯 가볍게 물리쳤다. 남자 간호사들이 싸움을 말리려고 달려 나왔고, 때마침 병실의 긴급구호용 전화벨이 울리기 시작했다. 새된 전화벨 소리가 귀청을 찢을 듯 울려 퍼졌다. 플로라가 전화기를 들고 상대가 하는 말을 잠자코 듣고 있다가 나에게 건넸다.

"당신을 바꿔 달래요."

"누군데요?"

"당신 부인이래요."

4

"당신을 바꿔 달래요."

"누군데요?"

"당신 부인이래요."

파리, 새벽 3시

어둠에 잠긴 거실에서 테이블의 호두나무 상판 위에 놓인 휴대폰이 부르르 진동했다. 화면에 알민이라는 이름이 떠올라 있었다. 나는 현실 세계로의 회귀가 마음에 들지 않아 두 손으로 머리를 움켜쥐었다.

생각하기 싫은 악몽이 계속 이어지려나?

왜 그랬는지 이유는 알 수 없었지만 로잔에서 예정보다 일찍 돌아온 알민이 테오가 집에 없자 나에게 전화한 게 분명했다. 별안간 명백한 사실 한 가지가 머릿속에 떠올랐다. 대중교통의 파업으로 파리 시내 교통이 두절되다시피 한 상태였다.

나는 알민의 전화를 받지 않기로 마음먹었다. 그 대신 인터넷을 열어 SNCF(프랑스 전국의 철도망을 총괄하는 철도운영법인이다 : 옮긴이) 홈페이지에 접속했다. 한참 뜸을 들이고 나서 열린 홈페이지에 당신은 사이트의 유저이지 고객이 아니라는 사실을 확인시켜 주는 짧은 안내문이 떠올랐다. 이번에는 리옹-파르디외 역 홈페이지에 접속했다. 그 결과 원하던 정보를 얻을 수 있었다. 로잔행 테제베(TGV)는 기관사들의 파업 참여로 리옹까지만 운행되었고, 알민은 다른 기차를 기다리다 지쳐 파리로 돌아오기로 결정한 듯했다. 나는 검색을 마치고 나서 알민이 내 휴대폰에 긴 음성메시지를 남겼다는 사실을 알게 되었다. 음성메시지를 들으려고 했지만 희미한 숨소리와 알쏭달쏭한 소음만 들려올 뿐 도대체 무슨 말인지 한마디도 알아들을 수 없었다.

내가 괜히 불안해한 건가?

어쩌면 알민은 다른 교통수단을 이용해 로잔에 갔을 수도 있었다. 방금 전 전화는 알민이 휴대폰을 만지작거리다가 잘못 누른 것일 수도 있다는 생각이 들었지만 도무지 안심이 되지 않았다. 나는 마음이 심란해져 결국 알민에게 전화를 걸었다. 돌아온 건 자동응답기의 기계음뿐이었다.

이제 어떻게 한다?

나는 점퍼를 입고 집을 나섰다. 굵은 비가 주룩주룩 내리고 있었다. 근래 들어 차고에 세워둔 미니 쿠페를 운행한 적이 없었지만 경쾌한 엔진 소리와 함께 매끄럽게 굴러갔다. 아침에 도보로 갔던 길을 이번에는 차를 운전해 갔다. 새벽 3시라 시내는 텅 비어 있었고, 나는 10분도 되지 않아 센 강을 가로질러 달리고 있었다. 아르스날 항구에 도착해 입구에 있는 부르동 광장에 차를 세웠다.

여전히 굵은 비가 내리고 있어 우산 대신 점퍼를 벗어 머리 위에 펼치고 부두로 이어지는 계단을 내려갔다. 빗속에서 흰 조약돌들이 왁스를 먹인 캔버스 천처럼 빛을 발했다. 몇 걸음 떼어놓기도 전에 나는 철책에 가로막혔다. 철책 문에 야간에는 일반인들의 출입을 금지한다는 안내문이 부착돼 있었다. 저 멀리에서 부두 경비원이 경비견을 데리고 순찰을 돌고 있는 모습이 눈에 들어왔을 뿐 항구 일대에는 고양이 한 마리조차 얼씬거리지 않았다. 비가 억수처럼 퍼붓는 이른 새벽에 사람이든 짐승이든 머저리가 아닌 이상 밖으로 나돌아 다닐 까닭이 없으니까.

나는 철책을 타고 올라가 반대쪽으로 뛰어내렸다. 알민의 배가 정박해 있는 위치가 어딘지 기억나지 않았다. 위치를 기억하고 있다고 하더라도 지난번에 왔을 때와는 다른 곳에 배를 정박해 두었을 수도 있었다. 약 5분 동안 가로등 불빛에 의존해 알민의 배를 찾아다닌 끝에 겨우 발견했다. 알민은 집을 떠난 직후부터 돛이 없는 네덜란드 요트인 티얄크 선에서 지내고 있었다. 알민이 결혼 5주년 기념 때 사달라고 졸라대는 바람에 구입해준 요트였다. 나는 출렁거리는 배에 오르면 속이 불편해 거의 타본 적이 없었다.

갑판으로 뛰어내려 선실을 내려다보니 희미한 불빛이 새어나오고 있었다. 불빛이 있다는 건 분명 누군가가 선실에 있다는 뜻이었다.

"알민?"

나는 조타실의 문을 두드리며 알민을 불렀지만 아무런 대답이 없었다. 무작정 기다릴 수 없어 좁은 계단을 통해 선실로 내려갔다. 나지막한 테이블과 소파, 텔레비전을 갖춘 선실이 눈에 들어왔다. 테라스로 꾸민 지붕으로 통하는 좁은 계단도 보였다. 창문을 내다보니 진흙탕으로 변한 센 강이 넘실거리는 모습이 시야에 들어왔다. 나는 바다에서 배를 타면 언제나 멀미를 했는데 강이라고 해서 크게 다를 것 같지 않았다.

"알민, 어디 있어?"

나는 휴대폰 전등을 켜고 선실 끝에 위치한 두 개의 침실 쪽으로 걸어갔다. 미처 침실에 이르기도 전에 선실 복도에 모로 누워있는 알민을 발견했다.

나는 알민의 머리맡에 쪼그리고 앉아 어깨를 흔들어 보았다. 알민은 입술이 새파랗게 변하고, 손톱이 온통 보라색으로 물든 가운데 의식을 잃고 있었다. 식은땀이 맺힌 피부는 얼음장처럼 차갑고 축축했다.

"알민!"

알민의 옆에 휴대폰과 그레이 구스(Grey Goose 프랑스에서 생산되는 보드카 : 옮긴이) 한 병, 옥시코돈(아편 성분이 가미된 진통제 : 옮긴이) 캡슐 하나가 놓여 있었다. 바닥에 나뒹구는 술병과 진통제를 참고해 오늘 알민에게 무슨 일이 벌어졌는지 재구성해 보았다. 테제베(TGV)를 타고 리옹까지 간 알민은 기관사들의 파업 참가로 열차를 이용할 수 없게 되자 로잔행을 포기하고 파리로 되돌아왔다. 하루 종일 헛걸음을 했고, 로잔에서 만나기로 한 조에와의 약속을 지키지 못하게 되었다. 알민은 짜증이 나서 배로 돌아오자마자 옥시코돈을 보드카에 타서 마시고, 평소 버릇대로 수면제도 복용했다.

나는 보드카와 옥시코돈을 혼용할 경우 부작용으로 호흡 기능 저하를 불러올 수 있다는 걸 잘 알고 있었다. 내가 다시 어깨를 흔들자 알민의 눈꺼풀이 살짝 움직이더니 잔뜩 수축해있는 동공이 열렸다가 금세 다시 닫혔다. 나는 알민의 맥을 짚어보았다. 맥박이 느렸고, 약하게 이어지는 호흡 사이로 간간이 허스키한 신음 소리가 새어나왔다.

우리가 함께 살 때 나는 알민에게 아편 성분이 첨가된 진통제를 과다 복용할 경우 심각한 부작용을 초래할 수도 있다고 여러 번 충고했다. 알민은 옥시코돈뿐만 아니라 수면제와 신경안정제도 보드카에 타서 마셨다. 심지어 약효를 높이겠다며 고체 형태의 약을 으깨 가루로 만든 다음 보드카에 넣어 마시기도 했다. 2년 전에도 약물 남용으로 정신을 잃고 쓰러지는 바람에 날록손 스프레이를 뿌려 가까스로 살려낸 적이 있었다. 그 일이 있은 이후 나는 날록손 스프레이를 구급상자에 항상 비치해 두었다. 나는 배의 욕실 수납장에 들어있는 구급상자를 꺼내 뒤져 보았지만 날록손 스프레이를 찾아내지 못했다. 집 안을 샅샅이 뒤지고 다닌 끝에 겨우 날록손 스프레이를 찾아냈다. 물론 날록손 스프레이가 특효약은 아니었지만 구조대가 올 때까지 시간을 벌어주는 효과를 기대할 수 있었다.

별안간 나는 모든 행동을 멈췄다. 내가 어떤 조치를 취하는지에 따라 알민은 살 수도 있고, 죽을 수도 있는 처지였다. 내가 손가락 하나

까딱하지 않고 방치할 경우 알민은 목숨을 잃게 될 가능성이 컸다.

그 순간 나는 알민이 죽는다면 골치 아픈 문제들이 모두 해결된다는 생각에 사로잡혔다. 테오는 파리에 남아 지금처럼 학교에 다닐 수 있게 되고, 양육권도 찾을 수 있게 된다는 뜻이었다. 알민이 약물 과다 복용으로 목숨을 잃은 사실이 널리 알려지게 될 경우 그녀가 나에게 덮어씌운 온갖 모함도 신뢰성을 의심받을 수밖에 없었다. 내 입장에서 보자면 법적인 문제와 경제적 곤란을 단숨에 해결할 수 있는 절호의 기회였다. 나는 고통의 심연을 벗어나 인생의 전환점을 마련할 수 있는 기회를 놓치기 싫었다.

심장이 미친 듯이 쿵쾅거리며 뛰기 시작했다. 나는 마치 소설 속에서처럼 내 인생의 결정권자가 되기 직전이었다.

'이제 보니 당신은 그런 일을 당해도 싸네요.'

나에게 노골적으로 실망감을 표했던 카디자의 얼굴이 떠올랐다.

실제로 나는 우유부단한 성격이라 과감하고 빠른 결단이 필요한 시점에 머뭇거리며 주저한 적이 많았다.

하늘이 내린 기회야. 이처럼 좋은 기회는 두 번 다시 오지 않아. 알민은 스스로 약물을 과다 복용해 죽음을 맞게 된 거야. 내 인생이 달린 문제야. 테오를 키우고, 아침마다 따끈한 코코아를 끓여주고, 머리맡에서 동화를 읽어주고, 휴가 기간에는 아이와 함께 여행을 떠날 수 있어. 더는 아들을 잃을까 봐 노심초사하는 일이 있어서는 안 돼. 운명을 바꿀 수 있는 마지막 기회야. 절대로 놓쳐서는 안 돼.

5

나는 알민을 그대로 내버려두고 다시 갑판으로 나왔다. 빗줄기가 두 배쯤 더 거세져 있었다. 배가 정박해 있는 부두 일대에는 여전히 사람은커녕 고양이 한 마리도 얼씬거리지 않았다. 비안개가 자욱하게 끼어 있어 10미터 앞도 보이지 않았다. 내가 알민의 배에 들어서는 모습을 본 사람은 없었다. 이 근처 어딘가에 감시 카메라가 설치되어 있을 가능성이 있었지만 비가 억수처럼 퍼붓고 있어 시야 확보가 어려운 조건이라 과연 제 기능을 다할 수 있을지 의문이었다.

알민의 사망 원인이 약물 과다 복용이 명확한데 누가 감시 카메라를 확인해 보겠어? 나는 알민을 죽이지 않았어. 알민은 스스로 약물을 과다 복용해 죽음을 자초한 거야. 요컨대 알민의 변덕스러운 성격, 광기, 늘 어느 한쪽으로 치우치는 편견이 이런 결과를 만들었을 뿐이야.

나는 하늘에 구멍이라도 뚫린 듯 퍼부어대는 빗속을 미친 듯이 질주했다. 단 한 번도 뒤돌아보지 않았다. 부두를 벗어나 차를 세워둔 곳까지 쉬지 않고 달렸다. 드디어 미니 쿠페가 시야에 들어왔다. 나는 거친 숨을 헐떡이면서도 마지막 안간힘을 다해 달렸다.

마침내 차의 운전석으로 뛰어든 나는 한시라도 빨리 배에서 멀어져야겠다는 생각에 서둘러 시동을 걸었다. 차를 후진시키다가 기겁하듯 놀라 고함을 질렀다.

"당신, 지금 여기서 뭐하는 거예요? 간 떨어질 뻔했잖아요."

플로라 콘웨이가 조수석에 앉아 있었다. 짧게 자른 머리, 상대를 꿰뚫어보는 초록색 눈, 자수를 놓은 울 스웨터 원피스에 진 재킷 차림이었다.

"차 키도 없을 텐데 차문을 어떻게 열고 들어왔죠?"

"지금 이 차에 타고 있는 사람은 당신뿐이에요. 다른 모든 일들은 당신 머릿속에서 벌어지는 상상이고요. 당신도 잘 알잖아요? 등장인물들은 늘 생명을 부여해준 작가 주변을 어슬렁거리기 마련이죠. 당신도 각종 인터뷰를 통해 자주 등장인물들에게 그런 점이 있다고 언급했잖아요."

나는 잠시 눈을 감고 심호흡을 했다. 눈을 뜨는 순간 플로라 콘웨이가 눈앞에서 사라져 있기를 바랐는데 애석하게도 상황은 종전과 다름없었다.

"난 혼자 있고 싶으니까 당장 꺼져버려요."

"난 당신이 범죄를 저지르지 못하도록 말리려고 왔어요."

"난 범죄를 저지를 일이 없어요. 헛수고 하지 말고 당장 당신이 있어야 할 곳으로 돌아가요."

"당신은 부인을 구할 수 있는 상황인데 방치해두고 도망쳤어요. 명백한 범죄 행위에 해당되죠."

"입장을 바꿔놓고 생각해보면 내가 왜 그런 선택을 할 수밖에 없었는지 이해할 수 있을 겁니다. 알민은 나를 파멸시킬 수 있다면 무슨 짓이든 할 수 있는 사람입니다. 내 고통을 바라보며 희열을 느끼는 사람이니까."

"아무리 서로 잡아먹을 듯이 원수처럼 지내는 사이라도 일단 죽어가는 목숨은 살려놓고 봐야죠."

비의 장막이 유리창을 가렸고, 번개가 칠흑 같은 하늘을 순간적으로 밝히더니 천둥소리가 요란하게 울려 퍼졌다.

"제발 일을 복잡하게 만들지 말고 당장 사라져요. 남의 일에 참견할 생각 말고 당신 문제나 신경 써요."

"당신이 겪고 있는 문제를 외면할 수 없어요. 내 문제가 곧 당신 문제이기도 하니까. 잘 알면서 괜히 모르는 척하지 말아요."

"나에 대해 잘 알고 있다니까 하는 말인데 제발 이번 일만큼은 눈감아줘요. 알민이 죽으면 나를 옭아매고 있는 모든 문제들이 저절로 해결된단 말입니다."

"당신은 죽어가는 사람을 방치해두고 도망칠 수 있는 인물이 못돼요. 만약 이대로 도망칠 경우 평생 후회하게 될 거예요."

"사실 인간은 누구나 잠재적인 살인자들입니다. 당신도 소설에 그렇게 썼잖아요. 어린아이도 사람을 죽일 수 있고, 할머니도 사람을 죽일 수 있다고요."

"만약 알민을 죽게 내버려둘 경우 당신은 돌아올 수 없는 강을 건너게 되는 거예요. 이쪽 세계와 강 건너 세계는 전혀 다르죠. 흔히 인간은 두 종류로 나뉜다고 하더군요. 살인자와 살인을 저지르지 않은 자. 당신은 어느 쪽에 서고 싶어요?"

"누구나 겁을 줄 때 흔히 쓰는 말에 불과해요."

"지금 이대로 떠날 경우 당신은 절대로 이전의 로맹 오조르스키로 돌아갈 수 없어요. 앞으로 이전과는 전혀 다른 생을 살게 될 거예요."

"내가 원하는 건 많지 않아요. 아들의 양육권을 되찾고 싶은데 알민이 살아있는 한 불가능해요. 당신 말대로 내가 알민의 목숨을 구해주었다고 칩시다. 아마도 그 여자는 털끝만큼도 나에게 고마워하지 않을 겁니다. 오히려 나를 비웃으며 미국으로 떠나버릴 게 분명해요."

"그 반대로 살인자가 될 경우 당신은 밤낮없이 괴로워하겠죠."

빗줄기가 점점 더 강해지고 있었다. 굵은 빗줄기가 혹시 차창을 깨뜨릴까 봐 겁이 날 지경이었다. 차 안은 한동안 숨쉬기 힘들 만큼 답답한 정적이 흘렀다.

내가 먼저 침묵을 깼다.

"내 운명을 당신의 판단에 맡기기로 하죠. 내가 알민을 방치해두고 떠나면 당신은 캐리를 되찾게 될 겁니다. 반대로 내가 알민을 구하기 위해 구급차를 부를 경우 당신은 캐리를 다시는 만나지 못하게 될 거예요. 자, 어느 쪽을 선택할지 결정해요."

플로라는 전혀 예상하지 못했던 질문인 듯 몹시 당황하더니 이내 내가 익히 알고 있는 분노의 표정을 지으며 일갈했다.

"당신은 상종 못할 개자식이야."

"선택은 내가 아니라 당신이 하는 겁니다. 어떤 선택을 하든지 결과 역시 당신이 책임져야겠지요."

플로라가 분노를 삭이지 못하고 주먹으로 차창을 내리쳤다.

나는 아랑곳하지 않고 계속 압박을 가했다.

"자, 어서 결정해요. 당신이 좀 전에 말한 강 건너 세계로 가고 싶어요?"

플로라의 표정이 몹시 허탈해 보였다. 그녀는 말할 기운조차 남아 있지 않은 듯 힘없이 눈을 내리깔았다.

"난 진실을 원할 따름이에요."

플로라는 마지막으로 나를 한 번 흘겨보더니 문을 열고 차에서 사라졌다. 우리는 막다른 골목에 서있었다. 내가 플로라의 지친 눈에서 발견한 건 다름 아닌 나의 고통이었다. 플로라는 크게 실망해 잔뜩 풀 죽은 표정을 짓고 있었고, 나는 마치 절망에 빠진 내 모습을 본 듯했다.

플로라를 붙잡기 위해 차에서 내렸지만 이미 그녀는 어디론가 사라지고 없었다. 그제야 나는 플로라를 다시는 만날 수 없으리라는 예감이 들었다. 그녀를 만나는 건 이번이 마지막일 수도 있었다.

나는 하얀 돌계단을 내려가 배가 세워져 있는 곳으로 걸어갔다. 부두에 도착한 나는 휴대폰을 꺼내 구급차를 불렀다.

10. 고통의 제국

삶, 우리에게 부과된 이 짐은 우리가 감당하기에는 지나치게 무겁다.
삶은 우리에게 너무나 많은 고통과 실망, 해결할 수 없는 문제들을 안긴다.
그 고통을 견디기 위해 우리는 진통제의 도움을 피할 수 없을 것이다.
–지그문트 프로이트

1

케이프코드, 매사추세츠 주

앰뷸런스가 모래언덕 사이로 구불구불 이어진 흙길을 달려가며 뿌연 먼지구름을 일으켰다. 수평선으로 떨어지는 저녁 해가 소나무와 관목들의 그림자를 길게 늘이면서 윈체스터 만의 풍경을 오렌지 빛깔로 물들였다.

플로라는 흙길을 달리느라 차가 심하게 요동치고 있었지만 두 손으로 핸들을 단단히 움켜쥐고 전방을 응시하며 속도를 조금도 늦추지 않았다. 윈체스터 만 북쪽에 위치한 곳은 10여 미터 높이의 등대가 있는 바닷가 언덕까지 길게 이어져 있었다. 24방위 바람의 등대에 이어 붙은 하얀 집이 바로 팡틴의 별장이었다. 사방 벽면에 나무 판자를 붙이고, 점판암으로 뾰족한 지붕을 올린 집…….

플로라는 등대가 있는 언덕 바로 앞까지 이어진 자갈길을 달려 팡틴의 로드스터 옆에 병원을 나올 때 훔쳐 타고 온 앰뷸런스를 세웠다. 파도와 바위들로 에워싸인 별장이었고, 이곳에 오면 날씨에 따라 두 가지 상반되는 감정 변화를 경험할 수 있었다. 찬란한 햇살이 비치는 날에는 마치 전원 풍경을 담은 그림엽서나 목가적인 풍경을 그린 화폭 안에 들어와 있는 것 같은 기분이 들었다. 그 반면 먹구름이 잔뜩 밀려오고, 비바람이 심하게 치는 날에는 금세 심란하고 비극적인 기분이 되었다.

이제 막 해가 진 어스름 속에서 화강암 절벽이 에드워드 호퍼의 몇몇 그림에서 보듯이 주변 풍경을 두 동강 내며 원근감을 일그러뜨리고 있었다. 플로라는 이 별장에 두 번 다녀간 적이 있었는데 그때만 해도 팡틴이 집수리 공사를 끝내기 전이었다.

플로라는 낮은 계단을 올라가 현관문 앞에 멈춰 섰다. 출입문을 두드리고 나서 몇 초도 되지 않아 팡틴이 문을 열었다.

"플로라, 갑자기 연락도 없이 웬일이야?"

"내가 방해가 되었어?"

"아니, 오히려 정반대지. 그렇잖아도 적적했는데 네가 와줘서 기뻐."

팡틴은 몸매가 고스란히 드러나는 진 바지와 자개단추가 달린 파란색 셔츠 차림에 에나멜가죽 단화를 신고 있었다. 그녀는 언제 어디서나 우아한 모습을 잃지 않았다. 주말을 맞아 세상과 단절되다시피 한 이 별장에서 혼자 지낼 때조차 조금도 흐트러진 모습을 보이지 않았다.

팡틴이 미심쩍은 눈으로 앰뷸런스를 힐끗 쳐다보며 물었다.

"지금 어디에서 오는 거야? 병원에서는 언제 퇴원했어?"

"일단 목을 축일 음료수나 한잔 줄래?"

팡틴은 잠시 주저하는 태도 – 플로라는 그녀의 태도를 놓치지 않았다 – 를 보이다가 이내 밝은 얼굴로 말했다.

"일단 집 안으로 들어오기나 해."

별장 수리 공사는 성공적으로 이루어진 듯했다. 겉으로 드러난 들보들 사이에 통유리를 끼워 넣어 집 안에 편안히 앉아서도 끝없이 펼쳐진 바다와 원체스터 만 풍경이 훤히 내다보였다. 별장의 가구들에도 주인의 취향이 묻어났다. 오일 처리를 한 참나무 마루, 잔구멍까지 섬세하게 메운 원목 가구들, 파스텔 톤 플로랑스 놀 패브릭 소파는 하나같이 팡틴의 꼼꼼한 성격과 잘 어울리는 조합이었다.

플로라는 캐시미어 숄을 두르고 소파에 앉아 히야니스포트의 상점에서 구입한 유기농 과실차를 홀짝이며 원고를 읽는 팡틴의 모습이 눈에 선했다.

"플로라, 방금 전에 만들어놓은 아이스티가 있는데 한잔 마실래?"

"좋아."

팡틴이 아이스티를 가지러 주방으로 간 사이 플로라는 창가로 천천히 걸어갔다. 아주 멀리, 수평선 부근에서 요트 한 척이 외로이 떠다니는 모습이 보였다. 하늘에서는 먹구름이 밀려들며 소용돌이를 일으키고 있었다.

플로라는 무한한 대양을 향해 열려 있는 풍경을 바라보면서도 어딘가에 갇혀있는 듯 답답한 기분을 떨쳐버릴 수 없었다. 깎아지른 절벽을 향해 밀려와 하얗게 부서지는 파도 소리와 갈매기 울음소리가 뒤섞이며 머리를 혼란스럽게 했다.

플로라는 창가에서 몇 발짝 뒤로 물러섰다가 벽난로 쪽으로 자리를 옮겼다. 벽난로 주변도 주인의 성격대로 안락하고 말끔하게 정돈되어 있었다. 장작을 담아놓은 바구니, 바람을 일으키는 풀무, 부젓가락이나 집게를 걸어두는 금속 재질의 걸개, 맨틀피스 위에 놓인 클로드 라란의 입술 새긴 청동 사과가 조화롭게 잘 배치되어 있었다. 예전에 이 집 담장에 박혀 있던 24방위 바람을 새겨 넣은 금속판도 반질반질하게 닦아 집 안으로 옮겨놓으니 하나의 예술품으로 손색이 없어보였다. 성당의 장미창처럼 둥근 모양으로 24방위 바람을 배열한 금속판 아래쪽에 라틴어 경구가 새겨져 있었다.

24방위 바람이 지나가고 나면 아무것도 남지 않으리라.

"자, 아이스티를 마셔봐. 시원할 거야."

팡틴이 1미터쯤 떨어진 곳에서 얼음을 가득 채운 아이스티 잔을 내밀었다. 팡틴은 왠지 마음이 편안해 보이지 않았다.

"플로라, 정말 별일 없지?"

"난 괜찮은데 네가 왠지 불안해 보이네."

"너, 부젓가락은 왜 들고 있어?"

"내가 무서워?"

"그럴 리가 없잖아."

"그렇게 생각했다면 네가 잘못 판단한 거야."

플로라가 부젓가락을 치켜들자 팡틴이 타격을 막아볼 요량으로 뒤로 한 걸음 물러서며 두 손으로 얼굴을 가렸지만 소용없었다. 이미 악마가 그녀의 눈앞에 검은 장막을 드리운 뒤였다.

팡틴은 자신의 몸이 쪽마루 위로 넘어지는 소리를 들었고, 이내 정신을 잃었다.

2

팡틴이 두 눈을 떴을 때는 어느새 한밤중이 되어 있었다. 주위가 칠흑처럼 어두운 걸 보니 제법 밤이 이슥한 시간인 듯했다. 목 부위, 정확하게 말하자면 쇄골에서 목덜미에 이르는 부분이 불에 덴 듯 화끈거렸다. 눈으로 확인할 수는 없었지만 그 부위가 몹시 크게 부풀어 올라 있을 듯했다. 커다란 물집이 잡혀 피부가 징그럽게 변했을 거라 생각하니 저절로 눈살이 찌푸려졌다.

팡틴은 마치 방금 전 마취에서 깨어난 사람처럼 눈꺼풀이 묵직했고, 지금 자신이 어디에 있는지 알아차리기까지 제법 오랜 시간이 걸렸다. 등대의 꼭대기, 그러니까 예전에는 등이 부착되어 있던 좁은 공간이 분명했다. 원래 베란다에 있어야 마땅한 팔다리가 애디론댁 의자(미국에서 제작된 야외용 의자로 애디론댁 산맥에서 이름을 따온 의자이다. 넓은 팔걸이와 높은 등받이, 뒤쪽보다 앞쪽이 높은 형태로 되어 있는 게 특징이다 : 옮긴이)에 묶여 있는 상태였다. 팔다리를 어찌나 완강하게 결박했는지 손발을 꼼지락거릴 수조차 없었다.

팡틴은 식은땀을 흘리며 고개를 돌려보려고 했지만 어찌나 심하게 아픈지 곧 단념할 수밖에 없었다. 바람이 불자 둥근 돔 형태의 천창이 요란스럽게 진동했다. 바로 그 순간 하늘 높이 머물러 있는 구름 속에서 별안간 반달이 모습을 드러냈고, 바다 수면도 달빛을 머금었다.

팡틴이 외쳤다.

"플로라!"

아무런 응답이 없었다.

팡틴은 갑자기 공포가 밀려와 몸을 떨었다. 등대 꼭대기의 비좁은 공간에는 온통 불쾌한 냄새가 짙게 배어 있었다. 소금 냄새, 땀 냄새, 생선 비린내. 그런 냄새들이 어떻게 이 높은 위치까지 올라오게 되었는지 알 수 없었다. 집수리를 할 때 유일하게 손을 대지 않은 공간이었다. 여기에 올라오면 왠지 마음이 편하지 않아 전망이 기가 막히게 좋았음에도 거의 와본 적이 없었다.

갑자기 마룻바닥이 삐걱거리는 소리가 들리더니 플로라가 자취를 드러냈다. 대리석처럼 창백한 안색에 두 눈이 활활 타오르는 광기에 물들어 있었다.

"도대체 무슨 짓이야? 얼른 풀어줘!"

"두들겨 맞지 않으려면 조용히 입 닥치고 있는 게 좋을 거야."

"뭘 어쩌자는 거야? 우린 오랜 세월 동안 친구로 지내왔잖아."

"넌 아이를 가져본 적이 없어서 내 마음을 결코 이해하지 못해."

"불만이 뭐야? 이런 짓을 하는 건 너에게 아무런 도움이 안 돼."

플로라가 따귀를 철썩 갈기고 나서 소리쳤다.

"입 닥치고 있으라고 했지."

팡틴은 어쩔 수 없다는 듯 입을 굳게 다물었다. 눈물이 팡틴의 뺨을 타고 흘러내렸다.

플로라는 목재 난간에 몸을 기대고 앰뷸런스에서 가져온 구급상자를 뒤적거렸다. 비로소 원하는 도구를 찾은 듯 플로라가 팡틴에게로 다가왔다.

"너도 아는지 모르지만 지난 6개월 동안 난 정말 너에 대해 많은 생각을 했어."

교교한 달빛이 플로라가 손에 들고 있는 수술용 칼을 비추었다.

"그 결과 대단히 우아하고 품위 있는 척하는 너의 이면에 감추어진 추악한 모습을 발견하게 되었지."

플로라가 들고 있는 칼을 발견한 팡틴은 갑자기 맥박이 빨라지면서 패닉 상태에 빠졌다. 비명을 질러봐야 들어줄 사람이 없었다. 이곳은 일상적인 시간의 흐름에서 벗어난 곳, 과거와 현재, 미래 사이의 경계가 없는 곳이었다.

바람이 윙윙거리며 위협적인 소리를 냈다. 가장 가까운 이웃집이

1킬로미터 이상 떨어진 곳에 있었고, 그 집에는 여든다섯 살이나 된 노인이 혼자 살고 있을 뿐이었다.

플로라는 마치 악령이 깃든 사람처럼 으스스하고 경직된 목소리로 자신의 생각을 말했다.

"캐리가 태어난 후 넌 내게서 소설에 대한 열정이 사라졌다며 은근히 압박을 가했어. 내가 예리한 감각, 뛰어난 상상력, 반짝이는 창의력을 잃어가고 있다며 경계심을 드러냈지. 넌 소설을 쓰지 않는 나에 대해 점점 불만이 쌓이기 시작했고, 나를 고통에 빠뜨리려고 캐리를 납치한 거야."

"절대로 그럴 리 없어. 내가 그럴 사람이 아니라는 걸 너도 알잖아?"

"너는 언젠가 안토니우 로부 안투네스가 소설작법에 대해 언급했던 말을 내게 해준 적이 있어. '인간은 괴롭고, 작가는 그 고통을 소설에 어떻게 활용할지 고민한다.'는 말이었지. 넌 작가의 피와 땀, 눈물이 깃든 소설을 유난히 높게 평가하지. 나에게도 고통을 자양분 삼아 소설을 써주길 바란 거야. 고뇌가 깃든 소설, 이제껏 한 번도 세상에 나온 적 없는 소설을 원했지. 넌 그 잘난 목적을 이루기 위해 캐리를 납치해 나를 고통에 빠뜨린 거야. 작가는 고통을 창작의 동력으로 삼아야 한다는 게 너의 신조였으니까."

"설마 지금 네가 한 말을 진심으로 믿는 건 아니지? 넌 그런 말도 안 되는 생각을 하느라 머리가 돌아버린 거야."

"작가들은 대부분 머리가 돈 사람들이야. 그들의 머리는 늘 활동과잉 상태, 언제라도 폭발할 수 있는 포화 상태에 놓여 있지. 지금 부터 내가 묻는 말을 정신 똑바로 차리고 들어. 딱 한 가지만 묻고, 답변도 딱 한 가지만 들을 테니까."

플로라는 수술용 칼을 팡틴의 눈 가까이 가져갔다.

"대답이 마음에 들지 않을 경우 이 칼로 너를 찌를 거야."

"플로라, 그러지 말고 칼을 내려놔, 제발 부탁이야."

"입 닥치고 내 질문을 잘 들어. 캐리를 어디에 감금했지?"

"난 맹세코 캐리를 납치하지 않았어."

플로라가 거칠게 팡틴의 면살을 거머쥐더니 다른 한 손으로 목을 조르기 시작했다.

"내 딸을 어디에 감금했어?"

플로라는 몇 초쯤 계속 목을 조르다가 팔의 힘을 풀었다. 팡틴이 숨을 돌리려는 순간 플로라가 분노에 사로잡힌 괴성을 지르며 칼을 내리꽂았다. 예리한 칼날이 팡틴의 손을 꿰뚫고 나무 의자 손잡이에 박혔다.

팡틴이 끔찍한 비명 소리에 이어 일그러진 얼굴로 의자에 박힌 자신의 손을 내려다보았다.

플로라가 여전히 분노를 삭이지 못하며 물었다.

"그러니까 내가 이런 짓을 벌이기 전에 캐리를 어디에 숨겼는지 털어놓으라고 했잖아!"

이마에 솟은 땀을 닦은 플로라가 열에 들뜬 얼굴로 다시 구급상자를 뒤지더니 더욱 예리하게 날이 선 해부용 칼을 꺼내들었다. 플로라가 겁에 질린 팡틴의 눈앞에서 칼을 흔들어 보이며 위협했다.

"딱 한 번만 기회를 더 주지. 만약 또 마음에 안 드는 대답을 할 경우 이 칼로 너의 뇌를 난도질해 버릴 거야."

실신하기 직전이 된 팡틴이 숨을 헐떡이며 말했다.

"플로라, 제발 진정해. 제발!"

플로라가 똑같은 질문을 반복했다.

"내 딸을 어디에 감금했어?"

"알았어, 이제 그만해! 내가 다 말할 테니까."

"어서 말해! 캐리는 어디 있지?"

"그 안에. 그러니까 관 속에."

"뭐라고?"

"관 속에." 팡틴이 신음 소리를 냈다. "브루클린에 있는 그린우드 묘지의 관 속에 있어."

"거짓말이야!"

"캐리는 죽었어."

"아니, 거짓말이야!"

"캐리는 이미 6개월 전에 죽었어. 넌 지난 6개월 동안 그 사실을 받아들이지 못하고 줄곧 블랙웰병원에 입원해 있었지. 넌 정신적 충격이 극심해 캐리가 죽었다는 사실을 끝내 받아들이려고 하지 않았어."

3

플로라는 마치 복부에 총상을 입은 사람처럼 뒷걸음질 치면서 팡틴의 마지막 말을 들었다. 한편으로는 그토록 알고 싶었던 진실이 었는데 더는 들을 수 없어 두 손으로 귀를 틀어막아야 했다.

팡틴을 그대로 내버려두고 계단을 내려간 플로라는 아래층 거실을 지나 어둠이 짙게 깔린 집 밖으로 뛰어나갔다. 플로라는 몸을 허청거리며 절벽을 향해 걸어갔다. 바람이 거세지면서 높은 파도가 밀려와 바위벽에 부딪쳤다. 너무 오랫동안 머릿속에서 억눌려 있던 이미지들이 파도와 함께 산산조각으로 부서졌다. 견디기 힘든 고통 속에서도 마지막 버팀목이 되어주었던 한 조각 희망마저 파도에 씻겨 종적도 없이 사라져 버렸다. 가까스로 지키고 있던 아주 작은 영토마저 남김없이 바닷물에 잠겨버렸다. 지난 6개월 동안 최악의 현실로부터 도피처가 되어주었던 방벽이 전혀 제 구실을 하지 못하게 되었다.

바위 절벽 끝에 다다른 플로라는 한시바삐 절망적인 생을 끝내고 싶었다. 절벽 아래 허공으로 몸을 던지면 간단하게 끝날 일이었다. 딸을 먼저 죽음으로 내몬 엄마에게 삶은 고통의 연장일 뿐이었다. 허공으로 몸을 던지려는 순간 돌연 플로라의 뒤에서 황금빛 후광이 보였고, 호텔 종업원 복장을 한 토끼인간이 둥근 빛 속에서 튀어나왔다. 주홍색 복장에 달린 견장과 단추들이 달빛을 받아 반짝였다. 토끼인간은 지난번보다도 훨씬 더 우스꽝스러운 모습을 하고 있었다. 토끼인간이 커다란 이빨과 축 늘어진 귀로 캐리를 겁먹게 했으리라는 생각이 드는 한편 아이가 랭카스터 빌딩의 7층에서 뛰어내릴 때가 훨씬 더 두렵지 않았을까 하는 생각이 들기도 했다.

토끼인간은 승리의 미소를 감추려고 하지 않았다.

"내가 전에 말했잖아요. 등장인물은 이야기의 마지막을 바꿀 수 없다고요."

플로라는 그 말에 대꾸하고 싶지 않아 그저 고개를 푹 숙였다. 이제 모든 게 한시바삐 끝나기만 바랄 뿐이었다. 토끼인간은 자신이 승리를 거둔 게 몹시 흡족한 듯 마지막 대못을 박았다.

"현실 세계에서는 불법으로 돈을 탈취할 경우 반드시 토해내게 하죠."

토끼인간이 털이 수북한 발을 플로라에게 내밀고 고갯짓으로 발 아래의 심연을 가리켰다.

"나랑 같이 뛰어 내리시렵니까?"

플로라는 안도하는 심정으로 고개를 끄덕이고 나서 토끼인간이 내민 털북숭이 발을 잡았다.

드러난 진실에 비추어

나의 캐리

2010년 4월 12일은 화창한 오후였단다. 봄이 되면 뉴욕에서 햇빛이 환하게 쏟아지는 날을 자주 볼 수 있지. 그날, 나는 늘 해오던 대로 너를 데리러 몬테소리학교에 갔어.

베리 가 396번지 랭카스터 빌딩에 있는 우리 집으로 돌아온 너는 농구화를 벗고 네가 가장 마음에 들어 하는 실내화로 갈아 신었지. 너의 대모 팡틴이 선물해준 실내화인데 몽실몽실한 솜털 방울이 달려 있었어. 넌 턴테이블이 놓인 곳까지 나를 졸졸 따라오더니 두 손으로 박수를 치면서 음악을 틀어달라고 했지. 넌 엄마가 세탁기에 들어있던 빨래를 꺼내 널고 있을 때 옆에서 도와주고 나서 숨바꼭질을 하자고 졸라댔어. 술래가 된 엄마가 벽을 향해 돌아서서 숫자를 세려고 하는데 네가 방으로 따라 들어오더니 진지하게 엄포를 놓았어.

"엄마, 절대로 속이면 안 돼."

나는 그런 네 모습이 어찌나 귀엽게 보이던지 너의 콧잔등에 입을 맞추었어. 그런 다음 벽을 향해 돌아서서 두 손으로 눈을 가리고 큰소리로 숫자를 세기 시작했지. 너무 빠르거나 느리지 않게.

"하나, 둘, 셋, 넷, 다섯⋯⋯."

나는 그날 오후의 햇살이 또렷이 기억 나. 내가 무척이나 좋아하는 오렌지 빛 후광이 아파트를 물들였고, 나는 너와 함께할 수 있어 더없이 행복했지.

"⋯⋯여섯, 일곱, 여덟, 아홉, 열⋯⋯."

네가 작은 두 발로 살금살금 마룻바닥을 걷는 소리가 들려왔어. 거실을 가로지르며 커다란 유리벽 맞은편에 놓아둔 임스 의자를 건드리고 지나가는 소리도 들었어. 봄날이라 기온이 적당히 따뜻했지. 실내에 감미로운 음악 소리까지 더해지면서 내 마음은 솜털 구름처럼 가볍게 집 안을 떠다녔어.

"⋯⋯열하나, 열둘, 열셋, 열넷, 열다섯⋯⋯."

그때보다 더 행복했던 시절은 없었지. 난 너와 함께 있어 좋았고, 언제나 공모자처럼 밀착되어 있는 우리 사이가 흡족했어. 각종 언론매체들은 환경오염으로 심각하게 파괴되어 가는 생태계, 하루하루 나아지기는커녕 갈수록 악화되어가는 경제 문제, 빈부 격차와 불평등 문제 등에 대한 우려 탓에 아이를 낳지 않기로 결정하는 젊은 커플들이 많아지고 있다는 보도를 쏟아내고 있었지. 나도 오죽했으면 젊은 커플들이 그런 결정을 내리는지 이해하고, 선택을 존중하지만 내 입장에서 보자면 너를 낳은 건 내 인생의 가장 큰 축복이었어.

"⋯⋯열여섯, 열일곱, 열여덟, 열아홉, 스물."

나는 비로소 눈을 뜨고 방 밖으로 나갔어.

너와 함께하는 시간은 내게 언제나 소중한 추억과 기쁨을 가져다 주었지. 그런 행복을 맛볼 수 있다는 것만으로도 나는 내 삶에서 부족했던 모든 부분들을 상쇄할 수 있었어.

"어라, 캐리가 쿠션 밑에도 없네? 소파 뒤에도 없고."

갑자기 얼음장처럼 차가운 바람이 얼굴을 스치고 지나갔어. 나는 눈으로 황금색 마룻바닥에서 어른거리는 한 줄기 햇살을 따라가다가 유리벽으로 시선을 옮겼지. 유리벽 하나가 바람에 흔들리며 보기만 해도 아찔한 허공을 향해 커다란 입을 벌리고 있었어. 그 순간 나는 온몸을 얼어붙게 만드는 공포에 휩싸였고, 이내 정신을 잃고 쓰러졌어.

여성 작가 플로라 콘웨이의 딸

7층에서 추락사

《AP통신》, 2010년 4월 13일 자

스코틀랜드 출신 여성 작가 플로라 콘웨이의 딸 캐리 콘웨이가 4월 12일 오후 랭카스터 빌딩 7층에서 추락해 사망하는 사고가 발생했다. 캐리는 학교에서 돌아온 지 얼마 안 돼 지난 1월부터 콘웨이 여사와 살기 시작한 베리 가의 랭카스터 빌딩 자택에서 바닥으로 추락했다. 사고 발생 직후 출동한 구급차가 중상을 입은 캐리를 루스벨트 섬에 있는 블랙웰병원으로 이송하던 도중 사망했다.

목격자들의 증언에 따르면 최근 청소업체가 빌딩 청소를 마친 후 부주의로 대형 유리창을 그대로 열어둔 것이 추락 사고의 원인으로 추정된다.

사건 현장에 가장 먼저 도착한 마크 루텔리 형사가 말했다.

"수사를 해봐야 정확한 사고 경위를 알 수 있겠지만 현 단계에서 보자면 우발적인 추락 사고로 판단됩니다."

큰 충격을 받고 실신한 플로라 콘웨이는 현재 루스벨트 섬의 블랙웰병원으로 이송되어 치료를 받고 있다. 아이의 아버지인 파리 오페라 발레단의 무용수 로메오 필리포 베르고미는 사고 당시 미국에 없었다.

*

치명적 비극을 낳은
플로라 콘웨이의 부주의

《뉴욕 포스트》지, 2010년 4월 15일 자

사고가 발생한 지 사흘이 경과한 오늘, 캐리 콘웨이가 비극적인 추락 사고로 사망하게 된 원인이 명백하게 드러나고 있다. 사고가 발생한 날 저녁부터 수사를 지휘하고 있는 프랜시스 리차드 경위는 보건부 소속 공무원들이 수사의 행정적인 측면을 담당하고 있다고 발표했다. 사고가 일어난 건물이 도시정비와 관련한 법규를 준수했는지 여부를 확인하기 위한 절차가 진행 중이다. 베리 가에 위치한 랭카스터 빌딩은 주철 골조의 건축물로 과거 한때 유명 장난감 회사의 창고로 사용되었던 적이 있었다. 랭카스터 빌딩은 호사스러운 아파트로 리모델링되기 전까지 거의 30년 동안 방치되어 있다시피 했다.

지난 화요일에 경찰은 아파트 분양권을 행사한 부동산 개발 회사 사무실을 압수수색했다. 경찰이 입수한 관련 서류들에 따르면 아파트 입주 계약서에 플로라 콘웨이의 서명이 되어 있었다. 다만 리모델링 공사, 그중에서도 대형 유리창의 개폐 장치에 대한 안전 점검 작업이 완벽하게 마무리되기 전에 플로라 콘웨이와 딸이 건물에 조기 입주한 것으로 밝혀졌다.

플로라 콘웨이가 조기 입주와 관련해 추후 부동산 개발 회사 측에 아무런 법적 책임을 묻지 않겠다는 각서를 써준 것으로 미루어볼 때 합법적인 테두리 안에서 계약이 성사된 것으로 보인다. 플로라 콘웨이는 부동산 개발 회사 관계자와 집 안의 모든 창문을 규정에 맞게 설치하겠다고 약속했다.

뉴욕시 법무국의 레나타 클레이 국장은 기자들과 가진 짤막한 회견에서 조사 결과를 발표했다.

"콘웨이 여사는 규정에 맞게 창문을 설치하겠다고 약속했지만 결국 개폐에 심각한 문제점이 있었던 것으로 밝혀졌습니다. 결과적으로 부동산 개발 회사나 청소 업체의 과실보다는 플로라 콘웨이의 부주의한 일처리가 비극적인 추락 사고의 결정적인 원인이었던 것으로 판단됩니다."

클레이 국장은 사고의 성격에 대해 한마디 덧붙였다.

"사고가 발생한 원인을 둘러싼 사실 관계가 드러났지만 캐리 콘웨이의 추락 사고가 본질적으로 우발적이었다는 사실은 달라지지 않습니다."

이 비극적인 추락 사고와 관련해 아무도 법적 제재를 받지 않을 것으로 보인다. 캐리 콘웨이의 장례식은 4월 16일 금요일 브루클린의 그린우드 공동묘지에서 가족들만 참석한 가운데 열리기로 예정되어 있다.

11. 시간의 제례의식

오직 지옥에 내려가는 자만이 사랑하는 이를 구한다.
-쇠렌 키르케고르

석 달 후, 2011년 1월 14일

기적은 일어나지 않았고, 죽을 고비를 무사히 넘긴 알민은 나에게 목숨을 구해줘 고맙다는 인사도 없이 뉴욕으로 떠나버렸다. 원래는 크리스마스 무렵에 떠나기로 되어 있었는데 테오가 다니는 학교의 만성절 방학 기간으로 앞당겨졌다. 알민이 미국으로 떠난 후 나는 테오에 대한 소식을 가끔 한 번씩 전해 들어야 하는 처지가 되었다. 펜실베이니아의 생태 마을은 기지국이 멀어 휴대폰이 잘 터지지 않았고, 와이파이는 아예 터지길 바랄 수조차 없는 지역이었다. 알민은 그런 환경적인 악조건을 핑계로 내 전화를 받지 않았다. 테오는 오늘 가벼운 중이염 수술을 받기 위해 맨해튼의 병원에 입원했다. 오른쪽 귀에 장난감 요요를 걸고 다니는 습관이 중이염을 일으킨 원인이었다. 나는 테오가 수술실로 들어가기 몇 분 전 모처럼 영상통화를 하면서 아이를 안심시키는 말을 해주었다.

테오와 영상통화를 마치고 나서도 나는 한동안 꼼짝도 하지 않고 그 자리에 멍하니 앉아 있었다. 초점이 잡히지 않은 눈을 허공에 두고 테오의 천진난만한 표정과 왕성한 호기심 탓에 늘 반짝이는 눈빛을 떠올렸다. 알민이 아직 망치지 않은 테오의 기질이 있다면 바로 그런 모습들이었다.

아침부터 끊임없이 눈이 내렸다. 테오를 볼 수 없다는 절망감과 고질적인 기관지염이 겹쳐 온몸이 축 늘어진 나는 다시 침대로 기어들었다. 테오가 떠난 이후 모든 의욕을 잃었다. 내 면역체계는 구멍이 숭숭 뚫린 여과기처럼 감기, 두통, 후두염, 장염 따위의 공격을 연속적으로 허용해 나를 더욱 힘겹게 만들었다. 각종 모임으로 떠들썩한 연말에도 나는 집 안에서 잔뜩 몸을 웅크리고 혼자 지냈다. 이제 나에게는 가족이나 친구가 없었다. 하긴 지금껏 친구를 제대로 만들어본 적도 없었다. 에이전트는 무기력하게 지내는 나를 위로하며 좋은 관계를 유지하려고 애썼지만 나는 그에게 심한 욕설을 퍼붓고 나서 결별을 선언했다. 당장 죽을지언정 누군가로부터 연민의 대상이 되긴 싫었다. 간간이 교류하며 지낸 출판계 지인들이 더러 있었는데 다들 나를 바람조차 피할 데 없는 허허벌판에 방치해

두고 연락 한 번 하지 않았다. 그렇다고 충격을 받거나 상처를 받지는 않았다. 나는 알베르 코엔의 소설에 나오는 '어차피 인간은 혼자이고, 우리는 모두에게 무심하고, 우리의 고통은 인적 없는 섬'이라는 글에 깊이 공감하는 입장이었기에 사람들이 나에게 거리를 두고 지낸다고 해서 특별히 섭섭하거나 실망하지는 않았다.

나는 오후 5시쯤 잠이 깼다. 온몸이 불덩어리 같았고, 숨이 턱턱 막혔다. 이미 전날에 마신 기침약만 해도 사분의 일 리터는 족히 될 텐데 조금도 상태가 호전되지 않았다. 돌리프란과 항생제도 효과가 미미했다.

가까스로 침대에 일어나 앉아 휴대폰으로 택시를 불렀다.

나는 이제껏 주치의 없이 지냈기에 테오를 돌봐주던 소아과 의사를 찾아갈 생각이었다. 파리 17구에 그의 진찰실이 있었다. 내가 쓴 소설들을 좋아하는 그가 내 몰골을 보더니 화들짝 놀란 표정을 지었다.

"몸이 많이 상했어요."

의사가 청진기로 내 몸을 진찰하더니 이내 엑스레이 검사를 받도록 주선해주었다. 의사는 다음 주 월요일에 반드시 자기가 잘 아는 호흡기 전문의를 찾아가 보라고 했고, 직접 전화를 걸어 진료 약속을 잡아주는 친절을 베풀었다.

파리 방사선연구소에 가서 무려 두 시간을 기다린 끝에 내 몸 상태를 적나라하게 보여주는 엑스레이 사진을 받아볼 수 있었다.

나는 머리카락이 부스스해 보였지만 전혀 개의치 않고 오슈 대로와 포부르생토노레 가가 교차하는 부근의 얼어붙은 길을 몇 걸음 걸었다. 날씨는 하루 종일 영하에 머물러 있었다. 해가 어느새 져버린 탓에 사위가 어두웠다. 날씨가 심하게 추운 탓인지 다시 열이 나기 시작하면서 몸이 휘청거렸다. 이대로 길을 걷다가 그 자리에서 냉동인간이 되어버릴 수도 있을 듯했다. 나는 그날도 구제불능에 정신 나간 놈이 아니랄까봐 휴대폰을 집에 두고 나오는 바람에 G7택시를 부를 수도 없었다.

동공이 정신없이 흔들리는 가운데 나는 혹시 빈 택시가 지나가지 않는지 열심히 주위를 두리번거렸다. 2,3분이나 종종걸음을 치며 택시를 잡으려다가 실패한 나는 테른 광장까지 걸어가기로 마음먹었다. 눈이 줄기차게 내리고 있었고, 차들은 눈에 띄게 속도를 줄이고 조심스럽게 운행하고 있었다. 파리에서는 싸라기눈이 2센티미터만 쌓여도 도로가 마비되다시피 했다.

나는 1백 미터쯤 걸어가다가 오른쪽으로 방향을 틀었다. 은빛 눈송이들이 얼굴을 향해 정면으로 달려들었다. 지리가 익숙하지 않은 길이었지만 되돌아 나오는 대신 우중충한 하늘 아래에서 부유하는 황금색 불빛에 의지해가며 앞으로 나아갔다. 몇 걸음 더 걸어 가다보니 도심에 우뚝 서있는 러시아 정교회 성당이 눈앞에 나타났다. 파리에 거주하는 러시아인들이 주로 예배를 보러 다닌다는 생알렉산드르 넵스키 성당은 익히 들어서 알고 있었지만 직접 가본 적은 없었다. 성당의 규모는 그리 크지 않아도 비잔틴 양식의 정수를 보여주는 건축물이었다. 원형 돔과 황금색 십자가를 머리에 이고 있는 다섯 개의 첨탑이 무엇보다 내 눈을 끌었다. 우트르누아르 (Outrenoir 깊이가 다른 검은색을 무한히 포개거나 열거하는 방식으로 작업하여 빛에 따라 변화하는 효과를 추구하는 예술 기법 : 옮긴이)와 또렷한 대조를 이루는 다섯 개의 흰 석재 첨탑이었다.

성당이 자석처럼 나를 안으로 끌어당겼다. 나는 성당 내부로 들어서는 초입부터 타들어가는 양초와 유향, 몰약 연기에서 내뿜어지는 강력한 향기에 취했다. 그리스 십자가 형태를 본 딴 건물 내부의 끝자락 네 곳에는 하나같이 망루처럼 솟아 있는 반달형 기도소가 마련돼 있었다.

나는 지적 호기심이 많은 관광객처럼 전형적인 러시아 정교회의 내부 장식을 찬찬히 살펴보았다. 수많은 성화들, 저 높은 곳을 향한 동경의 마음을 불러일으키는 중앙 돔, 먼지가 수북이 쌓여가고 있을 것 같은 기념비적인 샹들리에가 유서 깊은 성당의 품격을 그대로 보여주고 있었다.

수많은 양초들이 불을 밝히고 있었지만 성당 내부는 그다지 밝지 않았다. 궂은 날씨 탓에 방문객이 거의 없어서인지 쌀쌀하게 느껴질 정도로 실내 공기가 냉랭했다. 나는 육중한 촛대가 세워져 있는 곳까지 걸어갔다. 촛대 주위의 불빛이 아카데믹한 느낌이 도는 대형 그림을 비추었다.

티베리아스 호수에서 설교하는 예수.

적당한 어둠이 묵상을 부추겼다. 내가 왜 이 성당에 와있는지 나 자신도 이유를 알 수 없었지만 문득 마땅히 있어야 할 곳에 와있다는 느낌이 들었다. 이제껏 신앙을 가져본 적은 없었다. 내가 오랫동안 믿어온 유일한 신은 내 자신이었다. 몇 년 동안 컴퓨터 앞에 앉아 소설을 쓰면서 내 자신이 마치 신이 된 양 등장인물들을 마음 내키는 대로 만들어내고 소리도 없이 사라지게 했다. 좀 더 정확하게 표현하자면 나는 스무 권의 소설을 통해 하나의 세계 – 나의 세계 – 를 창조했고, 내가 믿지 않는 신에게 도전장을 내밀었다. 나는 내 자신을 신이라 믿었다. 소설가로 제법 큰 성공을 거두었음에도 사람들을 대할 때 늘 겸손한 태도를 유지했지만 글쓰기에 착수하는 순간 거침없이 내 멋대로의 세계를 만들어갔다. 나는 항상 내 상상력이 만들어낸 등장인물들을 무대에 세우고, 현실에 저항하게 만들었다. 내 소설은 현실을 향해 엿이는 저항 정신, 상상력을 최고조로 발휘해 부조리한 현실 세계를 내가 바라는 세상으로 채색하기 위해 안간힘을 다했다. 사실 따지고 보면 글쓰기는 기존 질서를 흔들고 새로운 가치를 제시해 세상을 변화시키려는 행위이니까. 세상의 불공정, 부조리, 부정을 제거하는 행위, 신의 영역에 도전하는 행위이니까.

오늘 저녁, 나는 성당 안에서 몸을 떨며 전전긍긍하고 있었다. 까마득히 높은 성당의 천장이 나의 오만을 짓누르는 것 같은 느낌이 들었다. 세상을 떠돌다가 마침내 아버지의 집으로 돌아온 탕자처럼 나는 용서받기 위해서라면 무엇이든 받아들일 태세를 갖추었다. 테오를 되찾기 위해서라면 유다처럼 예수를 부인할 수도 있었고, 그무엇이든 다 양보할 수도 있었다.

별안간 머리가 핑 돌며 현기증이 느껴져 검은색 대리석 기둥에 몸을 기댔다. 내가 열이 심해 망상을 품은 건 아닌지 돌아보았다. 갑자기 위에서 신트림이 올라왔다. 드디어 나의 모든 존재가 해체되는 듯했다. 나는 들이마실 산소가 부족했다. 내 심장이 빠르게 뛰다가 맥박이 갑자기 절반으로 뚝 떨어졌다. 내 몸은 이제 버림받은 황무지이자 곡식이 모두 불타버린 토지처럼 황폐화되었다.

나는 성당 출구를 향해 비척거리며 걸어가기 시작했다. 당장 이 자리에 드러누워 영원한 잠 속으로 빠져들 매트리스 하나만 있었으면 좋겠다는 생각이 들었다. 내 삶의 시계는 테오를 빼앗긴 날에 멎어버렸다. 나에게 미래는 끝이 보이지 않는 기나긴 터널에 지나지 않았다.

까짓것! 이제 매트리스나 담요 따위는 필요 없었다. 그냥 바닥에 누워 있다가 누군가 나를 거리를 헤매다 얼어 죽은 유기견을 들어 올리듯 하늘나라로 데려가 주었으면 좋겠다는 생각이 들었다.

성당의 출구 가까이까지 걸어온 나는 갑자기 몸을 돌려 왔던 길을 되돌아가 후광을 두르고 있는 예수상 앞에 멈춰 섰다. 마치 내가 아닌 다른 누군가의 입을 빌리기라도 한 것처럼 내 의지와 무관하게 말이 튀어나왔다.

"내 아들을 돌려주신다면 더 이상 내 자신을 신으로 여기지 않겠습니다. 깊이 반성하는 의미에서 앞으로 다시는 소설을 쓰지 않겠습니다."

성당 안에는 나 혼자뿐이었다. 나는 샹들리에와 등잔 옆에서 다시 따스한 온기가 내 혈관을 타고 돌고 있다는 걸 느꼈다.

밖에서는 여전히 눈이 펑펑 쏟아지고 있었다.

뉴욕에서 일곱 살짜리 프랑스 남자아이가

항공권도 없이 혼자

비행기에 오르다!

《르 몽드》지, 2011년 1월 16일 자

금요일 저녁, 뉴욕의 병원에 입원하고 있던 일곱 살짜리 소년 테오 오조르스키가 엄마와 뉴어크공항 직원들의 감시를 피해 파리행 비행기에 탑승하는 데 성공했다.

제 아무리 로맹 오조르스키라고 하더라도 이 이야기보다 더 드라마틱한 소설을 쓸 수는 없을 것이다. 로맹의 소설이 나오면 무조건 사서 읽는 독자들이라고 하더라도 이제 겨우 일곱 살인 테오의 항공기 탑승 사건의 전개 과정을 들여다본다면 그 어떤 소설보다 뛰어난 상상력이 발휘되었다는 사실을 인정하지 않을 수 없을 것이다.

금요일 오후에 테오 – 소설가 로맹 오조르스키의 아들로 현재 엄마와 미국의 펜실베이니아에 거주 중 – 는 간단한 중이염 수술을 받기 위해 입원 중이던 뉴욕 레녹스병원의 의료진들을 가볍게 따돌리는 데 성공했다.

테오는 어느 간호사에게 잠깐 빌린 휴대폰으로 우버 택시 사이트에 접속해 VTC(기사 딸린 관광 택시 : 옮긴이)를 예약했다. 택시에 오른 테오는 부모님이 뉴어크공항에서 기다리고 있다며 의아한 눈빛으로 쳐다보는 운전기사의 의문어린 시선을 불식시켰다.

공항에 도착한 테오는 네 개의 검색대를 무사히 통과해 뉴스카이 에어웨이즈 소속 항공기에 탑승했다.

테오가 여권 확인, 수하물 검사, 금속 탐지기 검사, 탑승티켓 확인으로 이어지는 네 가지 엄격한 절차를 아무런 문제없이 통과할 수 있었던 묘수는 무엇이었을까?

구멍 뚫린 보안

감시 카메라를 열어본 결과 테오의 기발한 수법을 확인할 수 있었다. 이 영악한 아이는 주말을 맞아 출발 창구가 혼잡한 점을 이용해 아무도 모르게 군중들 속으로 녹아들었다. 가끔 아이가 많은 가족들 틈에 섞여 그 집 아이처럼 보이게 하는 페이크 기술을 선보이기도 했다.

공항에서의 검색 절차를 무사히 통과해 항공기에 오른 아이는 승무원들이 승객 숫자를 세는 동안 두 번이나 화장실에 몸을 숨기는 기지를 발휘해 위기를 모면했다. 승객 인원 체크가 끝나자 유유히 빈자리를 차지하고 앉은 아이는 천연덕스럽게 마술 놀이를 하며 승객들의 의심어린 시선을 일축했다. 아이의 깜찍한 행각은 비행기가 대서양 위를 날고 있어 출발지로 돌아갈 수 없게 된 시점에 어느 여승무원에 의해 발각되었다. 목적지인 파리까지 세 시간가량 남아 있는 시점이었다.

올해는 2001년 9.11 테러가 발생한 지 10년째 되는 해로 여행객들에 대한 공항의 보안검색이 테러 이전에 비해 훨씬 강화된 가운데 발생한 사고라 파장이 만만치 않을 것으로 보인다. 그래서인지 대단히 로맨틱하고 우스꽝스러운 해프닝으로 치부할 수도 있어 보이는 이 사건을 대하는 뉴어크공항 보안 책임자 패트릭 로머의 태도는 매우 진지했다.

"이 돌발 사고는 앞으로도 공항의 보안시스템을 꾸준히 개선해 나가야 한다는 당위성을 확인시켜 주었습니다. 우리는 최대한 빠른 시일 내에 이번 사고를 통해 확인된 허점을 보완해 승객들이 보다 안심하고 이용할 수 있는 보안시스템을 갖출 수 있도록 만전을 기할 생각입니다."

오바마 행정부에서 교통부장관을 맡고 있는 레이 라후드 역시 이번 사고에 대해 심각한 우려를 표하며 책임을 통감한다는 입장을 밝혔다.

"매우 유감스러운 사고입니다. 승객들의 안전 문제와 직결된 문제에 대해서는 그 어떤 타협의 여지도 있어서는 안 됩니다."

한편, 뉴스카이에어웨이즈 항공사 측은 승객 확인 절차는 항공사 관할이 아닌 만큼 공항 측에 책임이 크다는 입장을 유지하면서도 항공권 확인을 담당했던 직원을 전격 해고한 것으로 알려졌다.

픽션보다 강력한 현실의 삶

루아시공항에 도착한 테오는 공항 경찰의 마중을 받고 비행기에서 내려 당분간 외조부 집에서 지내게 되었다. 기자들이 항공기에 깜짝 탑승한 이유에 대해 묻자 테오는 조금도 주저하지 않고 똑 부러진 답변을 내놓았다.

"엄마와 펜실베이니아의 생태 오두막에서 살고 싶지 않았어요. 파리로 돌아가 아빠와 함께 살면서 예전에 다니던 학교에 다시 나가고 싶어요."

로맹 오조르스키는 테오의 행위에 대해 '매우 감탄할 만하고 용감한 모험이었다.'면서 아이의 기개와 용기를 칭찬했다.

"테오의 모험을 통해 나는 강력한 사랑의 증거를 보았습니다. 현실에서도 소설 못지않은 상상의 세계가 존재한다는 사실을 알게 되기도 했죠. 만약 현실에서 소설 같은 경험을 할 수 있다면 아마도 영원히 가슴에 아로새겨질 감동의 순간으로 남게 될 겁니다. 테오는 내게 잊지 못할 감동을 선사한 것이지요."

로맹 오조르스키는 벌써 여러 달 동안 부인과 이혼 소송 중이고, 테오의 양육권 문제를 두고 갈등을 빚어왔다.

"테오의 이번 모험은 거짓과 모함으로 덧씌워진 나의 불명예를 씻어버릴 수 있는 결정적인 기회를 마련해 주었습니다. 나는 앞으로 아들에 대한 완전하고 불가역적인 친권을 회복하기 위해 최선을 다할 생각입니다."

알민 오조르스키와도 접촉해 보았지만 그녀는 이번 사건에 대해 특별히 할 말이 없다는 입장을 밝혔다.

거울의 세 번째 면

12. 테오

우리의 나날은 다음날이 있기 때문에 아름답다.
–마르셀 파뇰

1

11년 후, 2022년 6월 18일, 오트 코르스의 바스티아공항

"테오, 넌 나를 단 한 번도 실망시킨 적이 없어. 언제나 내 기대치를 훌쩍 뛰어넘었지."

아버지는 언제나 나에게 깊은 애정을 표해왔고, 늘 칭찬에 인색하지 않았다. 나는 아버지의 일관된 사랑에 대해 깊이 감사해야 마땅하다. 내가 어렸을 때부터 아버지는 셀 수도 없이 자주 나를 격려하고 용기를 북돋아 주었다. 아버지는 나 말고는 많은 사람들, 다시

말해 아내, 출판업자, 친구들로부터 예외 없이 실망감을 느꼈다고
했다. 내 생각은 달랐다. 내가 보기에 로맹 오조르스키를 가장 실망
시킨 사람은 다름 아닌 바로 아버지 자신이었다.

"자, 서둘러라." 아버지가 내게 가방을 내밀며 말했다. "비행기를
놓치면 곤란하니까."

아버지가 나를 부를 때의 호칭은 예나 지금이나 늘 똑같았다. '이
녀석아', '우리 테오', '아들아'는 내가 여섯 살 때부터 아버지가 나
를 부르던 호칭인데 지금도 그대로였다. 나는 아버지가 변함없이
나를 그렇게 불러주는 게 기분 좋았다.

나는 아버지를 보러 코르시카에 왔다. 아버지는 내가 의과대학
에 입학하던 해에 코르시카에 정착했다. 우리는 카스타닉시아 숲에
서 며칠 동안 함께 시간을 보냈다. 아버지는 나와 지내는 동안 줄곧
즐거운 모습을 보이려고 애썼다. 사실 아버지에게는 무척이나 힘
든 날들이 이어지고 있었다. 5월에 반려견 샌디를 떠나보낸 후 아버
지가 부쩍 더 힘들어 한다는 걸 모르지 않았다. 근래에는 허구한 날
숲에서 염소들과 씨름하며 지내고 있었다.

아버지가 한 손을 내 어깨에 올려놓으며 말했다.

"도착하면 전화해라."

"여긴 와이파이도 잘 안 터지잖아요."

아버지가 선글라스를 벗으며 말했다.

"휴대폰은 잘 터지니까 꼭 전화해."

아버지의 눈가에 잔주름이 선연했고, 피로를 머금은 두 눈이 아련

하게 반짝였다. 아버지는 내게 윙크를 하고 나서 한마디 덧붙였다.

"아들, 내 걱정은 하지 마. 난 늘 잘 지내고 있으니까."

아버지가 손가락으로 장난스럽게 내 머리카락을 헝클어뜨렸다.

나는 아버지와 포옹하고 나서 가방을 어깨에 메고 승무원에게 탑승 카드를 내밀었다. 탑승구로 들어가기 직전 우리는 마지막으로 한 번 더 눈길을 교환했다. 아버지와 나는 언제나 마음이 잘 통하는 공모자였다. 지난날, 함께 힘을 모아 투쟁한 경험과 고통과 상처를 나누어가진 공모자.

2

탑승자 대기실에 간 나는 문득 혼자라는 느낌에 사로잡혔다. 아버지가 사는 코르시카의 집을 떠날 때마다 늘 그런 느낌을 받았다. 나는 작은 위안이 될 뭔가를 찾아 나섰다. 마음이 울적할 때 아버지가 쓴 소설을 읽고 있는 사람을 발견하면 괜히 기분이 좋아졌다. 세월이 흐르면서 아버지의 소설을 읽는 독자들은 예전에 비해 현저하게 줄어들었다. 내가 어렸을 때만 해도 언제 어디서나 아버지의 소설을 읽는 독자들을 어렵지 않게 발견할 수 있었다. 도서관, 공항, 지하철, 병원 대기실에서도 보았고, 프랑스, 독일, 이탈리아, 한국에서도 보았다. 젊은 사람, 나이든 사람, 여자, 남자, 조종사, 간호사, 슈퍼마켓 계산대 직원도 아버지의 소설을 읽었다. 나이, 국적, 직업, 장소를 불문하고 수많은 사람들이 로맹 오조르스키의 소설을 좋아했다.

그때만 해도 나는 순진하기 그지없었다. 아버지의 상상력이 빚어낸 이야기를 좋아하는 사람들을 어디서나 쉽게 발견할 수 있다 보니 그 정도는 당연한 일로 받아들였다. 그런 모습이 자주 눈에 들어온다는 게 얼마나 이례적이고 특별한 경우인지 미처 몰랐다.

나는 마침내 바스티아공항의 자동판매기 근처 맨 바닥에 앉아 아버지의 소설 《사라지는 남자》를 읽고 있는 젊은 여성을 발견했다. 커다란 배낭, 레게 머리, 사루엘, 젬베 등으로 보아 배낭여행을 떠나온 학생으로 보였다. 오래전에 나온 문고판으로 아버지가 쓴 소설들 가운데 내가 각별히 좋아하는 작품이었다. 내가 태어나던 해에 나온 소설이었고, 그 당시만 해도 아버지는 '프랑스 사람들이 가장 좋아하는 작가'로 통했다.

나는 요즘도 아버지의 소설을 읽는 독자들을 발견할 때면 가슴이 찡했다. 정작 당사자인 아버지는 이미 한참 전부터 그런 독자들을 보아도 무덤덤하게 받아넘기곤 했지만 진심이 아니라는 걸 알고 있었다.

내 아버지 로맹 오조르스키는 열아홉 권의 소설을 썼고, 하나같이 베스트셀러로 자리매김했다. 데뷔작인 《메신저》는 아버지가 의과대학 1학년생이었을 때 쓴 소설이었다. 2010년 봄, 그러니까 아버지는 내가 여섯 살 때 마지막으로 소설을 쓴 이후 작품 활동을 중단했다. 위키피디아에서 로맹 오조르스키를 찾아보면 모두 합해 열아홉 권의 소설을 썼고, 전 세계 40여 개 국에서 출간되어 3천5백만 부가 판매되었다는 내용이 소개되어 있었다.

2010년 겨울에 엄마가 나를 데리고 미국으로 떠난 이후 아버지는 다시는 소설을 쓰지 않았다. 아버지 말로는 소설 쓰기에 매몰되는 바람에 결혼생활이 어긋나기 시작했고, 괴로운 일들이 많이 벌어져 부득이 쓰지 않기로 결정했다고 말한 적이 있었다. 아버지는 가끔 글을 쓰지 않기로 한 건 지금 생각해도 매우 잘한 선택이었다고 말했다. 아버지는 자신이 쓴 소설 이야기가 나오면 아무런 상관도 없는 뭔가를 대하듯 무심하게 반응했다. 마치 아버지의 소설들이 집에 쳐들어와 평화로운 일상을 쑥대밭으로 만들어놓을 수도 있다는 점을 우려해 의도적으로 회피한다는 느낌을 받았다.

나는 아직 아버지가 글쓰기를 중단한 이유가 정확히 뭔지 몰랐다. 그 당시만 해도 과연 어떤 일이 있었기에 아버지가 글쓰기를 중단할 수밖에 없었는지, 그런 결정을 내리기까지 얼마나 외롭고 고통스러운 과정이 있었을지 가늠하지 못했다. 그때는 내가 많이 어릴 때여서 그저 아버지가 늘 집에 머무는 게 좋았고, 학교가 끝나는 시간에 어김없이 데리러 와주는 게 좋았을 뿐이다. 언젠가 왜 글을 쓰지 않는지 조심스레 물은 적이 있었는데, 그때 아버지는 앞뒤 설명을 다 생략하고 '사느냐 글을 쓰느냐 기로에 서게 되었고, 둘 중 하나를 선택할 수밖에 없었다.'고 했다.

글쓰기를 중단한 아버지는 늘 시간이 넘치도록 많아 보름에 한 번씩 파리 생제르맹의 홈구장인 파르크 데 프랭스로 축구 경기를 보러 가고, 매주 수요일마다 영화를 보러 가고, 내가 다니는 학교가 방학에 들어가면 나를 데리고 여행을 떠났다. 우리는 가끔 함께 탁구를 치고, 피파, 기타 히어로, 어쌔신 크리드 같은 온라인 게임을 즐기기도 했다.

탑승을 알리는 방송이 흘러나왔다. 승객들이 서둘러 개찰구로 몰려갔지만 나는 대기실 의자에 그대로 앉아 있었다. 아버지에 대한 생각을 하다 보니 불안감이 점점 깊어졌다. 아버지는 무력감을 벗어던지지 못하고 코르시카 섬에서 혼자 외롭게 늙어가고 있었다. 나는 막연히 아버지가 언젠가는 삶의 즐거움을 되찾고, 새로운 사랑을 만나 활기찬 생활을 영위할 수 있게 될 거라고 믿어왔다. 실상은 전혀 그렇지 않았다. 내가 파리를 떠나 보르도에서 의과대학에 다니기 시작한 이후 아버지는 주변에 아는 사람이라고는 없는 코르시카 섬으로 거처를 옮겼다.

'테오, 넌 나를 단 한 번도 실망시킨 적이 없어.'

머릿속에서 계속 아버지가 했던 말이 맴돌았다. 나는 아버지로부터 그처럼 대단한 칭찬을 받을 만한 일을 한 적이 없었다. 돌연 불길한 예감에 휩싸인 나는 항공사 승무원의 제지를 뿌리치고 탑승 구역을 벗어나기 위해 조금 전에 지나왔던 길을 되돌아갔다. 아버지는 쉰일곱 살이었고, 그다지 나이 지긋한 노인은 아니었다. 늘 잘 살고 있으니 걱정하지 않아도 된다고 하지만 심장이 좋지 않은 아버지가 코르시카 섬에서 혼자 지내고 있다는 걸 생각할 때마다 불안감이 가시지 않았다.

어렸을 때 아버지는 나를 '마술사' 혹은 '후디니'라고 불렀다. 학교에서 처음으로 연구 과제를 발표하게 되었을 때 나는 헝가리 출신 마술사 해리 후디니를 주제로 삼았다. 틈만 나면 마술을 익히느라 여념이 없었고, 새로운 기술을 터득할 때마다 유일한 관객인 아버지 앞에서 제일 먼저 시연을 했다. 내가 일곱 살 때는 세계에서 보안이 가장 철저하다는 미국 뉴어크공항의 보안시스템을 웃음거리로 만들고, 혼자 비행기를 타고 파리에 있는 아버지를 찾아오기도 했다. 이제 아버지와 함께했던 좋은 시절은 다 지나갔다. 나는 더 이상 마술사가 아니었고, 고독의 심연으로 깊이 빠져 들어가는 아버지를 구해낼 능력이 있는 아들인지 자신할 수 없었다.

나는 공항 로비로 다시 나오자마자 주차장으로 직행했다. 8월이면 늘 그렇듯이 날씨가 건조하면서 더웠다. 멀리 등을 굽힌 자세로 꼼짝 않고 자동차 가까이에 서있는 아버지의 실루엣이 보였다.

나는 아버지에게로 달려가며 소리쳤다.

"아버지!"

천천히 몸을 돌린 아버지가 입가에 희미한 미소를 머금고 손을 들어 올리려는 자세를 취하다가 갑자기 그대로 쓰러졌다. 보이지 않는 화살이 심장을 정통으로 꿰뚫기라도 한 듯이.

작가 로맹 오조르스키

급성 심장 이상

《코르스 마탱》지, 2022년 6월 20일 자

지난 6월 18일에 소설가 로맹 오조르스키가 심장질환으로 쓰러져 바스티아병원 응급센터에 입원했다. 로맹 오조르스키는 바스티아공항에서 보르도로 떠나는 아들을 배웅하고 주차장에 세워둔 차에 오르려는 순간 갑작스럽게 심장 이상을 느끼며 쓰러졌다.

다행히 다른 일 때문에 공항에 출동해있던 구조대원들이 구급차가 도착하기 전까지 심장제세동기를 사용해 심폐소생술을 실시했다. 응급센터 도착 직후 의료진은 관상동맥에 심각한 이상이 있다는 사실을 알아내고 수술에 착수했다.

수술을 집도한 외과 전문의 클레르 줄리아니 교수가 수술 결과를 발표했다.

"16시에 수술에 착수했고, 20시가 조금 넘은 시각에 마쳤습니다. 세 군데나 끊어진 혈관을 잇는 수술이었고, 결과는 매우 성공적이었습니다. 로맹 오조르스키 씨는 현재 마취에서 깨어나 휴식을 취하고 있고, 건강은 대체로 양호한 상태입니다. 당장 생명이 위태로울 일은 없겠지만 신경 계통에 수술 후유증이 있을지 여부는 아직 정확하게 말하기 이릅니다."

줄리아니 교수는 젊은 시절에 로맹 오조르스키 씨의 소설을 무척이나 좋아했고, 작품이 나올 때마다 빠짐없이 찾아 읽었다며 환자가 치료를 성공적으로 마치고 퇴원하게 되면 반드시 사인을 받아야겠다는 작은 소망을 감추지 않았다.

왕성한 창작 활동을 펼쳐오던 로맹 오조르스키는 12년 전 갑자기 일체의 집필을 중단해 수많은 독자들의 안타까움을 샀다. 영국 출신의 유명 모델 알민과 결혼했다가 이혼한 전력이 있다. 알민은 2014년 이탈리아에서 약물 과다 복용으로 사망했다. 두 사람 사이에서 출생한 아들 테오 오조르스키가 현재 아버지의 병상을 지키고 있다.

13. 아버지의 영광

나는 그저 내 자신이기만 한 것에 지쳤다. 나는 남들이 언젠가 내 등짝에 붙여준 이후 30년 동안
줄곧 나를 따라다니는 로맹 가리라는 이미지에 지쳤다.
-로맹 가리

1

이틀 후

파리

문이 삐걱거리는 소리도 없이 매끄럽게 열렸다. 내가 어렸을 때
아버지가 작업실로 사용했던 아파트였다. 나는 이 아파트에 발을
들여놓은 지 12년이 지났다. 언젠가 어릴 때 가본 적이 있는 이 아
파트가 생각나 아버지에게 어떻게 처분했는지 물었을 때 분명 팔았
다고 했었는데 이제 보니 뭔가 착오가 있었던 듯했다.

아파트 안으로 들어서자 실내에서 오렌지 꽃과 블랙 레몬의 그윽한 향기가 감돌았다. 언뜻 보기에도 오래도록 방치해둔 집과는 거리가 멀었다. 아버지는 이 아파트를 팔지 않은 게 분명했다.

팡테옹 광장에 위치한 방 하나에 거실이 딸린 지붕 밑 아파트였다. 내가 태어나기 전까지 아버지와 엄마가 살았던 집이기도 했다. 하녀방(일반적으로 건물의 제일 꼭대기 방을 말하며 과거에 주로 하인들의 숙소로 제공되었기에 붙여진 이름이다 : 옮긴이) 세 개를 터서 아파트로 개조한 집이었고, 아버지는 2010년 초까지 매일이다시피 여기에 와서 글을 썼다.

"심부름 좀 해주겠니?"

수술을 마치고 의식을 회복한 아버지가 병상을 지키고 앉아 있는 나에게 처음으로 건넨 말이었다.

"팡테옹에 있는 내 작업실에 가서 검정색 판지로 된 서류철을 가져다주렴. 내 책상 맨 위 서랍에 들어 있을 거야."

아버지가 일러준 대로 나는 경비원에게 아파트 열쇠를 받았다. 경비원은 아버지를 못 본 지 10년은 넘은 것 같다면서 3주에 한 번씩 사람이 와서 청소는 하고 간다고 했다.

나는 통유리를 가리고 있는 커튼을 열어젖혔다. 아파트 내부 인테리어는 내가 기억하고 있는 그대로였다. 기름먹인 참나무 쪽마루, 일인용 바르셀로나 안락의자, 가죽 소파, 원목으로 만든 앉은뱅이 테이블, 왁스로 윤을 낸 호두나무 책상, 그밖에 아버지가 나를 빼고는 모든 일에 흥미를 잃고 지내기 전까지 애지중지하던 예술품

몇 점이 눈에 들어왔다. 인베이더의 작은 모자이크 화 한 점, 클로드 라란의 입술 새긴 청동 사과, 숀 로렌츠가 발작을 일으킨 듯 웃어대는 토끼인간을 그린 그림 한 점……. 어렸을 때 나는 숀 로렌츠의 토끼인간 그림이 얼마나 무섭게 여겨졌던지 가끔 악몽으로 나타나기도 했다.

서재에는 조르주 심농, 장 지오노, 팻 콘로이, 존 어빙, 로베르토 볼라뇨, 플로라 콘웨이, 로맹 가리, 프랑수아 메를랭 등 아버지가 좋아하는 작가들의 책이 가지런히 꽂혀 있었다. 우리 세 식구가 원숭이 만 해변에서 함께 찍은 사진을 넣은 액자도 있었다. 아버지가 나를 어깨에 앉히고 있고, 엄마가 바로 옆에서 다정스럽게 거닐고 있는 사진이었다. 그때만 해도 내 부모는 서로 사랑하는 사이였고, 눈부시게 아름다운 엄마의 얼굴에는 행복한 미소가 걸려 있었다. 맑은 햇살이 우리 가족들의 머리카락을 금빛으로 물들이고 있었다.

나는 아버지가 이 사진을 여전히 간직하고 있다는 게 기분 좋았다. 비록 세월이 흘러 엄마와 좋지 않은 일이 벌어지긴 했지만 그때만 해도 분명 짜릿한 전류가 흐르는 사이였음을 증명해주는 사진이었다.

내가 아버지 생일선물로 그린 그림 옆에 2011년 1월 16일 자 《르몽드》지 기사를 넣어둔 액자가 있었다.

뉴욕에서 일곱 살짜리 프랑스 남자아이가 항공권도 없이 혼자 비행기에 오르다!

나는 기사에 첨부되어 있는 사진을 보았다. 세월이 지나 빛이 바랜 그 사진 속에서 나는 승리의 V자를 그려 보이고 있었다. 환하게 미소 짓는 내 얼굴에 틈새가 듬성듬성 벌어진 치아가 고스란히 드러나 있었다. 알록달록한 색상의 동그란 안경, 빨간 파카에 진 바지, 벨트에 골도락 열쇠고리를 매단 차림새였다.

내 인생을 통틀어 가장 인상적인 순간이었다. 당시 나에 대한 이야기는 미국의 CNN을 비롯해 세계 여러 나라의 TV에서 가장 핫한 뉴스로 소개되었다. 심지어 버락 오바마 행정부의 교통부장관은 내가 벌인 모험 때문에 파면 요구에 시달리기도 했다.

아무튼 내가 뉴욕에서 파리까지 비행기를 얻어 타고 탈출하자 엄마도 한 발 뒤로 물러설 수밖에 없었다. 결국 나는 바라던 대로 파리에서 학교를 다닐 수 있게 되었고, 아버지와 함께 살 수 있게 되었다. 아버지는 내 모험 덕분에 거짓 모함으로 실추된 명예를 회복할 수 있게 되었다. 그때까지만 해도 아버지가 쓴 열아홉 권의 소설에 대해 단 한 번도 긍정적인 기사를 써준 적이 없을 만큼 콧대 높은 《르 몽드》지도 나의 기상천외한 이야기를 일면 톱기사로 다루었다. 나는 아직도 《르 몽드》지 기사 내용을 빠짐없이 기억하고 있었지만 그래도 다시 한번 읽어보았다. 매번 나를 가슴 아프게 하는 동시에 기분 좋게 하는 기사였다.

로맹 오조르스키는 테오의 행위에 대해 '매우 감탄할 만하고 용감한 모험이었다.'면서 아이의 기개와 용기를 칭찬했다.

"테오의 모험을 통해 나는 강력한 사랑의 증거를 보았습니다. 현실에서도 소설 못지않은 상상의 세계가 존재한다는 사실을 알게 되기도 했죠. 만약 현실에서 소설 같은 경험을 할 수 있다면 아마도 영원히 가슴에 아로새겨질 감동의 순간으로 남을 겁니다. 테오는 내게 잊지 못할 감동을 선사한 것이지요."

나는 이제 막 인생의 첫 걸음을 떼어놓았던 그 무렵에 내가 할 수 있는 최대한의 능력을 발휘해 부조리한 현실을 내가 갈망하는 현실로 되돌려놓는 마술을 완성했다. 픽션 세계에서나 가능한 일을 현실 세계에서 이루어낸 것이다.

마룻바닥이 햇빛을 받아 반짝였다. 나는 카디자가 오지 않는 토요일이나 수요일 오후에 여러 차례 이 아파트에 와서 놀았다. 그 무렵 아버지는 내가 심심해하지 않도록 미니 축구 기계와 코인 오락기를 사주었다. 그 기계들이 여전히 영화 〈아카풀코에서 온 사나이〉의 포스터가 붙어 있는 벽면 바로 아래쪽에 놓여 있었다. 그 옆에는 아버지의 엘피판 컬렉션이 있었다.

나는 아버지의 책상 앞에 놓인 밝은색 가죽 회전의자에 앉았다. 아버지가 글을 쓸 때마다 앉았던 의자였다. 책상 위에는 출판업자들로부터 선물로 받은 고급 만년필들을 넣어둔 토기가 놓여 있었다. 아버지는 소설을 쓸 때 컴퓨터를 주로 사용했기 때문에 만년필을 사용할 일은 별로 없었다.

맨 위 서랍에 아버지가 가져다 달라고 한 서류철이 들어 있었다.

나는 서류철 안에 들어있는 내용물들을 살펴보았다. 일련번호를 붙여놓은 A4 용지 한 뭉치였다. 컴퓨터로 쓴 글을 출력해놓은 듯했다. 챕터 구성이나 편집 형태를 보니 의심할 여지없이 아버지가 쓴 소설이었다. 내 손에 아직 출판하지 않은 로맹 오조르스키의 미발표 원고가 들어 있는 셈이었다. A4 용지의 여백에 손 글씨로 수정해놓은 글자들을 보니 아버지가 쓴 원고라는 걸 더욱 명백하게 알 수 있었다.

아직 제목을 붙이지 않은 글이었고, 두 개의 부분으로 나뉘어져 있었다. 첫 번째 부분에는 《미로 속의 소녀》 조금 더 긴 두 번째 부분에는 《(로맹이라는) 소설(가)의 등장인물》이라고 되어 있었다. 원고는 나중에 정독해 보기로 하고, 우선 대략적으로 내용을 훑어보았다. 원고에서 낯익은 이름들이 눈에 들어왔다. 등장인물들 중에는 내 이름도 있었다. 아버지와 엄마 이름도 있었고, 재스퍼 반 와이크라는 이름도 등장했다.

아무리 생각해봐도 이상한 일이었다. 아버지는 절대 일기나 회고록을 쓴 적이 없었다. 아버지는 독자들이 잠시나마 실존의 무거운 짐을 내려놓고 등장인물들이 전하는 내밀한 사연, 그들이 겪어가는 파란만장한 이야기 속으로 빠져들게 만드는 소설을 주로 써왔다. 철학적인 고민, 언어의 미학과 예술성을 중요하게 다룬 작품들과는 정반대 지점에 위치한다고 볼 수 있었다. 그밖에도 내 호기심을 자극하는 요소가 또 있었다. 바로 이야기가 전개되기 시작한 날짜였다. 하필이면 우리 모두를 불행에 빠뜨린 2010년 연말이 소설의 출발 지점이었다. 원고를 전부 읽어보고 싶은 욕구를 억누를 수 없었다. 나는 원고 뭉치를 들고 소파로 자리를 옮긴 다음 빠르게 읽어나가기 시작했다.

2

두 시간 반 동안 집중해 읽은 끝에 나는 어느새 소설의 마지막 페이지를 넘기고 있었다. 나도 모르게 눈물이 글썽거렸고, 마지막 장을 넘기는 손이 부르르 떨렸다. 원고를 읽어나가는 동안 내 마음은 깊은 감동으로 촉촉해지기도 하고, 형언할 수 없는 고통으로 채워지기도 했다.

나는 그 무렵에 일어난 일들을 비교적 정확하게 기억하고 있었지만 아버지가 겪은 고통의 무게에 대해서는 제대로 가늠하지 못했다. 요컨대 엄마가 아버지를 파멸시키기 위해 얼마나 잔인한 권모술수를 동원했는지 전혀 알지 못했다. 아버지는 그런 끔찍한 일을 겪었음에도 내 앞에서만큼은 단 한 번도 엄마를 비난한 적이 없었다. 누가 보더라도 명백히 엄마 잘못인데도 원해서 한 게 아니라 어쩌다 보니 상황이 그렇게 되었다는 식으로 감싸주곤 했다.

나는 원고를 읽고 난 지금에서야 아버지가 왜 창작 활동을 중단하게 되었는지 알 수 있게 되었다. 아버지는 어느 날 눈 내리는 밤에 거리를 헤매다가 들어간 러시아 정교회 성당에서 아들을 찾게해준다면 다시는 소설을 쓰지 않겠다고 신과 약속했다. 바로 그 부분이 내 마음을 하염없이 아프게 했다. 아버지가 나에 대한 양육권을 되찾아오기 위해 글쓰기를 포기한 건 더없이 안타까운 일이었다.

아버지의 미발표 원고에는 나를 당황하게 만드는 내용이 더 들어있었다. 가령 소설가 플로라 콘웨이를 둘러싼 내용이었다. 몇 년 전, 아버지는 나에게 플로라 콘웨이가 쓴 소설을 읽어보라고 권한 적이 있었지만 내가 알기로 두 사람은 한 번도 친분을 맺은 적이 없었다. 그녀의 딸이 뉴욕의 빌딩에서 추락사했다는 이야기도 금시초문이었다.

나는 휴대폰으로 위키피디아에 들어가 플로라 콘웨이에 대해 소개하는 글을 찾아보았다. 언론에 전혀 얼굴을 드러내지 않는 작가로 독자들의 열렬한 지지를 받는 신비의 인물이라고 소개되어 있었다. 플로라 콘웨이는 프란츠 카프카 상을 수상한 이력이 있었고, 언론의 인터뷰 요청을 번번이 거절하는 작가로 유명했다. 그녀 역시 여러 해째 소설을 발표하지 않고 있었다.

언론에 유일하게 소개된 플로라 콘웨이의 사진은 보는 이의 시선을 잡아끄는 묘한 매력이 있었다. 얼굴을 정면에서 찍은 사진으로 해상도가 좋지 않아 대체로 흐릿하게 보였고, 미국의 명배우 베로니카 레이크 같은 분위기를 풍겼다. 팡틴 드 빌라트 출판사의 공식 홈페이지에 들어가 봤지만 플로라 콘웨이에 대한 정보를 더 이상 접할 수 없었다.

나는 자리에서 벌떡 일어나 물을 한 잔 들이켰다. 아버지가 이 소설을 출판하지 않기로 결정한 건 어느 정도 납득이 갔다. 아버지는 이 미발표 원고에서 우리 가정에서 벌어졌던 엄마와의 내밀한 갈

등, 창작의 고뇌를 비롯한 작가의 개인적 삶에 대한 이야기를 주로 다루고 있었다. 다만 나는 플로라 콘웨이가 왜 가명도 아닌 실명으로 이 소설에 등장하게 되었는지 그 이유를 알 수 없었다.

오전에 병원에 있을 때 내가 아버지에게 물었다.

"서류철 말고 또 가져와야 할 물건은 없어요?"

"두꺼운 공책 세 권도 가져오렴."

"공책도 맨 위 서랍 안에 있어요?"

"아니, 가스레인지 위쪽에 있는 환풍기에 숨겨두었어."

나는 아파트로 올라오기 전 경비원에게 공구함을 빌려달라고 부탁해 가져왔다. 10분 정도 드라이버를 들고 씨름한 끝에 환풍기의 칸막이 망을 분리해낼 수 있었다. 스테인리스 굴뚝 안으로 팔을 쑥 들이밀어 본 결과 아버지가 말한 공책 세 권이 손에 잡혔다. 내가 상상했던 것보다 훨씬 두꺼운 공책이었다. 로이텀(Leuchtturm 독일 문구 회사 : 옮긴이)에서 나온 엠보싱 가죽 표지로 된 공책으로 실로 꿰맨 후 제본을 튼튼하게 마무리한 게 인상적이었다. 3백 쪽에 달하는 공책 세 권에 누가 보더라도 명백한 로맹 오조르스키의 글씨가 **빽빽**하게 채워져 있었다.

미발표 원고가 또 있는 건가?

손 글씨로 쓴 영어 원고로 각각의 공책에 제목이 붙어 있었다. 《미로 속의 소녀》,《내쉬의 균형》,《감정의 종말》. 이제 모든 게 명백해졌음에도 나는 세 권의 공책들이 함축하고 있는 의미를 즉각적으로 파악하지 못했다. 첫 번째 공책을 열어 도입부를 읽어보고 나서 대략 중간쯤 되는 페이지를 펼쳐 읽어보았다. 내 아버지 로맹 오조르스키의 손 글씨가 분명했지만 글을 쓰는 스타일은 전혀 달랐고, 아버지가 즐겨 다루는 장르도 아니었다. 나는 잠시 생각에 잠겼다가 세 권의 공책과 A4 용지에 인쇄한 원고뭉치를 배낭에 갈무리해 넣었다.

아버지의 작업실을 나서기에 앞서 환풍기를 재조립해 원래대로 해놓았다. 아버지의 작업실을 나서려다가 나는 뭔가 미심쩍은 느낌을 지울 수 없었다. 나는 다시 서재로 가서 마지막으로 서가에 꽂혀 있는 책들을 살펴보았다. 비로소 모든 게 분명해졌다. 공책 세 권에 적혀있는 제목들은 예외 없이 플로라 콘웨이가 쓴 소설들과 제목이 일치했다.

깜짝 놀란 나는 서가에 꽂혀 있는 플로라 콘웨이의 소설들을 모두 빼낸 다음 배낭에서 공책들을 다시 꺼내 비교해 보았다. 영어를 프랑스어로 옮길 때 발생하는 약간의 뉘앙스 차이를 빼고는 동일한 내용이 분명했다.

나는 아버지에게 급히 전화했지만 자동응답기가 대신 받았다. 잠시 후 두 번이나 다시 전화해 봤지만 역시 마찬가지였다. 충격이 쉽사리 가시지 않았다. 왜 내 아버지 로맹 오조르스키는 손 글씨로 직접 쓴 원고를 플로라 콘웨이의 이름으로 출판하게 되었을까? 그 질문에 대한 답변은 딱 두 가지만이 가능했다. 아버지는 플로라 콘웨이의 대필 작가였다. 아니면 아버지가 바로 플로라 콘웨이였다.

3

나는 플라스 몽주 역에서 지하철을 탔다. 열차 안에서 플로라 콘 웨이의 소설 가운데 하나를 꺼내 책을 펴낸 출판사 주소를 확인했다. 그런 다음 플라스 디탈리 역에서 6번 선으로 갈아타고 라스파유 역으로 갔다.

팡틴 드 빌라트 출판사는 3층짜리 건물로 장폴 벨몽도가 영화 〈네 멋대로 해라〉의 마지막 장면에서 진 세버그가 지켜보는 가운데 경찰의 총에 맞아 쓰러졌던 캉파뉴 프르미에르 가 13번지 비스에 있었다.

출판사 건물 바깥쪽의 포석이 깔린 안뜰에는 담쟁이넝쿨로 덮인 샘물, 석재 벤치, 각종 식물들 사이에 세워놓은 동물 조각상들, 여러 그루의 산사나무가 있어 몽상에 잠기기에 제격일 듯했다.

나는 일단 출판사 출입문을 열었다. 사실 나 자신도 무엇을 기대하고 출판사를 찾아왔는지 알지 못했다. 출판사 내부는 천장이 높고, 탁 트인 유리창들을 통해 바깥을 훤히 내다볼 수 있는 구조로 되어 있어 예술가의 작업실과 비슷한 분위기를 풍겼다.

안으로 들어서자 여러 시선이 한꺼번에 나에게로 쏟아졌다. 출입문 가까이 위치한 안내 데스크에 앉아있던 젊은 여직원이 귀찮아하는 기색이 역력한 표정으로 나를 쳐다봤다. 언뜻 인상을 보아하니 속물근성의 특성인 '오만하고, 시건방지고, 타인을 멸시하는 태도'를 두루 갖춘 표본으로 보였다.

"무슨 일로 오셨죠?"

"드 빌라트 여사를 만나러 왔는데요."

"사전 약속 없이 찾아올 경우 대표님을 만나 뵐 수 없습니다."

"그럼 지금이라도 약속을 잡아주시죠."

"먼저 무슨 일 때문에 왔는지 용건을 밝히는 게 순서 아닌가요?"

"내가 가지고 있는 원고에 대해 드 빌라트 여사와 이야기를 나누고자 합니다."

"원고 심사를 받고 싶으면 메일이나 우편을 이용해 주세요."

"내가 직접 가지고 왔는데요."

"우리 출판사에서는 초보 작가의 책을 내는 경우가 거의 없습니다."

"드 빌라트 여사라면 분명 원고에 흥미를 느낄 겁니다."

나는 배낭에서 두꺼운 공책들을 꺼내 보여주었다.

"그 원고들을 놓아두고 가세요. 대표님께 전해 드릴 테니까요."

"내가 직접 만나서 보여줘야 합니다. 이 원고들을 놓아두고 갈 수는 없어요."

"그렇다면 그냥 돌아가세요. 나가면서 문은 닫아주시고요."

좌절감, 피로감, 무력감, 분노가 뒤섞인 복합적인 감정이 한꺼번에 밀려들었다. 평소였다면 치기가 나를 지배하지 못하도록 제어해야 마땅했지만 때로는 그냥 폭발하도록 내버려둘 필요도 있는 법이었다. 꽉 막힌 상황을 타개할 수 있는 수단이 전혀 없을 때 치기가 유용하게 쓰이는 경우도 있으니까.

일이 잘 풀리면 최선의 수단이 되겠지만 잘못될 경우 최악의 선택이 될 수밖에 없다는 게 문제였다. 어차피 살아가는 것 자체가 모험의 연속인 만큼 실패가 두려워 주저할 이유는 없었다.

나는 눈을 내리깔았다. 여직원의 말에 복종해 돌아가려는 게 아니라 효과 만점의 방법이 무엇인지 찾아보기 위해서였다. 여직원이 앉아있던 안내 데스크에 노트북컴퓨터, 제멋대로 흩어져 있는 서류뭉치들, 최신 버전 에어팟 이어폰, 지하철 표, 빈 타파웨어 용기, 인스타그램 화면이 떠있는 휴대폰, 지베르 죈 서점의 노란 스티커가 붙어있는 장 에슈노즈의 중고 책, 그 위에 놓인 빈 커피 잔이 눈에 들어왔다. 그밖에 이스트 섬의 모아이 석상을 닮은 큼지막한 석재 문진도 있었다. 바로 내가 찾던 물건이었다. 나는 재빨리 석재 문진을 손에 들고 유리창을 향해 힘껏 집어던졌다. 마술사들의 계명 가운데 하나를 과감하게 실행에 옮긴 것일 뿐이었다.

충격 효과를 최대한 오래 유지하라.

나의 관객들은 내가 방금 전에 펼친 마술을 전혀 눈치 채지 못했다. 유리창이 요란한 소리를 내며 박살났다. 속물근성을 가진 안내 데스크 여직원이 가장 큰 소리로 비명을 질렀다. 오만방자한 태도는 어디론가 사라지고, 잔뜩 겁에 질린 표정이 얼굴에 역력히 드러나 있었다. 몇 초 정도 침묵이 이어지다가 이내 여러 명의 직원들이 나를 잡아먹을 듯 도끼눈을 하고 한꺼번에 다가왔다. 그들 가운데 팡틴 드 빌라트도 끼어 있었다. 지하철에서 그녀의 얼굴을 익혀두려고 인터넷으로 사진 검색까지 해봤지만 굳이 그런 수고는 필요 없었다는 걸 깨달았다.

나는 팡틴 드 빌라트가 누군지 금세 알아보았다. 아버지의 소설에 등장했던 당시보다 나이는 좀 더 들어보였지만 날씬한 몸매, 외모에서 풍기는 오라로 볼 때 플로라 콘웨이를 매혹했다가 때로는 짜증나게 만든 출판업자의 면모가 영락없이 드러나 있었다.

팡틴이 천천히 내게로 다가왔다. 분명 위험을 감지했을 텐데도 깨진 유리창 사건 따위는 이미 잊은 지 오래인 듯 여유 있는 태도를 보였다. 아마도 더 시급히 꺼야 할 불이 있다는 걸 본능적으로 알아차린 듯했다.

나는 안내 데스크에 놓여 있는 공책을 집어 들고 그녀에게 내밀며 말했다.

"어떻게 된 일인지 설명을 들어봐야 할 것 같아서 찾아왔습니다."

팡틴은 체념한 듯 공책을 낚아챘다. 이미 공책 안에 들어있는 내용이 뭔지 다 알고 있는 사람 같은 태도였다. 팡틴은 다른 직원들에게는 한마디 말도 없이 안뜰로 나가더니 샘물 옆에 있는 석재 벤치에 앉았다. 출판사 대표는 최면에 걸린 것 같기도 하고, 정신이 나간 것 같기도 한 태도로 졸졸 흐르는 물소리를 들으며 한참 동안 공책을 뒤적였다. 내가 옆에 앉자 팡틴은 비로소 공책에 가있던 눈을 들어올렸다.

"지난 20년 동안 아침마다 제발 이런 날이 오지 않게 해달라고 기도했는데 결국 이렇게 되었네요."

나는 다 이해한다는 듯이 고개를 끄덕이고 나서 다음 말이 이어지기를 기다렸다.

팡틴이 나를 뚫어지게 바라보았다. 나의 생김새든 눈빛이든 아무튼 뭔가가 그녀를 심란하게 만들고 있는 눈치였다.

"당신은 이 원고를 쓰기에는 너무 젊군요."

"사실 이 원고는 내가 아니라 아버지가 썼어요."

팡틴이 공책을 가슴에 끌어안고 벌떡 일어섰다.

"그럼 바로 당신이 프레데릭 앤더슨의 아들인가요?"

"난 로맹 오조르스키의 아들입니다."

팡틴은 마치 내가 복부에 단도를 꽂기라도 한 듯 몸을 휘청거리더니 천천히 뒷걸음질 쳤다.

"뭐라고요? 로맹?"

팡틴의 얼굴이 일그러졌다. 내가 방금 전 그녀는 전혀 예상하지 못했던 충격적인 비밀을 발설한 게 틀림없었다.

이번에는 팡틴이 나를 휘청거리게 만들었다.

"그렇다면 네가 바로 테오니?"

나는 고개를 끄덕이고 나서 물었다.

"나에 대해 알아요?"

아버지는 언젠가 나에게 소설가를 경계해야 한다고 말했다. 소설가는 글을 쓰지 않을 때조차 골치 아픈 말썽의 소지가 될 씨를 뿌리고 싹을 틔우는 존재들이라고 했다.

"그러다가 몇 년 후 소설가가 씨를 뿌리고 싹을 틔운 일이 너의 삶에 어마어마한 반전을 안기게 될 수도 있단다."

아마도 팡틴이 나에게 진실을 말해주기 전에 혼잣말하듯 내뱉은 말도 그런 의미로 해석할 수 있을 것이다.

　"나는 널 잘 알지. 로맹이 너 때문에 나를 떠났으니까."

팡틴 드 빌라트 출판사

설립 15주년을 축하하다

《르 주르날 뒤 디망슈》지 2019년 4월 7일 자

팡틴 드 빌라트 출판사의 창립 기념일을 맞아 설립자인 팡틴 드 빌라트를 만났다.

팡틴 드 빌라트는 몽파르나스의 캉파뉴 프르미에르 가 13번지 비스에 위치한 출판사 사무실에서 우리를 반갑게 맞아주었다. 본인의 이름을 내걸고 출판사를 창립한 드 빌라트 여사와 지난 15년 동안 궤적을 정리해볼 기회를 가졌다.

나서기 싫어하는 출판인

드 빌라트 여사는 시작부터 대담의 방향성을 명확하게 제시해 주었다.

"나는 내 개인에 대해서가 아니라 내가 출판하는 책들에 대해 이야기하고자 이 자리에 앉은 겁니다."

팡틴은 단발로 짧게 자른 금발을 귀 뒤로 살짝 넘기며 말문을 열었다. 우아한 기품이 묻어나는 40대 여성 창립자는 초봄을 맞아 빛바랜 워싱 진에 피터팬 칼라가 달린 선원 풍 티셔츠, 허리가 잘록하게 들어가는 트위드 재킷 차림으로 대담에 응했다.

드 빌라트 여사는 자신에 대해 말하기를 원치 않는다고 했지만 동료 출판인들은 그녀의 호기심, 촉, 직관에 대해 묻지도 않았는데 먼저 술술 털어놓았다.

"팡틴은 우선 독서량이 정말 많죠. 언제 어디서나 늘 책을 펼치고 읽어요." 경쟁 관계에 있는 출판인의 말이다. "게다가 책을 정말 잘 팔아요. 마케팅 포인트를 기가 막히게 잘 찾아내고, 상업성이 좋은 책을 고르는 능력이 탁월하죠. 한마디로 타고난 장사꾼입니다." 15년 동안 팡틴은 자신의 이미지를 닮은 출판 시스템을 구축했다. 직원이 모두 합해 4명뿐인 소규모 출판사의 수장으로 매년 네댓 권의 책에 집중해 좋은 성과를 내고 있다.

팡틴은 매일 아침 해가 뜨기도 전에 가장 먼저 출판사 문을 열고 들어선다. 두 시간 동안 우편 또는 메일로 보내온 원고들을 직접 읽으며 출판 여부를 검토한다. 저녁에는 가장 늦게 출판사 문을 나선다. 팡틴 드 빌라트 출판사의 뛰어난 점을 요약하자면 '새로운 재능을 발굴하고, 잊힌 재능을 재발견한다.'일 것이다. 가령 팡틴은 무명의 루마니아 출신 작가 마리아 조르제스쿠(2007년 외국문학 부문 메디치 상 수상 : 옮긴이)를 발굴했는가 하면 헝가리 출신 티보르 미클로스가 1953년에 탈고한 이래 반세기 넘게 서랍 속에서 잠자던 《훈제 염장 청어 기제》를 망각의 시간 속에서 건져내 찬란한 빛을 보게 했다.

팡틴은 어렸을 때부터 문학을 향한 열정을 마음속에 품고 있었다고 한다. 긴 여름방학을 사클라에 사는 할머니 댁에서 보내면서 안톤 체호프, 사무엘 베케트, 쥘리앵 그라크 등과 사랑에 빠졌다.

시작부터 대성공

남달리 공부를 잘 하는 학생이었던 팡틴은 페리괴의 베르트랑 드 보르 고등학교의 고등사범학교 문학 전공 입학준비반에서 수학한 후 뉴욕으로 떠나 학업을 계속 이어간다. 〈리틀, 브라운 앤 컴퍼니〉를 비롯한 미국의 유명 출판사 여러 곳을 돌며 연수한 후 2001년 프랑스로 돌아온다. 파야르 출판사에서 인턴 생활을 시작해 리코르느사에서 편집보조로 일하게 된다.

팡틴은 스물일곱 살이 되던 해에 그동안 모은 전 재산과 20년 동안 상환하는 조건으로 대출을 받아 출판사를 설립한다. 그보다 몇 개월 앞서 팡틴은 마치 운명처럼 그녀와 동갑내기인 스코틀랜드 출신의 플로라 콘웨이를 만난다. 당시 뉴욕의 어느 술집에서 종업원으로 일하며 시간이 날 때마다 글을 쓰던 플로라와의 만남이 그녀의 생을 송두리째 바꾸어 놓았다고 해도 과언이 아니다. 플로라는 마침내 첫 작품을 탈고했고, 팡틴에게 가장 먼저 보여준다. 팡틴은 말 그대로 플로라의 첫 작품과 사랑에 빠졌고, 목숨을 걸고 팔아보겠다고 약속한다. 그 약속은 그대로 이행된다. 2004년 10월 《미로 속의 소녀》의 저작권은 프랑크푸르트 도서전에서 날개 돋친 듯 팔려나갔고, 그 결과 20개국이 넘는 나라에서 출간된다. 플로라 콘웨이라는 뛰어난 작가의 등장이자 팡틴 드 빌라트 출판사가 승승장구하기 시작한 출발점이다.

신비에 둘러싸인 팡틴 드 빌라트

팡틴은 본인이 대표로 있는 출판사에서 나온 소설에 대해 이야기할 때 항상 열정과 확신을 갖고 말한다. 듣는 이들은 팡틴의 자신감 넘치는 말에 고스란히 빠져들기 일쑤다. 동료 출판인은 "팡틴은 설득력 있는 말솜씨를 갖고 있죠. 그러다보니 자신의 출판사에서 나오는 소설들을 과대 포장해서 말하는 경우가 많아요."라고 꼬집는다. 그는 "그 출판사에는 플로라 콘웨이 말고 내세울 작가가 없어요. 그 출판사를 대표하는 플로라 콘웨이조차 이미 10년째 글이라고는 한 줄도 쓰지 않고 있죠. 그러니 톨레도에 비 내리는 날만큼이

나 따분한 책밖에 낼 수 없는 거예요."라고 한다.

팡틴과 과거에 함께 일했던 작가들 중에도 그녀를 혹평하는 사람들이 더러 있다. 그중에서 어느 여성 작가는 "팡틴은 책 홍보에 관해 독창성이 있고, 작가를 위해서라면 무엇이든 할 것처럼 믿게 만드는 재주가 있어요. 막상 판매가 기대에 미치지 못하거나 언론에서 혹평을 쏟아내는 경우 가차 없이 차버리죠."라고 증언한다. "팡틴은 겸손하고 선해 보이는 태도 이면에 뭐든 허술하게 넘어가지 않는 사업가적 기질이 있어요." 팡틴의 출판사에서 직원으로 일했던 여성의 말이다. 그 직원이 덧붙이기를 "팡틴은 수수께끼 그 자체죠. 가족이 있는지, 사무실 밖에서는 어떻게 지내는지 아는 사람이 없어요. 왜 그런지 유심히 지켜봤는데 의외로 그 이유는 간단하더군요. 팡틴에게는 출판이 전부라고 할 수 있죠. 출판이 곧 팡틴 자신이라는 뜻입니다."라고 평한다.

팡틴 자신은 이러한 증언들에 대해 전혀 반박하지 않는다. "출판은 굉장히 까다로운 사업이고, 그러하기에 열정적으로 일에 매달려야 하죠. 수공업적인 듯이 보이지만 사실은 굉장한 전략과 스킬이 필요한 사업이기도 해요. 책을 내면 다양한 활동으로 뒷바라지를 해야 하고, 때로는 구정물에 손을 담글 각오도 필요하죠. 카센터 직원이 차가 고장 난 부분이 어딘지 정확하게 찾아내듯 원고의 문제점이 뭔지 예리하게 짚어내야 하고, 택배사 직원처럼 부지런히 몸으로 뛰어야 하고, 오케스트라 지휘자처럼 디테일한 부분까지 세심하게 신경 써야 하고, 고서를 필사하는 수도승처럼 끈기도 있어야 하고, 때로는 뛰어난 영업사원처럼 책의 장점을 효과적으로 소개할 수도 있어야 하거든요."

지금도 책이 한 사람의 인생을 바꾸어놓을 수도 있다고 믿느냐는 질문에 팡틴은 "당연히 바꿔놓을 수 있다고 생각해요."라고 답하면서 그녀가 이 일을 계속하는 가장 중요한 이유라고 설명했다. "내가 출판사를 운영하면서 유일한 나침반으로 삼는 게 있다면 바로 내가 한 사람의 독자로서 읽고 싶은 책을 출판하는 것입니다."라는 말도 덧붙였다. 한편 "해를 거듭하면서 내가 출판하는 모든 책들이 길게 이어진 길에 깔린 조약돌이라는 느낌이 들어요. 평범해 보일 수도 있지만 저마다 고귀한 빛을 발한다는 뜻입니다." 우리는 대담을 마치기에 앞서 "그 길은 어디로 향하죠?"라고 물었다. 팡틴은 "어딘가로 혹은 누군가에게로 가는 길이죠."라는 수수께끼 같은 답을 들려주었다.

여섯 개의 주요 이력으로 보는 팡틴 드 빌라르트

1977년 7월 12일 : 베르주락(도르도뉴)에서 출생.

1995-1997년 : 문학 전공 입학준비반에서 수학.

2000-2001년 : 미국의 〈리틀, 브라운 앤 컴퍼니〉에서 연수.

2004년 : 팡틴 드 빌라르트 출판사 창립. 《미로 속의 소녀》 출판.

2007년 : 마리아 조르제스쿠의 《성소》가 외국문학 부문 메디치 상 수상.

2009년 : 플로라 콘웨이가 프란츠 카프카 상 수상.

14. 우리를 따라다니는 사랑

우리를 따라다니는 사랑은 때로는 우리를 불행하게 한다.
그러나 우리는 항상 그 사랑에 감사하는데, 그마저도 사랑이기 때문이다.
- 윌리엄 셰익스피어

팡틴

내 이름은 팡틴 드 빌라트.

2002년, 그러니까 스물다섯 살이 되던 해에 나는 로맹 오조르스키를 만났다. 그와 열정적인 동시에 비밀스러운 아홉 달을 보냈다. 로맹과 함께하는 게 좋았지만 그가 이미 결혼한 유부남이라는 사실이 항상 부담으로 작용했다. 그런 점 말고는 로맹과 모든 면이 잘 맞아 조화롭고 행복한 아홉 달이었다. 로맹은 나와 함께할 시간을 벌기 위해 해외에서 그의 책 홍보에 대한 제안이 올 때마다 무조건 받아들였다. 마드리드, 런던, 크라쿠프, 서울, 타이베이, 홍콩 등지에서 로맹과 함께했고, 지금껏 그 아홉 달만큼 여행을 많이 해본 적이 없다.

로맹은 나에게 "당신을 만나면서 처음으로 내 삶이 내 소설들보다 흥미롭게 되었어."라고 말했다. 로맹은 내가 그의 삶에 '소설적인 요소'를 부여해 주었다고 했다. 그런 말을 들을 때마다 나는 그가 만나는 여자들에게 환심을 사고 싶을 때 꺼내는 달콤한 사탕발림이 아닐까 생각했다. 로맹에게 인정해주지 않을 수 없는 부분이 있다면 사람들에게서 자신도 모르는 장점을 찾아내주고, 자신감을 북돋아 준다는 점이었다.

한 남자의 눈길이 나에게서 아름다움을 발견해주고, 용기를 주고, 살아갈 힘을 준 건 난생처음이었다. 내가 이미 결혼한 남자를 좋아하게 된 것도 처음이었다. 그때 나는 로맹을 잃게 되었을 때의 상실감이 두려워 그와 더 깊은 관계를 만들기 싫었다. 내 인생에서 가장 뜨거웠던 그 시기를 생각하면 지금도 몸이 떨리고 현기증이 난다. 지울 수 없는 추억들이 밀물처럼 밀려온다. 이라크 전쟁이 터지던 해, 다니엘 펄 기자가 사망한 해, 알카에다에 대한 두려움으로 잠을 못 이루던 해, 우리 집이 불타는데 다른 곳을 바라보고 있던 해, 모스크바의 한 극장에서 끔찍한 인질극이 벌어졌던 해.

나는 서서히 굴복했고, 로맹과의 사랑을 거부할 수 없는 현실로 받아들이기 시작했다. 진실을 말하자면 나는 로맹과 벌겋게 달구어진 인두로 낙인찍힐 게 분명한 사랑 이야기를 함께 써내려가고 있었다. 랭보가 말한 '모든 감각의 무절제(랭보의 시 〈견자(Voyang)〉에 나오는 구절 : 옮긴이)'와 다르지 않았다.

로맹과 사랑의 열정에 빠져들었던 그 순간 나는 앞으로 내 인생에서 더는 이처럼 격렬한 감정을 맛볼 수 없으리라는 것과 내 연애사의 정점을 경험하고 있다는 걸 알고 있었다. 로맹과의 사랑이 척도가 될 경우 앞으로 이루어질 모든 관계들은 어쩔 수 없이 무미건조하고 시들마른 감정으로 받아들여질 게 뻔했기에 나는 결국 이 사랑에 충실하기로 했다.

나는 모든 고삐를 놓아버렸다. 로맹과의 관계를 적극적으로 받아들이고, 우리의 이야기가 언제까지나 계속 이어지기를 바랐다. 로맹은 부인에게 이혼을 요구하겠다고 했고, 나는 그 생각에 기꺼이 동의해 주었다.

내가 미처 예상하지 못했던 부분이 있었다. 로맹이 결혼생활을 끝내자는 말을 꺼내려고 했던 그날 저녁에 알민도 남편에게 그동안 차일피일 미루며 알리지 않은 중요한 문제가 있었다. 그때 알민은 아이를 임신하고 있었다.

로맹

발신 : 로맹 오조르스키

수신 : 팡틴 드 빌라트

주제 : 플로라 콘웨이를 둘러싼 진실

2022년 6월 21일

친애하는 팡틴

20년이나 침묵을 지켜왔는데 나는 오늘 이 병상에서 당신에게 편지를 쓰기로 결심했어. 의사들 말을 들어보니 내가 며칠 내로 죽는 일은 없겠지만 건강이 불안정해 언제 무슨 일이 일어날지 장담할 수 없다고 하더군.

만일 나에게 갑자기 무슨 일이 닥칠 경우 당신이 몇 가지 사실만은 분명하게 알고 있었으면 하는 생각에 편지를 쓰기로 마음먹었어. 1990년대 말에 열두 권의 소설을 발표하고 났을 때 나는 앞으로는 가명으로 글을 써야겠다는 강렬한 유혹에 사로잡혔어. 항상 많은 독자들이 내가 쓴 소설들을 읽고 있었지만 늘 꼬리표가 따라 붙었지. 신간이 나와도 더 이상 뉴스가 되지 않았고, 그냥저냥 연례행사 정도로 받아들여지는 분위기였어. 나는 비평가들로부터 늘 똑같은 소리를 듣고, 인터뷰 자리에서도 전에 이미 들었던 질문들이 반복되기 일쑤였지. 책이 잘 팔리는 이유에 대해, 왜 내 소설은 파격적인 변화를 피하지 않는지에 대해, 상상력의 한계에 다다른 건 아닌지에 대해 묻곤 했지. 악의적이고 비아냥거리는 질문들에 대해 내가 굳이 답변해야 하는지 의문이 드는 한편 지겹고 피곤했어.

나는 새로운 시도로 창작의 지평을 확장해 보기로 결심했어. 일단 새 소설을 영어로 써보기로 했지. 가명을 사용해 언어와 문체, 장르가 다른 소설을 써보기로 한 거야. 문학적 분신을 만들어 낸다는 생각은 한편으로 가면놀이 - 가면을 쓰고 독자들과 게임을 계속할 생각이니까 - 같았지만 다른 한편으로는 새로운 작가의 탄생으로 이름 붙일 수도 있는 시도였지. 가명을 사용해 다른 작가로 다시 도전해 봐야겠다는 결심을 하자 나의 내면에서 창작에 대한 새로운 열정이 불타올랐어.

다른 사람으로 살아간다는 건 어찌 보자면 나에게는 일상화되어 있는 일이었어. 작가에게 소설이란 등장인물들을 내세운 대리전이기도 하니까. 가명을 쓰면서 다시 시작한다는 건 전혀 다른 차원의 소설, 지금껏 내가 한 번도 걷지 않았던 새로운 길로 들어서겠다는 선언이기도 했지.

1998년부터 2002년 말까지, 영어로 세 편의 소설을 썼어. 적당한 시기에 그 소설들을 출판할 요량으로 내 서랍 속에 보관해 두었지. 난 이 계획에 대해서만큼은 우리가 함께했을 당시 당신에게도 말하지 않았어. 왜냐고? 내 스스로 생각하기에도 어느 정도 허영심이 내포된 계획이었기 때문이야. 에밀 아자르, 버논 설리반, 샐리 마라 같은 문학계의 거장들이 이미 나보다 먼저 가명을 사용해 문학적 분신을 만들었지. 그러니까 원숭이처럼 그런 대작가들을 흉내 내는 게 과연 무슨 의미가 있을지 회의적인 생각이 들기도 했어. 어쩌면 복수를 하는 데는 소용이 될 수 있겠지.

복수라니? 누구에 대한 복수?

팡틴

알민이 임신했다는 소식을 들은 로맹은 갑자기 나와의 관계를 정리했다. 로맹은 그가 태어난 직후 부모가 이혼했기 때문에 아버지의 존재에 대해 전혀 모르고 자랐다. 평생 아버지의 부재에 대한 결핍을 느낄 수밖에 없었기에 로맹은 앞으로 태어날 자기 자식에게만큼은 안정적인 가정환경을 만들어주고 싶다는 열망을 품고 있었다.

로맹은 파탄 직전에 이른 알민과의 결혼생활을 어떻게든 되살려보기로 결심했다. 내가 생각하기에는 로맹이 이혼하게 될 경우 알민이 자식을 볼 수 있는 권리를 빼앗을까 봐 두려워했을 수도 있었다.

로맹이 떠난 후 나는 우울의 숲에 처박혀 버렸다. 여러 달 동안 내면이 참담하게 무너져가고 있었지만 나는 구경꾼인 양 속수무책으로 지켜볼 수밖에 없었다. 하루하루 정신이 진흙탕 속으로 빠져 들어가고 있는데 나에게는 구제 대책이 전무했다.

로맹이 부인에게 우리 관계를 털어놓고 결혼생활을 끝내겠다고 했을 때 내가 진작 적극적으로 찬성했다면 일이 이 지경이 되지는 않았을 것이라는 자책감이 나를 한층 더 피폐하게 만들었다. 몸과 마음이 바닥에 널브러져 산산조각 났고, 영혼마저 만신창이가 되었다. 나는 내 자신의 이방인이 되어버렸다. 나의 삶은 더 이상 아무런 의미가 없었고, 그 어디에서도 빛을 찾을 수 없었다.

그 당시 나는 센 가에 위치한 어느 출판사의 편집보조로 일했다. 내 사무실은 우중충한 잿빛 건물의 제일 꼭대기 층이었고, 방음이 제대로 되지 않는 코딱지만 한 방이었다. 나는 그 좁은 공간을 비둘기들과 마룻바닥을 점령하고 자꾸만 위로 기어오르는 원고뭉치들과 나눠 쓰고 있었다. 원고뭉치들이 얼마나 많은지 선반을 가득 채우고도 모자라 천장을 향해 기어오르고 있었다.

내가 일하던 출판사에는 해마다 2천 편이 넘는 원고가 들어왔다. 내가 하는 일은 원고들을 1차적으로 분류하는 작업이었다. 일단 출판사에서 꺼리는 장르들인 다큐멘트, 시, 희곡은 배제했다. 원고를 읽고 1차 소감문을 작성한 다음 경력이 많은 편집자들에게 보고했다. 솔직히 나는 편집보조라는 일자리에 대해 많은 환상을 가지고 있었는데, 불과 일 년 만에 다 깨져버렸다.

정말 이해하기 힘든 일은 글을 읽지 않는 사람들이 점점 늘어가고 있는 데 반해 수많은 사람들이 아직 작가가 되길 꿈꾸면서 원고를 보내온다는 것이었다. 주유소에서 기름을 넣어주는 직원부터 나이트클럽 여종업원까지 소설을 써서 보내왔다. 하긴 모두들 자기 머릿속에 소설 한 편쯤은 가지고 있다고들 하니 그런 점에서는 이해가 되기도 했다.

아무튼 솔직하게 말하자면 내가 검토해서 소감문을 써야 하는 원고들 가운데 절반 이상은 아예 읽기조차 힘들 만큼 조악한 수준이었다. 무슨 이야기를 하는지 알맹이라고는 전혀 없었고, 문법에 맞는 문장을 거의 찾아볼 수 없었고, 글쓴이 자신도 줄거리가 헛갈리는지 일관성 없이 오락가락하기 일쑤였다. 나머지 절반은 내용이 지루하기 그지없었다. 주로 자기가 마르그리트 뒤라스라고 여기는 여자들과 댄 브라운(얼마 전 미국에서 《다빈치 코드》가 공전의 히트를 하면서 유사품들이 넘쳐나게 되었다)을 표절하는 남자들이 재미라고는 전혀 없는 원고들을 보내왔다. 문학적으로 뛰어난 걸작이나 황금알을 낳는 거위가 되어줄 소설은커녕 소박하게 마음에 와 닿는 원고조차 읽은 기억이 없었다.

9월 말 어느 날에 나는 평소와 다름없이 8시 반에 사무실에 도착했다. 라디에이터(미지근한 공기만 뿜어내는)를 켜고, 커피 메이커(보리차처럼 멀건 커피를 내리는)의 스위치를 누르고 나서 작업대 앞에 앉다가 문제의 원고를 발견했다. 재생지 봉투 하나가 바닥에 떨어져 있었는데, 절반쯤 옷장 아래로 들어가 있고 나머지는 밖으로 삐져나온 상태였다. 나는 자리에서 일어나 봉투를 집어 들었다. 원고를 잔뜩 쌓아놓은 싸구려 집성목 선반에서 떨어진 듯했다. 나는 그 원고를 불안하게 쌓여 있는 원고뭉치 위에 다시 얹어 놓으려다가 동작을 멈추었다. 이제 보니 출판사가 아니라 나에게 개인적으로 배달된 원고였다. 나는 이 출판사에서 존재감이 미미하기 그지없는 나를 알아보고 원고를 보내준 것에 감동해 서둘러 봉투를 열었다. 영어로 타이핑한 원고 한 부가 들어있었다.

'영어잖아? 사람들은 정말이지 아무 생각이 없다니까.'

그냥 거절 원고들을 모아두는 상자에 던져버리려다가 《미로 속의 소녀》라는 제목이 내 호기심을 자극했다. 그 자리에 서서 별 생각 없이 첫 페이지를 읽고 나서 나도 모르게 두 페이지를 더 읽었다. 이윽고 내 자리로 돌아와 한 챕터를 더 읽었다. 두 번째, 세 번째 챕터까지 멈추지 않고 읽다가 정오가 되었고, 점심 식사까지 걸러 가며 계속 읽었다. 마지막 페이지를 넘겼을 때는 어느새 해가 서쪽 하늘로 넘어가고 어스름이 깔려 있었다.

나는 큰 충격을 받았고, 심장이 무겁게 뛰었다. 반쯤 넋이 나갔고, 그 와중에도 얼마나 기쁜지 입이 귀에 걸리도록 웃음이 절로 나왔다. 마치 첫사랑에 빠진 사춘기 소녀처럼 가슴이 설레기까지 했다.

마침내 내 심장을 제대로 저격하는 원고를 만나게 되었어.

그때껏 많은 책을 읽었다고 자부했지만 《미로 속의 소녀》와 같은 소설은 한 번도 만나보지 못했다. 나를 그물로 포획해 꼼짝 못하게 옭아맬 만큼 독특하고, 기발하고, 창의적인 소설이었다. 좁아터진 내 사무실의 답답한 공기를 일시에 해소시켜줄 한 줄기 시원한 바람과 같은 원고였다. 천장에 닿을 만큼 무수히 쌓여있는 다른 원고들과는 차원이 달라 비교조차 불가했다.

나는 봉투 속을 다시 한번 들여다보았고, 간략하게 적은 한 통의 편지를 발견했다.

내 소설 《미로 속의 소녀》 원고를 동봉합니다. 리코르느 출판사의 검토 담당자께서 충분히 관심을 가질 수 있는 원고라고 자부합니다. 개인적인 사정이 여의치 않아 귀사 한 곳에만 원고를 보내니 가급적 빠른 기간 내에 출판 여부를 알려주시면 감사하겠습니다. 귀사에서 채택하기 어려운 원고라 판단되시면 동봉한 봉투에 넣어 반송해주시기 바랍니다.

프레데릭 앤더슨

나는 이름을 보고 깜짝 놀랐지만 − 원고를 읽는 동안에는 줄곧 여성 작가일 거라고 추측했다 − 프레데릭 앤더슨을 만나보고 싶은 마음이 오히려 절실해졌다. 편지에 로몽 가라는 길 이름과 전화번호가 적혀 있었다. 나는 지체 없이 전화를 걸었다. 작가가 6개월 전에 원고를 보낸 만큼 답신을 기다리다 지쳐 다른 출판사에 보내지 않았기를 간절히 바랐다. 최악의 경우 다른 출판사에 보냈을 수는 있지만 그 회사 직원이 원고를 읽지 않았을 가능성이 높았다. 영문으로 쓴 원고이니까. 전화를 받지 않아 몇 번이나 거듭 해봤지만 계속 받지 않았다.

나는 내가 발견한 원고에 대해 아무에게도 말하지 않고 집으로 돌아왔다. 원고를 다 읽고 나서 열에 들뜬 듯 흥분해 누군가와 이야기를 나누고 싶다는 조바심이 일었지만 마음을 차분하게 가라앉히고 입을 꾹 다물었다. 리코르느 출판사에서 나는 7층의 유령으로 통했다. 내가 없는 자리에서 다들 나를 '미스 셀로판테이프', '투명인간' 따위로 부른다는 걸 모르지 않았다. 나의 실력을 알아주는 사람도 없을뿐더러 내 존재조차 모르는 경우가 허다했다. 나는 그저 원고 담당 보조에 지나지 않았다. 솔직히 나는 잘난 체나 할 뿐 변변한 실력을 갖추지 못한 편집부 직원들, 속물기가 철철 넘치는 주제에 경력이 없다는 이유로 신입 직원을 업신여기는 그들을 증오했다.

내가 그런 사람들을 위해 선물을 줄 까닭이 없지 않은가? 내가 무슨 영광을 얻겠다고 진흙 속에서 찾아낸 진주를 그들의 손에 넙죽

쥐어주어야 한단 말인가? 게다가 원고는 나에게 직접 배달되지 않았던가?

　나는 저녁 7시에 다시 프레데릭 앤더슨에게 전화를 걸었다. 그 후 자정까지 한 시간마다 한 번씩 계속 전화했다. 결국 전화가 연결되지 않아 프레데릭 앤더슨이라는 이름을 구글에서 검색해 보았다. 그 결과 나는 참담하게 무너졌다.

발드그라스 지역 아파트에서

사망한 지 4개월 후에 사체로 발견된 남성

《르 파리지앵》지, 2003년 9월 20일 자

　이 사건 역시 사회와 이웃의 무관심이 부른 고독사의 비극이었다. 요즘 들어 파리를 비롯한 대도시에서 고독사로 부를 만한 사건이 자주 발생하고 있다. 지난 목요일 사망한 지 4개월 된 프레데릭 앤더슨의 사체가 그가 살던 파리 5구의 한 작은 아파트에서 발견되었다. 최근 남아메리카 여행을 마치고 돌아온 이웃집 젊은 커플이 끔찍한 악취와 우편함에 계속 쌓여만 가는 우편물을 수상하게 여겨 경찰에 신고한 결과 밝혀졌다. 경찰의 협조 요청을 받은 제3소방 구조대가 사다리차를 현장에 출동시켜 원룸 아파트 발코니까지 올렸다. 소방대원들이 유리창을 부수자 동행한 경찰들이 집 안으로 진입했고, 심하게 부패한 시신을 발견했다. 외부로부터 침입 흔적이 전혀 없고, 출입문도 안에서 잠겨 있었다. 경찰은 모든 정황으로 미루어볼 때 타살이 아닌 자연사로 추정되지만 만의 하나 범죄사건일 수도 있다는 점을 감안해 과학 수사대에 부검을 요청했다. 경찰은 올해 나이 67세인 프레데릭 앤더슨의 정확한 사인이 뭔지는 부검 결과가 나와 봐야 알 수 있다는 입장을 취하고 있다. 경찰은 현장에서 수집된 여러 단서들, 가령 수거하지 않고 우편함에 쌓아둔 우편물들의 날짜로 볼 때 사망 시점을 5월 초로 추정하고 있다.

전직 교사인 프레데릭 앤더슨은 독신이라 늘 혼자 지냈고, 대부분의 요금을 자동이체로 납부했다. 여러 가지 건강 문제를 안고 있어 지난 몇 년 동안 휠체어를 타고 다녔고, 외출하는 적이 거의 없었다. 이웃사람들은 최근 몇 달 동안 프레데릭 앤더슨을 본 적이 없었지만 원래부터 교류 자체가 거의 없었기에 그다지 이상하게 여기지 않았다고 한다. 이웃사람들은 프레데릭 앤더슨을 말수가 적고 왠지 거리감이 느껴지고, 집 안에만 틀어박혀 지내는 사람으로 기억했다.

건물관리인으로 일하는 안토니아 토레스가 말했다.

"엘리베이터에서 마주쳐도 혼자 생각에 잠겨 있기 일쑤였고, 인사를 해도 받지 않는 사람이었습니다."

팡틴

나는 한숨도 못 자고 뜬눈으로 밤을 지새웠다. 머릿속에서 원고에 대한 생각이 한시도 떠나지 않았다. 무슨 일이 있어도 원고를 다른 누군가에게 넘기지 않기로 결심했다. 내가 찾아낸 원고였으니까. 내가 출판사에서 에디터로 일하고 싶었던 이유는 시대를 초월해 사랑받을 수 있는 한 편의 소설, 한 사람의 뛰어난 작가를 발굴하고 싶은 열망 때문이었다.

나는 나이가 예순일곱 살이나 된 사람이 이토록 모던한 소설을 썼다는 게 도저히 믿기지 않았다. 문득 철학 수업 시간에 앙리 베르그송을 인용하던 입학준비반 시절의 선생님이 떠올랐다.

'우리는 사물 자체를 보지 않는다. 우리는 자주 사물들에 붙여진 꼬리표를 보는 것으로 그친다.'

잠을 이루지 못하고 고민을 거듭한 끝에 내 머릿속에 한 가지 생각이 떠올랐다. 면밀한 조사를 필요로 하는 것이었다.

다음 날, 나는 출판사에 전화해 몸이 아파 쉬어야겠다고 한 다음 지체 없이 로몽 가로 갔다. 한 번도 가본 적이 없는 곳이었다. 이른 아침이라 상점들이 늘어선 무프타르 거리는 무척이나 한산해 마치 중소 도시에 와있는 것 같은 느낌이 들었다. 공영방송인 《프랑스 텔레비지옹》에서 틈만 나면 재방송하는 영화 〈매그레 경감〉의 배경이 되는 시대에 들어와 있는 느낌이 들기도 했다. 프레데릭 앤더슨의 사체가 발견된 원룸 아파트는 그 동네에서 가장 보기 흉한 건물 가운데 하나였다. 칙칙한 밤색 건물로 1970년대에 지어졌을 것으로 짐작되었다. 가까이 가보니 3개 동으로 이루어진 건물이었고, 경비실이 내가 들어선 건물의 바로 옆 동에 자리하고 있었다.

경비실 문을 두드리자 신문기사에 등장하는 안토니아 토레스가 고개를 내밀고 무슨 일로 왔는지 물었다. 나는 이 주변에 빈 집이 있는지 알아보고 다니는 중이라고 둘러댔다. 나는 지난주에 《르 파리지앵》 기사를 읽었는데, 프레데릭 앤더슨 씨가 살던 원룸에 새로운 세입자가 들어왔는지 물었다. 안토니아 토레스는 내가 프레데릭 앤더슨에 대한 이야기를 꺼내자마자 침을 튀겨가며 수다를 늘어놓았다.

"프레데릭 앤더슨 씨는 평소 가족과 연락하지 않고 지냈습니다. 사망 이후 찾아온 사람도 전혀 없었죠. 임대회사에서 그가 살던 원룸을 깨끗이 정리했어요. 그가 사용하던 가구와 물건들은 지하 2층 큰 차고에 임시로 보관해 두었습니다. 조만간 폐기물 처리 회사에서 짐을 실어가기로 했어요. 프레데릭 앤더슨 씨는 파리 13구의 어느 고등학교 교사로 일했는데 몸이 좋지 않아 오래전에 일을 그만두고, 혼자 외롭게 지내왔다는군요."

내가 물었다. "영어 교사였나요?"

"네, 아마도 그럴 겁니다."

이 정도 정보면 뭔가 시도해 보기에 충분하다는 생각이 들었다. 나는 무프타르 거리의 일찍 문을 연 카페로 들어가 수백 가지 가설을 세웠다가 허물어뜨리기를 반복하며 시간을 보냈다. 왠지 내 인생의 중대한 기로에 와있다는 확신이 들었다. 앞으로 내 인생에서 별들이 일렬로 늘어서는 일이 또다시 주어질 리 없었다. 얼마간 위험 부담이 있었지만 이 모험이 나의 인생에 새로운 돌파구를 열어

주게 될 것이라 믿어 의심치 않았다.

점심 무렵에 갑자기 소나기가 퍼붓기 시작했다. 로몽 가로 되돌아간 나는 소나기가 내려 시야가 그다지 좋지 않은 틈을 타 지하 2층으로 내려갔다. 잠겨있는 차고가 여러 개인데 그 가운데 세 개만 문이 컸다. 안토니아 토레스는 분명 '큰 차고'라고 말했다. 문이 큰 세 개의 차고 중에서 한 곳은 비어있었고, 다른 한 곳에는 자동차가 세워져 있었다. 마지막 하나에는 커다란 자물쇠가 걸려 있었다. 스쿠터나 오토바이를 잠글 때 사용하는 견고한 자물쇠였다. 나는 차고 문 앞에 서서 문을 열 수 있는 방법이 없을지 한참 동안 고민했지만 좋은 생각이 떠오르지 않았다. 연장도 없고, 그렇다고 몸으로 부딪쳐 보기에는 차고 문이 너무 튼튼했다.

내 머릿속에서 온갖 생각들이 빠른 속도로 회전했다. 차고를 나와 비를 흠뻑 맞으며 생미셸 대로의 헤르츠 렌터카 대리점까지 하염없이 걸었다. 차를 빌린 나는 샤르트르를 향해 달렸다. 샤르트르에는 사촌 동생 니콜라 제르베가 살고 있었다. 일명 '뚱보 니코', '뚱보 멍청이', '콩알 간'으로 불렸는데 현재 샤르트르에서 소방대원으로 일하고 있었다. 니코로 말하자면 남의 부탁을 잘 들어주고, 뒤에서 적당히 등을 간질이면 수월하게 일을 부려먹을 수 있는 사람이었다. 니콜라를 오랫동안 만난 적이 없었지만 내 뜻대로 요리할 자신이 있었다.

나는 주변사람들이 알고 있듯 그리 상냥하거나 선의로 충만한 사람이 아니었다. 나는 야심만만하고, 질투심 강하고, 쉽게 만족하지 않는 욕망덩어리였다. 주변사람들이 나를 호의적으로 보는 이유는 인상이 좋기 때문이고, 말수가 적은 데다 매사 조심스럽게 행동하기 때문이었다. 사람들은 내 성격이 차분하고 온순하다고 알고 있지만 사실은 굉장히 전투적이고 집요했다. 사람들은 나를 너무 순해 터져 세상물정 모르는 사람으로 알고 있지만 사실은 굉장히 교활하고 치밀했다. 그나마 로맹 오조르스키가 나의 진면모를 아는 유일한 인물이었다. 그는 장미 속에 숨은 독기 품은 전갈의 면모를 일찌감치 알아보았다. 그럼에도 그는 나를 사랑했다.

나는 니코를 집으로 찾아가 만났다. 내가 곤경에 빠진 연기를 하며 전 남자친구가 내 물건들을 처박아둔 차고를 열어야 하는데 문을 딸 수 있는 방법이 없다는 하소연을 늘어놓았다. 너그러운 보호자 역할을 하길 좋아하는 사촌 동생 니코가 내가 던진 미끼를 덥석 물었다. 저녁 6시가 조금 못 되었을 때 나는 파리에서 빌린 차를 샤르트르의 쿠르티유 대로변에 있는 대리점에 반납했다. 나를 도울 수 있게 되어 신이 난 니코는 소방대원들이 자물쇠를 부술 때 사용하는 펜치를 사륜구동에 싣고 핸들을 잡았다. 로몽 가의 차고 자물쇠쯤은 니코가 가져온 60센티미터 펜치 앞에서는 그야말로 아이들 장난감에 불과했다. 나는 멍청한 니코에게 도와줘서 고맙다고 인사하고는 그가 뭔가 물어볼 틈을 주지 않고 나중에 보자며 집으로 돌려보냈다. 니코는 자기가 무슨 일을 해주었는지 정확하게 알지도 못하고 집으로 돌아갈 수밖에 없었다.

그날 밤, 나는 오랫동안 차고에 머물면서 니코의 사륜구동에서 슬쩍 집어온 손전등을 비춰가며 프레데릭 앤더슨이 쓰던 물건들을 분류했다. 기능성만 있지 볼품없는 가구들, 바퀴의자 하나, 스미스 코로나 전동타자기 한 대, 티노 로시, 니나 하겐, 나나 무스쿠리, 건스 앤 로지스 등 취향을 알 수 없는 엘피판과 시디들이 잔뜩 들어 있는 코팅 천 트렁크 두 개가 있었고, 오래된 《뉴요커》지 묶음도 있었다. 펭귄 클래식, 문고판 추리소설, 라이브러리 오브 아메리카에서 발행한 주석 달린 문학 책 등이 담긴 상자도 세 개 있었다. 정작 반드시 있어야 할 사진 앨범이나 편지함이 없다는 게 이상했다.

나는 서랍 달린 철제 캐비닛에서 전혀 상상하지 못했던 보물들을 찾아냈다. 전동타자기로 친 두 개의 미발표 원고였다. 제목이 각각 《내쉬의 균형》과 《감정의 종말》이었다. 나는 열에 들뜬 사람처럼 흥분해 서둘러 한두 페이지를 읽어보았다. 초고 수준이 아니라 이미 완성된 소설이었다. 더구나 내가 읽은 페이지들만 봐서는 《미로 속의 소녀》와 견주어도 전혀 손색이 없었다.

나는 새벽 5시가 되어서야 로몽 가를 떠났다. 그날 새벽에 나는 물에 빠진 생쥐처럼 머리부터 발끝까지 흠뻑 젖은 몸으로 빗속을 걸어 집으로 돌아왔다. 나는 그날 밤 비를 맞고 걸을 때 느낀 감정들을 두고두고 잊지 못할 것이다. 몸이 축 처질만큼 기진맥진한 상태였지만 마음은 한껏 부풀어 올라 전혀 힘든 줄도 모르고 걸었다. 차고에서 발견한 두 개의 원고뭉치가 비에 젖지 않도록 가슴에 품고 걸었다. 내 인생에 날개를 달아줄 소설들이었다. 내가 날개를 달고 어디까지 비상할 수 있을지 자못 궁금하지 않을 수 없었다.

로맹

발신 : 로맹 오조르스키

수신 : 팡틴 드 빌라트

주제 : 플로라 콘웨이를 둘러싼 진실

우리가 결별한 후 몇 달은 내 인생에서 가장 아름다우면서 고통스러운 시절이었어. 테오가 출생하면서 기쁨과 행복을 맛보았지만 당신을 다시는 볼 수 없었기에 매일이다시피 고통 속에서 살아갈 수밖에 없었지. 당신이 그리워 밤에도 깨어있는 시간이 많았고, 그 사이 내 안에 깃든 악마들이 미친 듯이 들끓었어. 당신과 함께할 수 있는 일이 뭘까 고민하다가 영문으로 쓴 《미로 속의 소녀》를 보낼 생각을 하게 되었지. 만약 소설이 잘 될 경우 당신에게 제법 좋은 선물이 될 수도 있을 거라 믿었어. 나는 그런 식으로나마 당신에게 용서를 빌고 싶었던 거야. 그러면서도 나는 그 원고를 보내는 사람이 나라는 걸 모르게 해야 더욱 의미가 깊을 거라고 여겼어. 아울러 내가 펼치려는 계획이 완벽해 지려면 과정에도 신빙성을 갖춰야 한다는 생각이 들었지. 내가 아는 당신이라면 여간해서는 속아 넘어가지 않으리라는 걸 누구보다 잘 알고 있었으니까. 머릿속으로 수백 번 시나리오를 그려보았지만 어느 하나 성에 차지 않더군. 어느 날 간식을 사러 콩트레스카르프 광장 근처 빵집에서 줄을 서서 기다리고 있을 때 문득 기가 막힌 아이디어 하나가 떠올랐어. 내 앞에서 줄을 서있던 사람들이 로몽가의 어느 아파트에서 죽은 지 4개월 만에 사체로 발견된 어느 남자 이야기를 하는 걸 들은 거야. 나는 그 이야기를 듣자마자 솔깃한 생각이 들어 집으로 돌아와 끈기 있게 사회면 기사들을 찾아보았어. 내가 두루 알아본 결과 프레데릭 앤더슨은 교류하는 사람 없이 평생을 혼자 지낸 외톨이에다 지병이 있었고, 가족이나 친척이 전혀 없는 인물이더군. 그는 평생 외롭게 지내다가 그럴싸한 흔적 하나 남기지 못하고 생을 마감한 사람이었어. 내가 생각하기에 평생 무명으로 살다가 비극적으로 생을 마친 비운의 작가 역할을 맡기기에 제격이었지. 나는 당구로 치자면 실패하지 않고 쓰리 쿠션을 칠 수 있는 한 방이 필요했어. 내가 알아본 결과 프레데릭 앤더슨이 살았던 로몽 가의 그 원룸 아파트는 OPAC(파리 공공주거청 : 옮긴이)에서 관리하는 건물이더군. 결국 세입자 없이 오래도록 비어있지는 않을 집이었고, 지하 차고에 보관해둔 물건들도 그리 오래 방치해 두지는 않으리라는 걸 알게 되었지. 나는 아파트 관리실에서 채워놓은 자물쇠를 끊고, 프레데릭 앤더슨이 완벽한 2개 국어 구사자였다는 설정에 신빙성을 더하기 위해 미국에서 출판된 영문 잡지들과 소설들을 가져다 놓았어. 더욱 그럴싸한 스토리를 완성하기 위해 《내쉬의 균형》과 《감정의 종말》 원고와 그 소설들을 쓸 때 사용했던 전동타자기도 가져다 놓았지. 마지막으로 창고 문에 새 자물쇠를 채웠어. 크고 단단한 자물쇠라 당신이 혼자 열기에는 쉽지 않으리라는 생각이 들었지만 내 계획의 신빙성을 최대한 높여줄 수 있는 선택이었지. 그런 다음 내가 구상한 다음 단계로 넘어갔어.

　지난날 우리가 함께할 때 당신이 나에게 사무실 위치를 가르쳐준 적은 없지만 그 출판사에서 나온 책의 판권을 보고 주소와 전화번호를 간단히 알아냈어. 나는 당신이 출판계에 대해 갖고 있는 이중적인 감정을 모르지 않았지. 당신이 일하는 출판사 건물 안으로 자연스럽게 들어가기 위해 사장과 약속을 잡았어. 그 당시 나는 아주 잘 나가는 작가였기 때문에 그 어떤 출판사 사장도 내가 만나자고 하면 거절할 수 있는 입장이 아니었지. 수많은 출판업자들이 '프랑스인들이 가장 좋아하는 작가'의 책을 내고 싶어 안달이 나 있었으니까. 나는 점심시간인 오후 1시가 넘을 때까지 사장과 이런저런 이야기를 나누다가 마침내 엘리베이터 앞에서 작별인사를 나누었어. 엘리베이터에 오른 나는 로비로 내려가는 대신 꼭대기 층으로 올라갔지. 점심시간이라 꼭대기 층 복도에는 오가는 사람이 전혀 없었어. 당신은 점심 식사를 하러 나갔고, 사무실은 다행히 잠겨 있지 않더군. 하긴 출판사 투고원고를 훔쳐가는 도둑은 거의 없을 테니까. 나는 재생지 봉투가 반쯤만 보이도록 옷장 아래로 밀어 넣었어. 비로소 내가 해야 할 일을 완벽하게 마친 셈이었지. 팡틴, 이제 당신이 이야기를 해줄 차례야.

팡틴

나는 출판사를 차리기 위해 부모, 친구들, 조부모, 뚱보 니코에 이르기까지 가능한 모든 지인들에게 부탁해 돈을 빌렸다. 집을 마련하기 위해 모으고 있던 적금도 깨고, 종신보험도 해약하고, 은행에서 최대한도로 대출을 받았다. 내가 출판사를 차리겠다고 하자 다들 제정신이 아닌 사람 취급을 하며 멋대로 실패 보고서를 써내려갔다.

나는 그들이 뭐라 하든지 성공할 자신이 있었고, 출판사를 차리고 나서 첫 번째로 출간한 《미로 속의 소녀》로 공전의 히트를 기록했다. 책의 성공과 더불어 내 인생도 완전히 달라졌다. '7층의 유령', '투명인간'으로 통했던 편집보조원 팡틴 드 빌라르트는 이제 그 전과는 전혀 다른 사람이 되었다. 나는 성공과 더불어 자신감 있고, 결단력 있는 사람으로 거듭났다. 내 인생의 반전은 당연히 플로라 콘웨이 덕분에 가능했다. 나는 프레데릭 앤더슨이 쓴 소설을 출판하면서 플로라 콘웨이라는 가상의 작가를 만들어냈다. 플로라 콘웨이는 실존하지 않는 작가였기에 내가 욕망하는 대로 캐릭터를 만들어낼 수 있었다. 플로라 콘웨이는 내가 읽고 싶었던 소설을 쓰는 작가가 되어야만 했다. 생제르맹데프레에 만연해있는 썩어 문드러진 이너서클을 경멸하는 인물, 끼리끼리 어울리는 문학계 인사들의 근친상간적인 관계에서 멀리 떨어져 있는 인물이어야 했다.

플로라 콘웨이가 스코틀랜드에서 보낸 어린 시절, 뉴욕에서 보낸 청년 시절, 뉴욕의 미로라는 술집에서 종업원으로 일한 시절, 허드슨 강이 내려다보이는 브루클린의 랭카스터 빌딩에서 살았던 시절은 모두 다 내가 지어낸 이력이었다.

플로라 콘웨이는 자유로운 영혼을 상징했다. 소설을 팔기 위해 독자들 앞에 나서는 법이 없고, 미디어 눈치를 살피지 않는 작가이고, 아니 그 정도가 아니라 기자들이 인터뷰를 하자고 매달려도 관심 없으니까 당장 꺼지라고 일갈할 수 있는 해방된 정신의 소유자로 만들었다. 막후에서 진행된 나의 노력으로 플로라는 자신이 원하지 않는 자리에는 가지 않고, 독자들의 취향에 맞추려 하기보다는 지성을 자극하고, 미디어의 총애를 받지 않고도 문학상 후보에 자주 오르내리는 작가로 자리매김하게 되었다.

플로라 콘웨이는 내가 영문으로 된 글을 프랑스어로 번역 출판하는 과정, 문학적으로 성공한 이후 세계 각지에서 날아오는 이메일 인터뷰 요청에 답하는 과정에서 여러 번의 수정과 덧칠을 통해 신비한 매력이 있는 작가가 되었다.

나는 책표지에 사용할 플로라의 얼굴을 결정해야 하는 순간 내 할머니가 젊은 시절에 찍은 한 컷의 사진을 떠올렸다. 사실 나는 그 사진 속의 할머니를 빼닮았다. 플로라는 내 머리와 DNA 속에 각인되어 있다. 플로라 콘웨이는 바로 나다.

나보다 훨씬 나은 나.

로맹

발신 : 로맹 오조르스키

수신 : 팡틴 드 빌라트

주제 : 플로라 콘웨이를 둘러싼 진실

팡틴, 당신이 나를 깜짝 놀라게 했다는 걸 인정하지 않을 수 없겠어.

나는 그 글들을 기쁨과 환희를 느끼며 썼는데 그런 기분은 난생처음이었어. 나의 분신이 탄생하자 내가 작가로 입문한 초창기에 경험했던 글쓰기의 마법이 다시 작동하기 시작한 거야.

프랑크푸르트 도서전에 갔다가 전 세계 출판업자들이 플로라 콘웨이라는 작가에게 열광하는 모습을 보고 처음으로 그 이름을 알게 되었어. 출판 관계자들 모두가 당신이 새로운 작가의 책을 내기 위해 맞춤형 출판사를 차렸다는 소식으로 술렁거렸지. 난 당신의 뛰어난 마케팅 전략을 대하고 감탄을 금할 수 없었어. 당신이 내가 가져다놓은 존재감 없는 교사의 원고를 뉴욕 출신의 수수께끼 같은 여성 작가가 쓴 문제작으로 각인시키는 데 성공시킨 현장을 보게 된 거야.

처음 그 사실을 알게 되었을 때만 해도 나는 무척이나 기뻤어. 단 한 번의 마법으로 내 글쓰기 작업에 늘 붙어 다니던 꼬리표를 마침내 떼어버릴 수 있게 되었으니까. 나의 새로운 작가 경력이 시작되었다고 확신했어. 나는 플로라 콘웨이에 대한 세상의 열광적인 반응을 진정한 창작자인 나, 로맹 오르조스키의 새로운 탄생으로 이해했지. 마치 내가 문학과 다시 사랑에 빠진 느낌이었어. 나는 플로라 콘웨이를 두고 벌어지는 몇몇 우스꽝스러운 상황을 기꺼운 마음으로 즐기며 바라보았지. 가령 텔레비전 문학 프로그램에 나온 어느 비평가가 나의 최근작에 대해서는 신랄한 비판을 쏟아내다가 플로라 콘웨이의 작품에 대해서는 찬사로 일관하는 모습을 보고 실소를 금할 수 없었어.

어느 일간지에서 《미로 속의 소녀》에 대해 칼럼을 써달라는 요청을 받고, 세간의 평가와 달리 부정적인 견해를 피력하자 사람들은 나에게 치졸한 질투심의 발로라면서 손가락질을 해대더군. 아무튼 당신이 뛰어난 솜씨를 발휘한 이 기발한 사건 덕분에 한때마나 즐거운 시간을 보냈어. 다만 그 즐거움이 그리 오래 지속되지는 않았지. 우선 나에게는 그 즐거움을 함께 나눌 사람이 없었어. 플로라 콘웨이의 소설은 분명 내가 쓴 글이었고, 플로라 콘웨이라는 작가는 당신이 만들어낸 작품이었지. 나 혼자 등장인물들을 통제하는 입장이 아니었어. 솔직히 말하자면 사실 나는 등장인물들을 움직일 수 있는 줄을 전혀 잡고 있지 않았지.

시간이 흐르면서 플로라 콘웨이는 결국 내가 통제 가능한 영역에서 완전히 멀어져갔어. 그렇게 되자 나는 심기가 몹시 불편해지기 시작했지. 거리를 걷다가 사람들이 플로라 콘웨이에 대해 이러쿵저러쿵 이야기를 나누는 소리를 듣거나 신문을 보다가 관련 기사를 접하거나 내 앞에서 누군가가 칭찬을 늘어놓는 소리를 들을 때마다 엄청난 좌절감을 맛봐야 했어. 좌절감은 곧 분노로 바뀌었고, 몇 번씩이나 내가 알고 있는 모든 비밀을 털어놓고 싶은 유혹에 휩싸였지. 나는 플로라 콘웨이의 소설에 매료된 전 세계 사람들을 향해 외치고 싶었어.

"이 멍청이들아, 플로라 콘웨이는 바로 나야!"

그렇지만 나는 당신을 생각하며 묵묵히 버텨냈어. 내 인생을 통틀어 가장 힘들었던 순간, 알민이 내게서 아들에 대한 양육권을 빼앗으려고 갖은 수단을 다 쓰던 그 시절, 너무나 외롭고 세상 모두에게 버림받았다고 느꼈던 2010년 가을과 겨울에, 나는 당신에게 모든 걸 털어놓으려고 결심했었지. 오직 당신에게만 모든 진실을 말하고 싶었어. 어떻게 해야 당신에게 다시 연락이 닿을 수 있을지 고민하다가 소설을 통해 이야기를 전하고자 마음먹었지. 플로라 콘웨이와 로맹 오조르스키가 동시에 등장하는 소설을 쓰기로 결심한 거야. 창조자와 피조물의 관계인 등장인물이 자신을 존재하게 만든 작가에게 반기를 드는 이야기를 쓰자는 게 내 계획이었어. 당신이 유일한 독자가 될 소설이었지. 그 겨울에 나는 실제로 소설을 시작했지만 끝내 마무리를 짓지 못했어.

플로라 콘웨이는 그리 간단한 인물이 아니었기 때문이야. 내가 당신에게 비밀을 털어놓기로 했던 결심을 결국 거두어들이는 수밖에 없었어. 그 이야기는 현실 세계의 삶에서만 그 후일담을 알 수 있기 때문이었지. 나도 당신이 인용하기 좋아했던 헨리 밀러의 말이 옳다고 생각했으니까.

'삶으로 돌아오기 위해서가 아니라면, 우리가 한층 더 열정적으로 삶을 받아들이도록 돕기 위해서가 아니라면 책들은 과연 무슨 소용이란 말인가?'

바스티아병원

심장병동 308호 병실

2022년 6월 22일

클레르 줄리아니 교수 (병실로 들어오며) : 그런 차림으로 어딜 가시게요?

로맹 오조르스키 (가방을 잠그며) : 내가 좋다고 여기는 곳.

클레르 줄리아니 : 좋은 생각이 아닙니다. 당장 다시 누우세요.

로맹 오조르스키 : 아뇨, 난 갈 겁니다.

클레르 줄리아니 : 어린애 같은 짓은 그만두세요. 하는 짓이 꼭 여덟 살짜리 내 아들 같네요.

로맹 오조르스키 : 난 여기서 1초도 더 못 있겠어요. 여긴 죽음의 냄새가 풀풀 난다고요.

클레르 줄리아니 : 동맥이 꽉 막혀 들것에 실려 들어왔을 때만 해도 지금보다는 훨씬 얌전하시더니 그새 많이 고약해 지셨네요.

로맹 오조르스키 : 난 어느 누구에게도 나를 다시 살려내라고 부탁한 적이 없습니다.

클레르 줄리아니 (로맹이 점퍼를 꺼내지 못하도록 옷장 앞을 막아서며) : 아닌 게 아니라 당신이 이러는 걸 보니 그때 내가 요모조모 좀 더 많이 고려했어야 하나 봐요.

로맹 오조르스키 : 저리 비켜요.

클레르 줄리아니 : 난 내가 하고 싶은 대로 해요. 여긴 내 집이니까.

로맹 오조르스키 : 아니지, 당신이 내 집에 있는 거요. 내가 낸 세금으로 당신 월급을 주고, 이 병원도 내가 낸 세금으로 지었으니까.

클레르 줄리아니 (비켜서며) : 당신 소설을 읽을 때만 해도 글을 쓴 작가가 제법 괜찮은 인물일 거라고 상상했는데 실제로 보니 남들을 업신여기는 꼰대일 뿐이네요.

로맹 오조르스키 (점퍼를 입으며) : 이제 듣기 좋은 말은 다 한 것 같으니 난 이만 사라지겠습니다.

클레르 줄리아니 (그를 다독이려고 애쓰며) : 당신이 쓴 책에 사인을 해주기 전에는 절대로 못 가요. 내가 당신 목숨을 구했으니 적어도 그 정도는 해줘야 하잖아요.

로맹 오조르스키 (의사가 내민 소설책 한쪽에 사인을 휘갈기며) : 자, 이제 만족하십니까?

클레르 줄리아니 : 진지하게 묻죠. 어디에 가려고요?

로맹 오조르스키 : 아무도 나를 성가시게 하지 않는 곳으로 가고 싶어요.

클레르 줄리아니 : 우아한 생각이지만 당신은 병원 치료를 받지 않으면 죽은 목숨이나 다름없어요.

로맹 오조르스키 : 적어도 지금처럼 자유를 속박 당하지는 않겠죠.

클레르 줄리아니 (어깨를 으쓱하면서) : 죽고 나면 자유로운 게 다 무슨 소용이죠?

로맹 오조르스키 : 죄수처럼 갇혀 있어야 한다면 사는 게 다 무슨 소용이죠?

클레르 줄리아니 : 우리는 감옥에 대해 서로 다른 견해를 갖고 있군요.

로맹 오조르스키 : 잘 계시오, 의사 선생.

클레르 줄리아니 : 그러지 말고 5분만 더 기다려 봐요. 방문 시간은 아니지만 당신을 보겠다고 찾아온 사람이 있으니까.

로맹 오조르스키 : 방문객이라고요? 내 아들 말고는 아무도 만나고 싶지 않아요.

클레르 줄리아니 : 당신은 입만 열면 아들 타령이군요. 그 아들을 좀 혼자 살아가게 내버려둬요.

로맹 오조르스키 (서둘러 떠날 채비를 하면서) : 누가 나를 보고 싶답니까?

클레르 줄리아니 : 이름이 팡틴이라고 했어요. 그 여자 말이 당신을 아주 잘 안다고 하던데 그냥 돌려보낼까요? 아니면 당장 올라오라고 할까요?

내가 마지막으로 본 플로라

로맹 오조르스키

1

1년 후

코모 호수, 이탈리아

호텔의 식당에 들어서는 순간 곧장 호수 속으로 빠져드는 느낌이 들었다. 오래된 석재로 만든 궁륭들과 옅은 빛깔 목재 가구, 대형 통유리들 사이에서 이 공간만이 추구하는 미니멀리즘은 주변의 네오클래식 대형 건축물들과 흥미로운 대조를 이루고 있었다.

아침 7시, 해는 아직 떠오르지 않았다. 테이블은 세팅을 마치고 전투를 앞둔 고요한 적막 속에서 손님들을 기다리고 있었다. 나는 등받이 없는 의자에 앉았다. 내가 피로를 떨쳐버리기 위해 두 눈을 비비는 사이 호수의 수면 위에 비치는 푸르스름한 반사광이 회청색 평판 타일을 이어 맞춘 식당 바닥 위에서 하늘거리며 춤을 추었다. 백색 스모킹 차림의 종업원에게 커피를 한 잔 주문했다. 그가 아주 진하고도 걸쭉한 액체에 얇은 거품이 한 겹 덮인 전형적인 이탈리아 커피를 내주었다.

내가 앉은 자리에서 호수를 내다보면 마치 선박의 갑판 앞자리에 올라 있는 것 같은 느낌이 들었다. 이제 막 잠에서 깨어나는 세상을 지켜보기에 가장 이상적인 위치였다. 호텔에서 손님맞이에 만전을 기하기 위해 마지막 점검을 하는 시간이었다. 수영장을 담당하는 직원은 깨끗이 청소를 마치고, 정원사는 꽃들이 흐드러지게 핀 화분에 물을 주고, 물길 안내인은 부교에 정박 중인 호텔 소유의 리바호를 윤이 나게 닦았다.

"손님, 리스트레토(에스프레소 쇼트 샷 : 옮긴이)를 한 잔 더 드릴까요?"

"네, 좋죠, 감사합니다."

호두나무로 제작한 카운터에서 아이패드로 디지털 일간지를 볼 수 있었지만 나는 이미 세상사에 무심해진 지 오래였다. 그나마 일년 전부터 현실 세계의 삶에 대한 관심이 조금씩 세를 확장해가고 있는 조짐이 보이긴 했다. 한동안 테오를 제외하고는 어느 누구의 삶에도 관심이 없었는데 기나긴 고독의 시간을 통과한 후 내가 비로소 삶의 끈을 붙잡았다는 느낌이 들기도 했다. 인생을 누군가와 나누어 갖게 되면 여러 가지 빛깔로 변주가 가능한 법이었다. 팡틴이 나의 곁으로 돌아왔고, 나는 다시 그녀의 곁을 지키게 되었다. 나는 별다른 미련 없이 코르시카를 떠났다. 우리는 뤽상부르공원 근처의 집을 다시 손보아 마침내 내가 애초에 원했던 모습으로 탈바꿈시켰다. 의과대학 2학년인 테오는 제법 자주 우리를 보러 왔다. 그 참담했던 2010년의 겨울은 이제 우리에게서 멀어졌다. 거의 18년이나 지각을 한 끝에 나의 피조물인 — '아니, 우리 두 사람의 공동 창조물이지.'라고 팡틴이 이의를 제기할지도 모른다 — 플로라가 우리를 재결합시켜준 셈이었다.

아름다운 풍경 속에 자리 잡은 근사한 장소였지만 이탈리아 쪽 알프스에서 보내기로 한 우리의 주말여행은 그다지 순조롭지 않았다. 여행을 떠나기로 한 날 새벽 2시에 내가 팔이 경직되고 심장이 눌린 가운데 식은땀을 흘리며 잠에서 깼던 것이다. 얼굴에 물을 축이고, 약을 한 알 삼키고 나자 차츰 맥박이 정상적으로 뛰기 시작했다. 나는 다시 잠을 청할 수 없었다. 요즘 들어 불면증이 점점 더 심해지는 중이었다. 엄밀하게 말해 악몽을 꾸는 건 아니었지만 폐부를 찌르는 질문들이 집요하게 나를 괴롭혔다.

플로라는 어떻게 되었을까?

이 질문이 유난히 나를 끈질기게 괴롭혔다. 여러 해 동안 나는 플로라를 이미 사라진 인물로 치부했지만 과연 정말 그렇게 되었는지 확신하지 못했다.

플로라는 토끼인간이 내민 손을 잡고 그와 함께 허공으로 몸을 날렸을까? 아니면 마지막 순간에 토끼인간의 손아귀에서 벗어났을까?

플로라 콘웨이는 바로 나야.

나는 결코 그 부분을 잊지 않고 있었다.

내가 플로라의 입장이었다면 어떻게 했을까?

플로라와 나는 가짜 약자였다. 다시 말해 우리는 독하고 강한 존재들이었다. 플로라와 내가 정말 잘 하는 게 있다면 바로 묵묵히 견디는 것이었다. 사람들이 물에 빠졌다고 믿을 때 우리는 발뒤꿈치를 퉁겨 수면으로 도약할 힘을 찾아내려고 기를 쓰는 존재들이었다. 전쟁터에서 잔뜩 겁을 먹었을지라도 우리는 항상 막판에라도 누군가가 구하러 와주도록 하는 방법이 무엇인지 기어이 찾아내는 존재들이었다. 우리 안에는 소설가 기질이 있기 때문이었다. 소설을 쓴다는 건 결국 현실의 숙명에 반기를 드는 것이니까.

허세 작렬이라고? 부질없는 말장난이라고? 사실 난 펜을 놓은 지 제법 오래 되었지만 더는 글을 쓰지 않는다고 해서 작가가 아니었던 적은 없었다.

가만히 생각해보니 플로라에게 무슨 일이 생겼는지 알아내는 유일한 방법은 글쓰기밖에 없었다. 나는 태블릿 PC를 열어 워드프로세서 기능이 있는지 확인했다. 내가 글을 쓸 때 선호하는 기기는 아니었지만 이 정도면 충분했다. 다시 글을 쓰는 게 겁나지 않는다고 하면 거짓말일 것이다. 나는 10년이 넘도록 1월의 어느 몹시 추운

날 밤 러시아 정교회 성당에 들어가서 했던 약속을 철저하게 지켜
왔다. 신들은 약속을 어기는 걸 좋아하지 않을 것이다. 그렇지만 내
머릿속에서 맴돌고 있는 내용은 아주 작은 계약 위반에 지나지 않
았다. 실수라고 말하기조차 낯 간지러운 정도였다. 난 그저 내가 만
들어낸 인물의 최근 소식을 알고 싶을 따름이었다. 나는 커피를 세
잔째 주문하고 나서 글을 쓰기 시작했다. 미지의 세계 속으로 뛰어
들기 직전에 등줄기를 타고 올라오는 찌릿찌릿한 전율이 되살아났
다. 기분이 그리 나쁘지 않았다.

칼을 뽑았으면 무라도 베어야지!

*우선 냄새들, 이미지들을 떠오르게 해주는 냄새들, 머나먼 어린 시절의
냄새, 여름 방학의 냄새, 모노이 향을 첨가한 선크림 냄새……*

2

우선 냄새들, 이미지들을 떠오르게 해주는 냄새들, 머나먼 어린
시절의 냄새, 여름 방학의 냄새, 모노이 향을 첨가한 선크림 냄새,
솜사탕, 와플, 캔디애플의 냄새, 기름투성이이지만 은근히 중독성
있는 양파링 냄새, 소시지 피자 냄새, 각자에게는 자기만의 마들렌,
자기만의 콩브레, 자기만의 레오니 고모가 있다. 그리고 갈매기 소
리, 아이들의 환호 소리, 파도가 밀려왔다가 빠지는 소리, 유원지의
떠들썩한 음악 소리……

나는 바다를 따라가며 이어진 목재데크 산책로를 걸었다. 부교,

하얀 모래가 깔린 해변, 저 멀리 회전 관람차의 윤곽과 유원지 특유의 어지러운 웅성거림이 들려왔다. 산책로를 따라가며 세워진 광고판들로 미루어볼 때 의심의 여지가 없었다. 나는 뉴저지 주의 시사이드헤이츠에 낙하한 게 분명했다.

날씨는 따뜻했고, 수평선까지 내려온 해는 이제 곧 자취를 감추겠지만 사람들은 아직 저녁 식탁에 앉기 위해 서두르는 기색을 보이지 않았다. 나는 해변을 따라 내려갔다. 어린 남자아이를 보니 테오가 어렸을 때 생각이 났다. 그 아이와 놀고 있는 여자아이는 새삼 내가 그토록 원했지만 앞으로도 영영 얻지 못할 딸아이를 떠올리게 했다. 신나는 주변 분위기는 어쩐지 시간을 초월한 듯했다. 사람들은 배구를 하고, 농구 골대 앞에서 슛을 쏘기도 하고, 핫도그를 먹고, 스프링스틴이나 빌리 조엘의 노래를 들으며 여유 있게 선탠을 했다.

어떤 사람은 수영복 밖으로 살이 흘러넘치다시피 삐져나왔는데, 아마도 인생사의 괴로움 속에서, 죄책감 속에서, 혹은 무관심 속에서 지내다보니 그렇게 되었을 것이라 짐작되었다. 나는 플로라를 찾고 싶다는 희망을 품고 사람들의 얼굴을 찬찬히 뜯어보았지만 아무리 애써도 소용없었다, 플로라는 눈에 보이지 않았다. 책을 읽는 사람들이 더러 눈에 보일 뿐이었다. 나는 기계적으로 표지에 적힌 저자의 이름에 눈이 갔다. 스티븐 킹, 존 그리샴, 조앤 K. 롤링……. 수십 년째 서점에 갈 때마다 베스트셀러 코너에서 볼 수 있는 이름들이었다. 늘 똑같은 이름들.

왠지 이유를 모르겠지만 알록달록한 색상의 표지가 내 눈길을 잡아 끌었다. 나는 모래밭으로 몇 걸음을 옮겨 책이 놓여 있는 에어매트로 다가갔다.

《삶 이후의 삶》 플로라 콘웨이 작

"이 소설을 잠깐만 봐도 괜찮을까요?"

책 주인 여자가 친절하게 대답했다. "네, 물론이죠." 아기에게 옷을 입혀주고 있는 젊은 엄마였다. "난 다 읽었으니까 가져가서 읽으세요. 정말 재미있어요. 내가 제대로 이해했는지 모르겠지만요."

나는 표지의 그림을 들여다보았다. 뉴욕의 가을 풍경을 도안한 그림 속에서 붉은 빛깔 머리의 젊은 여인이 두 다리를 허공에서 버둥거리며 거대한 책의 가지에 매달려 있었다. 이윽고 나는 책을 들고 내용을 간추려놓은 표지 글을 훑어보았다.

때로는 모르는 편이 낫다.

'갑자기 패닉 상태에 빠진 나는 요란한 소리가 나도록 컴퓨터 화면을 닫았다. 이마가 불덩이처럼 뜨거웠고, 의자에 앉은 나는 사시나무 떨 듯이 몸을 떨었다. 두 눈이 쿡쿡 쑤시고, 어깨와 목에서 바늘로 찌르는 것 같은 통증이 일었다. 빌어먹을! 소설을 쓰는 동안 등장인물들 가운데 하나가 다짜고짜 나를 불러 세운 건 처음이었다.'

파리에 거주하는 소설가 로맹 오조르스키의 이야기는 이렇게 시작된다. 애정문제와 가정문제로 갈등이 한창인 가운데 로맹이 새 소설의 첫 대목을 쓰기 시작했을 때 등장인물인 여자가 돌연 그의 삶에 개입한다. 여자의 이름은 플로라 콘웨이다. 그녀의 딸 캐리가 6개월 전에 실종된다. 플로라는 누군가가 꼭두각시 인형의 줄을 잡아당기듯 자신의 삶을 마음대로 제어하고 있고, 그녀 자신은 조종하는 사람, 즉 그녀의 생을 가차 없이 박살내 버리는 작가의 먹잇감에 불과하다는 사실을 깨닫는다.

플로라는 분연히 항거한다. 두 사람 사이에서 위험한 맞대결이 시작된다.

그런데 로맹과 플로라 가운데 누가 작가이고, 누가 등장인물일까?

탁월한 작품성을 인정받아 프란츠 카프카 상을 수상한 플로라 콘웨이는 비극적인 사고로 세 살짜리 딸 캐리를 잃는다. 이 가슴 찡한 소설에서 플로라 콘웨이는 우리에게 애도에 대해 다른 어느 소설과도 닮지 않은 증언을 들려주는 동시에 글쓰기가 지니는 강력한 성찰의 힘을 보여준다.

현실에서는 플로라가 내 소설의 등장인물이지만 그녀의 소설에서는 내가 그 역할을 대신하고 있고, 내가 그녀의 꼭두각시라는 사실을 깨닫는 순간 잠시 뒤통수를 얻어맞은 듯 어안이 벙벙해졌다.

현실 세계와 픽션 세계라?

나는 평생토록 현실과 픽션의 경계가 대단히 모호하다고 생각해 왔다. 픽션보다 더 진실에 가까운 건 없으니까. 인간이 현실 속에서만 살고 있다고 생각하는 건 착각이다. 왜냐하면 인간이 픽션에서 벌어지는 상황을 마치 실존하는 것으로 간주하기 시작하는 순간부터 결과적으로 실존하는 것이 되어버리기 때문이다.

3

나는 계단을 올라가 다시 해안을 따라 이어진 목재데크 산책로로 들어섰다. 유원지의 소음이 자석처럼 나를 잡아 끌었다. 감자튀김을 파는 간이 상점들에서 풍겨오는 냄새가 허기진 나의 배를 고문했다. 플로라를 만날 때면 어김없이 나를 찾아오던 끔찍할 정도의 허기가 이번에도 역시 나를 사로잡았다. 나는 어디로 가야 핫도그를 살 수 있을지 살피면서 기념품 상점들과 아이스크림 판매대를 지나쳐 걸었다.

그러다가 전혀 예기치 못한 순간에 마크 루텔리를 보았다. 그는 해변의 한 식당 테이블에 앉아 바다를 바라보며 에스프레소 잔을 홀짝이고 있는 중이었다. 전직 형사는 마치 시간이 거꾸로 흐르기라도 한 듯 전혀 알아보지 못할 정도로 변모해 있었다. 그는 날씬한 몸매에 수염이라고는 전혀 없이 매끈한 얼굴, 편안한 시선, 스포티한 옷차림을 하고 있었다.

내가 그에게 다가가려 할 때 누군가가 그를 부르는 소리가 들려왔다.

"아빠, 내가 뭘 타왔는지 보세요."

나는 어린아이 목소리가 들려오는 쪽으로 몸을 돌렸다. 일고여덟 살쯤 되어 보이는 금발의 소녀가 거대한 털 인형을 안고 사격코너 쪽에서 달려오고 있었다. 아이의 뒤에서 걸어오는 플로라 콘웨이를 알아본 순간 나는 심장이 조여 왔다.

"잘 했어, 사라!" 마크 루텔리는 딸아이를 덥석 안아 어깨에 올려 놓았다.

물론 아이는 캐리가 아니었다. 물론 아무도 캐리를 대신할 수는 없었다. 다만 세 사람이 더없이 다정하게 식당 테라스를 떠나는 모습이 보기에 너무 좋았다. 온몸이 시퍼런 멍이 들 정도로 생의 우여 곡절을 겪은 두 사람도 나와 마찬가지로 새 삶을 찾은 듯했다. 아이 라는 새로운 생명을 태어나게 할 만큼 절실하게……

산책로를 따라 걸어가다가 해가 마지막 햇살을 거둬들이려는 순 간 플로라가 내 쪽으로 몸을 돌렸다. 한 순간, 우리 두 사람의 시선 이 허공에서 마주쳤다. 우리는 눈빛으로 서로에게 감사를 표했다.

나는 우두둑 소리가 나도록 손가락 관절을 꺾으면서 저녁 공기 속으로 자취를 감추었다.

마술사처럼.

6월 10일 토요일 오전 9시 30분

소설을 끝냈다.

나는 삶으로 돌아간다.

−조르주 심농《내가 늙었을 때》중에서

〈끝〉

옮긴이의 말

인생이 소설이면 우리는 모두 소설가?

이렇게 상상해보자. 기욤 뮈소의 2020년 신작 제목처럼 '인생이 소설'이라면 나름대로의 인생을 꾸려가려 아등바등 애쓰는 우리들 각자는 그 소설을 써내려가는 작가이자 연출가이고, 자신이 쓰고 있는 소설에 등장하는 등장인물이 된다는 뜻이다. 그게 다가 아니다. 우선 그런 상상을 한 '나'가 있고, 그 '나'는 또다시 작가, 연출가, 배우로 분리된다. 셋으로 분리된 '나'를 지켜보는 '나'도 존재할 것이고, '이건 좋고 저건 나쁘고, 이건 이렇게 하면 좋겠고, 저건 저렇게 하면 좋겠어.'라고 이런 저런 의견을 개진하는 여러 명의 '나'로 쪼개질 수도 있다.

학창 시절에 배운 격자소설이니 '심연 체계(Mise en abyme)'니 하는 이 기법은 회화, 사진, 영화 등의 다양한 예술 장르에서 자주 이용된다. 앙드레 지드가 이 용어를 기호학적인 의미로 처음 사용했다고 한다. 실제로 앙드레 지드는 그가 자신의 유일한 소설이라고 말한 《사전꾼들》에서 이야기 속에 이야기를 담는 방식을 취하고 있다.

사실 그런 전문 용어까지 동원해 구구절절 설명할 필요도 없이 언젠가 '내 속엔 내가 너무도 많아.'라는 알쏭달쏭한, 그러나 통찰력으로 빛나는 노랫말을 호소력 있는 곡조에 담아 인기를 모았던 대중가요가 떠오른다.

과연 내 안엔 내가 몇 명이나 들어있을까? 내 안의 나는 얼마나 많은 가지로 갈라져 뻗어나가게 될까?

기욤 뮈소의 충실한 독자들이라면 이미 다들 알고 있겠지만 최근 몇 작품에서 작가는 줄곧 의도적으로 현실과 픽션을 고의로 섞어가면서 글을 쓰고 있는 것으로 보인다. 물론 이전 작품에도 주인공의 직업이 작가였던 적은 많았지만 요즘처럼 연달아 세 작품에 (여러) 작가들을 등장시키고, 작품 속에서 그 (여러) 작가들이 현재 진행하고 있는 작품을 병치함으로써 독자들에게 혼란을 주기도 하고, 심지어 소설에 나오는 등장인물이 작가에게 소설 전개 방식에 대해

이의를 제기하는 말을 걸어오기도 한다.

기욤 뮈소가 구사하는 이 점층법 덕분에 작품은 동심원처럼 점점 확대되어 나가는 효과, 아니 소용돌이 속으로 빨려 들어가듯 깊이를 점점 더해가는 효과를 얻는다. 작가가 작가를 등장인물로 만들고, 그 작가가 쓰는 글을 글감으로 삼는다는 점에서 최근 몇 년 동안 기욤 뮈소가 보인 행보는 전통적인 소설 작법에서 벗어나 줄거리, 등장인물, 작가의 전지적 관점 등 모든 요소들이 지닌 관습적인 면을 타파하고 글쓰기 행위 자체를 주제로 삼았던 1950년대 이후 프랑스의 〈누보로망(Nouveau Roman)〉을 떠올린다.

세계적인 베스트셀러 작가인 기욤 뮈소가 전통적인 글쓰기에 반기를 들었던 선배 작가들의 행적을 몇 년 동안 줄곧 염두에 두고 일종의 오마주로도 읽힐 수 있는 작품들을 발표하고 있다는 건 혹시 앞으로 그의 작품이 나아가게 될 방향을 암시하는 단서는 아닐까?

양영란